Rotraud Falke-Held

Elodie
Das Weltento

AF237443

Rotraud Falke-Held

Elodie
Das Weltentor

BoD - Books on demand

Idee und Text:	Rotraud Falke-Held
Titelbild:	Heike Winkler
© 2020	Rotraud Falke-Held
Herstellung und Verlag	BoD - Books on Demand, Norderstedt

ISBN: 9783751994446

Besuchen Sie die Autorin
im Internet:
www.rotraud-falke-held.de

Inhaltsverzeichnis

Personen und Orte

In Elodies Welt:

Kimlima	Dorf, in dem Elodie lebt
See Ziwabe	Zuhause von Haymo

Elodie	
Xenja und Ratmar	Elodies Eltern
Haymo	Elodies Freund vom See Ziwabe
Thyra	Hohepriesterin im Kloster
Nuria, Wilrun, Ayla,	Priesterinnen im Kloster
Klorind, Clivia, Jördis	der Sabethinerinnen
Sabeth	weise Frau, Gründerin des Ordens

Im Land Vinginevio — die fremde Welt

Segetem (lat: : Kornfeld)	das Dorf in Vinginevio
Oppidia (lat. Landstadt)	Ort, in dem Quills Familie lebt
Kivita (lat. Bürgerschaft)	Stadt mit Handwerkermarkt

Oren (Kiefer)	ein Bauer in Vinginevio
Myrta	Orens Ehefrau
Eik (Eiche)	Orens und Myrtas Sohn
Arnit (schöne Blume)	Dorfältester im Dorf Segetem
Tiare (tahitisch Blume)	Arnits seine Ehefrau
Eik	Arnits und Tiares Sohn
Quill (Narzisse)	Baumeister in der Stadt Oppidia
Linde (Lindenbaum)	Quills Ehefrau
Lilja (Lilie),Dorkas (Gazelle)	Quills und Lindes Töchter
Raban (Rabe)	Quills+Lindes Sohn, Haymos Freund
Kunal (Lotus)	Quills und Lindes Sohn

Manolya (Magnolie)	Heilerin aus den Bergen
Avem (lat. Vogel)	Manolyas Sohn
Prinzeps Yarrow (Schafgarbe)	Fürst, der für das Volk kämpft
Ritter Milan (Greifvogel)	Ritter unter Yarrows Befehl
Leander, Ren (Lotus)	zwei von Milans Kämptern
Ritter Silva (Wald)	Ritter unter Yarrows Befehl
Prinzeps Cedar (Zeder)	machthungriger Fürst
Ritter Ursus (Bär)	Ritter unter Cedars Befehl
Hawk (Habicht), Ylan (Baum)	zwei von Ursus' Kämpfern

Volk der Sub Divo   **Naturvolk**

(sub divo lat.: in freier Natur / unter freiem Himmel)

Berg Aaran	Berg, in denen die Sub Divo leben
Naoki (gerader Baum)	Manolyas Vater
Yara (Wasser)	Manolyas Mutter
Aaran (Berg der Stärke)	Anführer
Nabor (hebr. Prophet d. Lichts)	geistiger Führer der Sub Divo
Leilani (Frühling)	Manolyas Schwester
Koray (Mond)	Mitglied der Sub Divo
Ulula (Eule, Käuzchen)	alte Frau, Hüterin der Legenden
Joas (Feuer)	Mitglied der Sub Divo

Vinginevio – die Umgebung des Weltentors

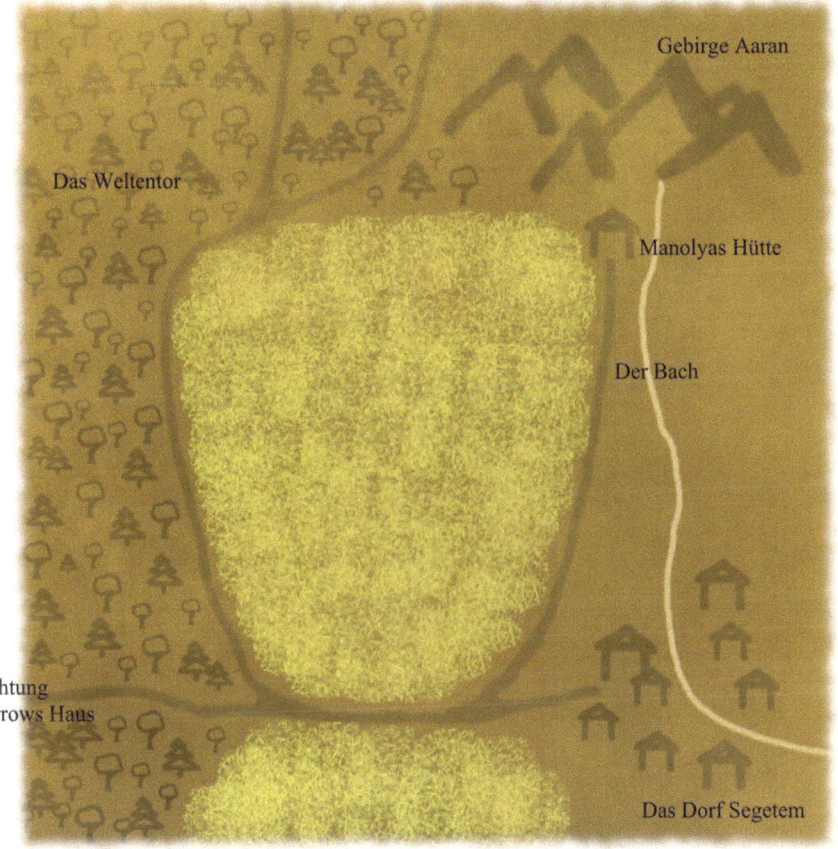

Richtung Oppidia

Richtung
Cedars Schloss

Gebirge Aaran

Das Weltentor

Manolyas Hütte

Der Bach

Richtung
Yarrows Haus

Das Dorf Segetem

Prolog

Das Mädchen, eine junge Fürstentochter, war völlig überwältigt. Zum ersten Mal war es ihr gelungen, die merkwürdige Welt zu betreten, die sie in den Steinen der Berghöhle sah. Als sie zum ersten Mal entdeckt hatte, welche Magie sich in der Höhle befand, wusste sie nicht, was es bedeutete. Immer und immer wieder hatte sie vor dem Bild gesessen, es auf sich wirken lassen und aufmerksam darauf geachtet, ob dies die Quelle irgendeiner Inspiration für sie war, was diese Entdeckung für ihr Leben zu bedeuten hatte.

Irgendwann war sie so tief in das Bild versunken, dass sie das Gefühl hatte, hineingezogen zu werden in diese andere Welt.

An diesem Tag gelang es ihr nicht, das Tor zu passieren, aber sie forcierte diese Erfahrung immer wieder und eines Tages schaffte sie es, durch das Tor zu schweben und sie fand sich auf dem moosigen Boden eines Waldes wieder.

Sie war verwirrt. Unruhe machte sich in ihr breit. Was hatte sie getan? Was, wenn sie nicht wieder zurückfand? Ihr erster Impuls war, sofort zurückzukehren, aber dann beruhigte sie sich. Sie war sicher, dass sie in einer vollkommen fremden Welt gelandet war, einer Welt, die es nicht in ihrem Universum gab und sie wollte sie erkunden.

Sie stand auf, wankte ein wenig, ihre Beine waren ganz wackelig. Sie sah sich um. Es gab keinen Weg, nur dichtes Unterholz. In dem dicken Baum hinter sich erkannte sie die Höhle, aus der sie gerade gekommen war. Sie musste sich unbedingt den Weg hierher merken, sonst hatte sie keine Möglichkeit, zurückzukommen.

Sie ging los und kam schon bald auf einen breiten Wiesenpfad. Sie prägte sich genau ein, wie der Wald an der Stelle aussah, die Bäume, der Weg…

Sie schrak zusammen, als es im Unterholz raschelte.

Sie sah sich hektisch um, aber sie sah nichts. Sicher war es nur ein Tier, das durch das Unterholz huschte.

Sie lief den Weg entlang, kam schließlich zu großen Feldern, auf denen Bauern arbeiteten. Sie stutzte, als ihr die Werkzeuge und Gerätschaften auffielen, die die Bauern benutzten. Solche Werkzeuge hatten die Menschen in ihrer Welt vor hunderten von Jahren benutzt. War diese Welt nicht so weit entwickelt wie die Welt, in der sie lebte?

Die Menschen jedenfalls schienen freundlich zu sein, sie winkten ihr fröhlich zu und sie winkte zurück.

Das Mädchen kam in ein Dorf, in dem die Häuser einfache, mit Stroh bedeckte Lehmhütten waren. Noch immer hatte es das Gefühl, dass ihr jemand folgte.

Die junge Fürstentochter sah sich aufmerksam und ein bisschen ängstlich um. Dieses Mal sah sie ein Mädchen aus dem Schatten einiger Bäume treten. Sie war etwa im gleichen Alter wie sie selbst und sah sehr merkwürdig aus. Ihre Haare hatten die kräftige Farbe von Mais. So etwas gab es in ihrer eigenen Welt nicht.

„Folgst du mir?", fragte sie.

Das fremde Mädchen nickte. „Wer bist du?", fragte sie.

„Mein Name ist Sabeth, ich glaube, ich komme aus einer vollkommen anderen Welt."

„Aus der Welt hinter dem Baum?", fragte das Mädchen überraschenderweise.

Sabeth nickte. „Du kannst das Bild auch sehen?"

Die Fremde nickte. „Ja. Mein Name ist Ulula, ich gehöre zum Volk der Sub Divo."

„Sub Divo? Was ist das für ein Volk?", fragte Sabeth.

„Wir leben im Wald und in den Bergen. Wir leben im Einklang mit der Natur und deren Geistern. Nicht in Häusern wie die Dorfbewohner. Ich bin die Schülerin unserer Geschichtenerzählerin, der Bewahrerin der Legenden."

„Eine schöne Aufgabe", erwiderte Sabeth, obwohl sie keine genaue Vorstellung davon hatte, was das bedeutete.

„Soll ich dir unser Land zeigen?", fragte Ulula.

Sabeth nickte. „Und vielleicht kannst du mich später auch zu dem Baum zurückbringen. Ich habe ein wenig Angst, ihn nicht wiederzufinden."

Ulula lachte. „Das mache ich alles sehr gerne. Aber zuerst möchte ich dir andere Kleidung geben, damit du nicht auffällst. Niemand könnte damit umgehen, dass es eine fremde Welt neben unserer gibt."

„Außer du selbst?"

Sie nickte. „Außer mir und meiner Lehrerin. Wir kennen die Legenden."

In der nächsten Zeit kam Sabeth noch einige Male her. Sie lernte viel über das Land, sah die fantastischen, leichten, fließenden Stoffe, die die Menschen trugen. Solche Stoffe hatte sie bei sich zu Hause noch niemals gesehen. Der Rohstoff dafür wuchs an Pflanzen wie in ihrer Heimat die Baumwolle.

Ulula kletterte mit ihr durch die Berge und zeigte ihr Minen mit wunderbar funkelnden Steinen. Sabeth wusste nicht, wie wertvoll die waren, auch das Volk dieses Landes, das Vinginevio hieß, wusste es nicht oder es war ihnen gleichgültig. Niemand interessierte sich für diese Steine.

Nur die Frauen der Sub Divo brachen sie manchmal direkt aus dem Berg und fertigten Ketten daraus, die sie um ihren Hals oder als Schmuck an ihren Gewändern trugen. Aber es hatte keinerlei Wert, außer schön auszusehen.

Eines Tages brachte Sabeth auch ihren Vater in dieses Land. Der Fürst war ein weiser Mann, der entschied, dieses Land in seiner Entwicklung nicht zu stören und niemals wieder herzukommen.

Sabeth kam weiter her und besuchte die Sub Divo. Ulula jedoch weigerte sich, gemeinsam mit Sabeth in die andere Welt zu gehen.

„Was kann ich dort finden, das ich hier nicht schon habe? Eine wundervolle Natur, gute Freunde, meine Familie, mein Zuhause? Ich bin sehr glücklich hier", meinte sie.

Sabeth lernte vieles von dem Naturvolk. Sie lernte, in Einheit mit den Tieren und Pflanzen zu leben, ihre Zeichen und Sprachen zu verstehen. Naturgeister waren für diese Menschen keine unsichtbaren Wesen, sondern der Geist, der in allem mitschwingt, in jeder Begegnung, in jedem Tier, in jedem Moment, man musste nur alles sehr aufmerksam beobachten.

Sabeth war fasziniert davon und schwor sich, dieses Wissen in ihre Welt zu bringen.

Doch zunächst brachte sie ihren Bruder Enoch in diese Welt und damit die Ausbeutung und Gewalt…

1. Teil

Kapitel 1
Zukunftspläne

In einer anderen Welt, weit entfernt von der Welt, in der wir leben, wuchs das Mädchen Elodie als einziges Kind ihrer Eltern Xenja und Ratmar in dem kleinen Dorf Kimlima auf. Sie hatte eine glückliche Kindheit, spielte mit anderen Kindern des Ortes und besuchte sogar den Schulunterricht. Sie war begierig darauf, alles zu lernen, was es zu lernen gab. Aber besonders gern mochte sie das Lesen.

Bücher eröffneten ganze Welten. Sie führten in Fantasiewelten, in andere Zeiten – ob in die Vergangenheit oder die Zukunft. Aber sie konnten auch eine Menge lehren. Elodie lernte vieles über Pflanzen und auch über das Land, in dem sie lebte. Es war ein riesengroßes Land, dessen Grenzen soweit von ihrem Dorf entfernt lagen, wie der Mond – zumindest kam es Elodie so vor. Trotzdem sprachen alle Menschen in diesem großen Land ein und dieselbe Sprache, was für die Menschen das Reisen erleichterte. Das hatten sie dem obersten Landesfürsten zu verdanken, der vor vielen vielen Jahren viele einzelne Staaten zu einem einzigen Land vereint hatte.

Auch über den Landesfürsten, der vor den Toren einer großen Stadt in einer Burg lebte, und über die Regierung in ihrem Land lernte Elodie aus den Büchern. Ach, es war einfach herrlich, soviel zu wissen.

Als sie zwölf Jahre alt war, nahm Xenja sie mit in ein Kloster hoch in den Bergen. Der Weg dorthin war steil, aber nicht allzu schwierig. Er führte zuerst über einen gepflasterten Weg und dann über einen Pfad inmitten von weiten Wiesen, der viel angenehmer zu laufen war, weil er so weich war.

Elodie hatte schon gehört, dass es hier oben ein Kloster zu Ehren der Naturgötter geben sollte, aber sie war noch niemals hier gewesen.

„Warum gehen wir heute dorthin?", fragte sie.

„Du wirst es schon erfahren", erwiderte Xenja.

„Aber Mama, du kannst es mir doch auch jetzt schon sagen."
Elodie hüpfte ausgelassen vor der Mutter her. Die seufzte tief,
aber sie antwortete nicht.

Elodie erkannte gerade daran, dass es einen besonderen Grund
geben musste.

„Es ist wunderschön hier oben", jubelte sie. „Warum waren wir
noch niemals zuvor hier?"

Die Mutter hob die Schultern. „Es gibt hier ja nichts Besonderes
zu tun."

„Man kann die Natur genießen und den Ausblick. Schau doch
nur, Mama." Dabei blieb sie stehen und wies auf die weite
Aussicht über das Tal. Sie blickten über die kleinen Häuser ihres
Dorfes und konnten etwas entfernt sogar schon das nächste Dorf
erkennen. Ein kleiner Fluss schlängelte sich durch das Tal. Und
ringsherum Berge und Wiesen, Himmel und Wolken.

„Schau!", rief Elodie plötzlich mit gedämpfter Stimme.

Xenja blieb ebenfalls stehen, folgte dem Blick ihrer Tochter und
erkannte eine Gemse, die sicher frisches Grün suchte, bevor sie
sich wieder in die Berge zurückzog.

„Ja, du hast recht", lächelte sie. „Vielleicht ist das Grund genug,
hier herauf zu steigen."

„Steigen? Was redest du da? Es ist doch ein ganz normaler Weg,
der nur etwas bergan geht."

Xenja seufzte. Sie hatte ja gewusst, dass Elodie ein besonderes
Mädchen war. Wie schön es war, sie so begeistert zu sehen. Dass
sie sich so für die Natur begeistern konnte, erleichterte ihr das,
was sie tun musste.

Sie beobachtete ihre ausgelassen herumhüpfende Tochter. Ihr
dichtes, glattes Haar hatte die ungewöhnliche Farbe von blassem
Flieder und reichte ihr fast bis zur Taille. Die Farbe war eine
Laune der Natur, wie Xenja es ausdrückte und Elodie mochte sie

ausgesprochen gern. Bei jeder Bewegung wehten die Haare um ihren schmalen Körper herum. Ihre Augen waren groß und grün und schienen alles um sie herum aufnehmen zu wollen. Ihre Lippen waren voll und ihre Nase ein klein wenig zu breit. Sie hatte hohe Wangenknochen, was ihrem Gesicht etwas Edles verlieh. Sie sah ihr, Xenja, nicht ähnlich. Sie behauptete immer, dass Elodie ihrer Großmutter ähnelte, aber die kannte das Mädchen leider nicht. Xenjas Eltern wohnten weit entfernt, denn ihr Geburtsort lag in einem ganz anderen Teil des Landes. Inzwischen war die Großmutter gestorben.

Mutter und Tochter gingen weiter, bis sie bei dem Kloster der Sabethinerinnen ankamen. Es war ein altes, steinernes Gemäuer, das fast mit den Felsen zu verschmelzen schien.

Elodie blieb vor Staunen der Mund offen stehen.

Die Mutter betätigte einen schmiedeeisernen Türring an einem doppelflügigem Portal und nur Sekunden später wurde eine Tür innerhalb des riesigen Portals geöffnet. Eine junge Frau von etwa Mitte bis Ende zwanzig trat ihnen lächelnd entgegen. Sie trug ein langes, cremfarbenes, fließendes Gewand und einen Schleier auf dem Haar, der bis zu ihrer Taille floss.

Elodie betrachtete es bewundernd. Es sah wunderschön aus. Sie selbst kam sich fast ein bisschen schäbig vor in ihrem dunkelgrünen, schlichten Gewand aus leichter Wolle, das ihr bis zu den Waden reichte und um die Taille von einem breiten Gürtel geziert war. Die Mutter trug ein ähnliches Kleid in braun. Ihr Volk bevorzugte dunkle Farben und wollene Stoffe. Das hier wirkte so anders und so viel freundlicher.

Obendrein lächelte die Frau und strahlte so viel Herzlichkeit aus, dass Elodie sich auf Anhieb wohl fühlte.

„Guten Tag, ich bin Nuria. Ich führe euch zu Thyra, sie wartet schon ungeduldig."

„Wir werden erwartet?", fragte Elodie aufgeregt.

Nuria blickte sie liebevoll an. „Aber ja. Kommt nur beide mit."

Das Kloster war von innen sehr behaglich, fand Elodie. Es hatte steinerne Wände und einen ebensolchen Bodenbelag im Gang. Es lag ein schmaler, schlichter Teppich darüber, der die Geräusche ihrer Schritte dämpfte.

An den Wänden hingen Bilder der verschiedenen Naturgeister oder Bilder von Landschaften. Unter der Decke hingen Kronleuchter. Alles war hell und freundlich, wie Elodie es in einem solchen Gemäuer nicht erwartet hatte. Vermutlich lag das an den großen Fenstern.

Nuria öffnete eine Tür und ließ Elodie und ihre Mutter in einen Raum eintreten. Er war nicht sehr groß, was wiederum seine Gemütlichkeit ausmachte.

Hier lag ein großer Teppichboden aus farbenfrohem Muster über dem Steinfußboden. In einem Kamin brannte ein Feuer.

Auf einem Tisch, um den herum einige Stühle standen, befand sich ein Teller mit Keksen und Tassen mit dampfendem Schokoladentrank.

Eine Frau, die ungefähr so alt war wie ihre Mutter und ähnlich gekleidet wie Nuria, stand daneben und breitete ihre Arme zum Willkommensgruß aus. „Tretet ein!", grüßte sie freundlich.

Xenja lief auf die Frau zu und umarmte sie herzlich. „Thyra, es ist schön, dich wiederzusehen."

Elodie setzte sich und genoss die Kekse und ihren Schokoladentrank. Doch in ihr entstand ein Gefühl, dass die beiden Frauen ihr etwas verschwiegen. Was war hier los? Um was ging es hier?

Endlich brachen Thyra und Xenja ihre bis dahin oberflächliche Unterhaltung ab und wandten sich Elodie zu.

„Nun, wie gefällt es dir hier?", fragte Thyra freundlich.

„Ich habe von dem Kloster noch nicht viel gesehen, aber alles, was ich gesehen habe, finde ich wundervoll. Auch die Natur hier oben", antwortete das Mädchen ehrlich.

„Hier leben wir Priesterinnen der Naturgeister zusammen. Wir nennen uns Sabethinerinnen", erklärte Thyra.

„Sabethinerinnen?", wiederholte Elodie.

Thyra nickte. „Ja, nach der Gründerin des Ordens, die vor fünfzig Jahren oder noch länger hier mit der ersten Gruppe gelebt hat. Doch von ihnen lebt heute niemand mehr. Wir verehren die Naturgötter und bitten sie um eine gute Ernte – auch im Auftrag der Bevölkerung. Aber wir beten nicht nur, sondern haben viele andere Aufgaben. Wir bauen Gemüse und Obst an, verkaufen es auf den Märkten der Umgebung, um einige Münzen zu verdienen. Wir besuchen Kranke und Verletzte und versuchen, ihnen ihr Leiden erträglicher zu machen, und wir erstellen Chroniken über die Wetterlagen. Außerdem haben wir eine große Bibliothek und ich habe gehört, dass du gerne liest."

Das hatte die Priesterin gehört? Elodie staunte. Stand ihre Mutter etwa in Kontakt mit Thyra? Das Mädchen nickte vorsichtig. Elodie hatte keine Ahnung, wohin dieses Gespräch führte.

„Könntest du dir vorstellen, hier zu leben?", fragte Thyra dann unvermittelt.

Elodie kniff die Augen zusammen. „Ich soll hier bleiben?"

Nein, das wollte sie nicht. Sie wollte mit der Mutter zurück nach Hause gehen.

„Natürlich nicht jetzt", beeilte sich Xenja zu sagen, die die Gedanken des Kindes erriet. „Aber du weißt, wenn ein Mädchen siebzehn Jahre alt wird, entscheiden die Eltern über ihre Zukunft. Sie wählen einen Gatten aus oder schicken sie in eine Stellung in einen Haushalt oder zur Ausbildung zu einer Heilerin. Du sollst hierher kommen."

„Hierher?" wiederholte Elodie.

Innerlich frohlockte sie. Hier sollte sie leben? In dieser schönen Umgebung? In einem solch großen, reichen Haus mit einer Bibliothek? Und so nahe bei ihren Eltern?

Sie nickte wieder. „Ja, das kann ich mir gut vorstellen", erwiderte sie leise.

Xenja lächelte ihr zu. Sie war froh, dass es so einfach gewesen war. Sie hatte ein wenig Angst gehabt, dass Elodie dieser Plan nicht gefallen könnte.

„Das freut mich sehr", sagte Thyra. „Und in der Zwischenzeit kannst du uns besuchen kommen so oft du magst. Du kannst uns alle und dein neues Zuhause schon einmal kennen lernen. So wird es dir viel leichter fallen, mit siebzehn Jahren hierher zu ziehen."

„Und dann kann ich die Eltern immer besuchen gehen, nicht wahr? Und sie mich", plauderte Elodie fröhlich los.

Thyra nickte. „Ja natürlich. Ist es nicht schön, dass ihr gar nicht weit voneinander entfernt wohnen werdet? Manchen geht es da schlechter."

Ja, das wusste Elodie. So war es ja ihrer Mutter gegangen, als sie mit ihrem Vater nach Kimlima gezogen war. Und auch eine Kusine von ihr hatte geheiratet und war mit ihrem Mann weit fortgezogen. Deren Eltern waren sehr traurig darüber gewesen. Elodie machte es nichts aus, dass sie nicht heiraten würde. Sie würde hier ein erfülltes Leben führen. Und hatte Thyra nicht gesagt, dass die Priesterinnen auch auf den Markt gingen oder Kranke besuchten? Sie würde niemals hier oben vollkommen einsam leben, denn sie würde ja unter Menschen kommen.

Erst auf dem Heimweg kam Elodie in den Sinn, die Mutter zu fragen, warum sie und Vater nicht lieber wollten, dass sie heiratete. „Ich bin euer einziges Kind, wollt ihr keine Enkelkinder?", fragte sie.

„Ach Kind", erwiderte Xenja leise. „Niemand bekommt im Leben alles, was er sich wünscht. Ich werde glücklich sein, dich für alle Zeit in meiner Nähe zu haben. Und was hätte ich am Ende von einem Enkelkind, wenn du ebenso weit entfernt lebst wie deine

Kusine oder ich selbst von meinen Eltern? Du hast deine eigene Großmutter nur einmal gesehen, als du ganz klein warst, du konntest sie im Grunde gar nicht. Und nun ist sie tot."

Damit gab Elodie sich zufrieden.

Sie lebte mit der Gewissheit, mit siebzehn Jahren in das Kloster zu siedeln und freute sich durchaus darauf. Bei ihren Besuchen in der nächsten Zeit lernte sie Thyra besser kennen, aber auch andere Priesterinnen wie Nuria. Sie war sicher, dass sie sich wohlfühlen würde auf dem Berg.

Kapitel 2
Haymo

Elodie war inzwischen sechzehn Jahre alt. Sie hatte in den letzten Jahren das Kloster immer wieder besucht und sich mit den Priesterinnen gut verstanden. Besonders mit Ayla, die auch erst vor zwei Jahren, nachdem sie siebzehn Jahre alt geworden war, dem Kloster beigetreten war, hatte sie sich angefreundet.

An den Zeremonien zu Ehren der Naturgeister durfte Elodie natürlich noch nicht teilnehmen, aber Ayla hatte ihr so viel davon erzählt, dass sie beinahe meinte, dabei gewesen zu sein.

An diesem Tag hielt Elodie sich nach ihrem Rückweg noch auf den Wiesen am Berghang auf und pflückte Blumen. Es war ein so schöner Frühlingstag, dass sie nicht sofort nach Hause gehen wollte. Außerdem geriet sie in der letzten Zeit immer mehr ins Grübeln. Würde sie wirklich das Richtige tun, wenn sie ins Kloster eintrat? Als Priesterin der Naturgeister?

Oh, sie mochte das Gebäude noch immer und die Priesterinnen auch. Sie hatte sich sogar schon Bücher aus der Bibliothek ausleihen dürfen, die wirklich beachtlich war. Es war ein Raum, der doppelt so hoch war, wie die anderen Räume. Und der war in seiner ganzen Höhe mit Büchern gefüllt. Galerien führten an den Regalen entlang, die man über Treppen erreichen konnte und auf denen man komplett den Raum umkreisen konnte.

In der Mitte standen Tische, an denen man lesen oder die Bücher genauer betrachten konnte, um sich schließlich für eines zu entscheiden. Außerdem waren gemütliche Sessel im Raum verteilt, in denen man mit seiner Lektüre versinken und träumen konnte.

Das gefiel Elodie außerordentlich.

Und sie fühlte sich in der Natur dort oben in den Bergen unendlich wohl. Die Luft schien ihr klarer zu sein als im Tal und man war irgendwie der Sonne näher. Es war alles noch viel weitläufiger, als sie vor vier Jahren, als sie zum ersten Mal hier

gewesen war, gedacht hatte. In alle Richtungen führten Spazier-
wege, die sich auch wieder verzweigten.

Oh ja, Elodie konnte sich leicht vorstellen, dort zu leben. Zumindest eine Zeitlang. Aber das, was auf sie zukam, würde für immer
sein. Und sie wusste nicht, ob sie für immer so leben wollte. Sie
konnte sich im Augenblick nichts vorstellen, dass irgendjemand
für immer tun wollte. Für immer war so verdammt lang und
brauchte man im Leben nicht auch Veränderungen?

Allerdings lag es sowieso nicht in ihrer Hand, ihre Zukunft zu
ändern. Bei ihrem Volk war es nun mal üblich, dass die Eltern
den Werdegang ihrer Kinder bestimmten. Und das war sicher
auch richtig so. Sie verfügten über viel mehr Erfahrung und
Weisheit. Ach, sie sollte nicht soviel darüber grübeln, es waren
keine guten Gedanken, es war rebellisch und undankbar.

Die Jungen hatten es ein wenig leichter. Sie waren zwar in ihrer
Berufswahl nicht völlig frei und übten meistens den Beruf ihres
Vaters und Großvaters aus, aber sie konnten reisen, ihren Beruf
auf der Wanderschaft erlernen, so wie ihr Vater das getan hatte
und sie konnten sich die Partnerin aussuchen, die sie sich wünsch-
ten. Es kam dann nur darauf an, ob die Eltern des Mädchens zustimmten. Wenn ein Junge gar nicht heiraten wollte, war es auch
in Ordnung. Er hatte ja sein Einkommen, niemand musste ihn
versorgen.

Elodie seufzte, ein wenig beneidete sie die Jungen, aber es war ja
nicht zu ändern. Die Eltern hatten sicher so entschieden, wie es
richtig war.

Sie hatte bereits einen ganzen Arm voller Blumen in den herr-
lichsten Farben, als sie ganz langsam Richtung Dorf zurück
schlenderte. Sie ging inzwischen oft querfeldein, anstatt den
ausgetretenen Wiesenpfad zu benutzen. Das machte noch viel
mehr Spaß und gab ihr das Gefühl von Freiheit.

Sie sang leise vor sich hin, als ihr direkt hinter der Dorfgrenze ein
junger Mann in der Arbeitskleidung der Zimmerer entgegenkam.

24

Elodie kannte die Kluft gut, ihr Vater war ja Baumeister und bildete manchmal Zimmerer aus. Diesen hier kannte Elodie allerdings nicht. Es war ihr ein wenig peinlich, weil er ihren Gesang gehört hatte.

„Guten Tag, junges Fräulein", grüßte der junge Mann fröhlich.

„Guten Tag", erwiderte Elodie etwas zurückhaltender.

„Kannst du mir sagen, wo ich hier einen Baumeister finden kann? Ich bin Zimmerer auf der Wanderschaft und suche Arbeit."

Jetzt lächelte Elodie. „Natürlich. Das ist mein Vater. Du kannst mich begleiten."

Ein Strahlen flog über sein Gesicht. „Das mache ich gern."

Sie blickte ihn etwas verstohlen an. Er war größer als sie und sicher vier oder fünf Jahre älter. Er war gut gebaut, was bestimmt an seiner Arbeit lag, bei der man körperlich arbeiten musste. Auch ihr Vater war recht muskulös. Der junge Mann hatte ein ebenmäßiges Gesicht mit einem dunklen Teint. Elodie vermutete, dass er aus einem anderen Teil des Landes kam. Auch sein Haar war dunkelbraun und seine Augen nur wenig heller.

„Mein Name ist übrigens Haymo", stellte er sich vor. „Ich komme aus dem tiefsten Süden, bin schon ziemlich weit herumgekommen und habe überall viel gelernt." Er lachte.

Sie stimmte ein. Er hatte ein fröhliches, unbeschwertes Lachen, das sie mitriss.

„Ich bin Elodie. Mein Vater ist Ratmar."

„Der Baumeister des Ortes."

„Genau. Dort drüben ist schon unser Haus."

Der Vater war natürlich auf einer Baustelle unterwegs und konnte den Gast erst am Abend kennen lernen. Er freute sich über den Besucher, denn zu dieser Jahreszeit hatte er immer viel Arbeit und ihm fehlten auf jeden Fall ein paar helfende Hände.

„Ein Zimmerer auf der Wanderschaft. Das ist eine sehr gute Art, das Handwerk zu erlernen", meinte Ratmar, als sie zu Viert um einen Kessel mit Bohnensuppe herumsaßen. „Überall haben die Menschen andere Methoden entwickelt und wer viele davon lernt, ist entschieden im Vorteil. Auch ich bin vor vielen Jahren auf eine solche Wanderschaft gegangen. Von dort habe ich meine Frau mitgebracht." Er lachte und Xenja schmunzelte vor sich hin, als sie an die Zeit ihres Kennenlernens dachte.

Haymo hielt seinen Kopf über seinen Teller Suppe gesenkt und blinzelte verstohlen Elodie an. Sie bemerkte es und errötete leicht.

„Aus welchem Teil des Landes kommst du?", fragte Ratmar ohne den Blickwechsel zu bemerken.

„Mein Zuhause ist am großen See Ziwabe. Dorthin werde ich zurückkehren, wenn meine Wanderschaft vorüber ist."

„Möchtest du soviel lernen, dass du als Baumeister zurückkehren kannst?", fragte Ratmar.

„Das ist durchaus mein Wunsch", erwiderte Haymo bescheiden.

„Dann kannst du gleich morgen mitkommen. Ich habe viel zu tun und nur einen Gehilfen. Du kommst genau zum richtigen Zeitpunkt."

Haymo strahlte, er freute sich, dass er so gut aufgenommen wurde. Ein weiteres Mal schielte er zu Elodie. Dieses Mal bemerkte Xenja den Blick.

„Meine Tochter Elodie wird in wenigen Monaten, wenn sie siebzehn Jahre alt ist, in den Orden der Sabethinerinnen eintreten. Das Kloster liegt oben in den Bergen. Dort leben Priesterinnen der Naturgeister. Sie bitten um das rechte Gleichgewicht der Natur, um Regen oder um Sonne zur rechten Zeit. Sie besänftigen, bitten und verehren die Götter. Eine noble Aufgabe und ein gutes Leben, wie ich meine", plauderte sie drauf los. Sollte dieser junge Mann lieber von Anfang an wissen, dass Elodie nicht für ihn zu haben war.

Für Haymo waren ihre Worte wie eine Dusche kalten Wassers. Dieses schöne junge Mädchen mit der ungewöhnlichsten Haarfarbe, die er jemals gesehen hatte, sollte ihr ganzes Leben in einem einsamen Bergkloster zu Ehren der Naturgötter verbringen? War sie damit einverstanden? Sie sagte nichts dazu und er konnte an ihrem Gesicht keine Regung bemerken.

In seiner Heimat entschieden die Jugendlichen selbst über ihre Zukunft. Natürlich sprachen sie mit den Eltern über ihre Pläne, aber bestimmen taten sie selbst.

Hier war das anders, das hatte er auf seiner Wanderschaft bereits gelernt.

Andere Länder, andere Sitten, dachte er. Es war ja nicht sein Problem.

Haymo wurde für Ratmar rasch zu einem unersetzlichen Mitarbeiter.

Hätte der jedoch erkannt, dass Haymo auch für seine Tochter Elodie immer wichtiger wurde, hätte er ihn trotzdem aus seinem Haus gewiesen. Aber weder Ratmar noch Xenja bemerkten die sanfte Entwicklung.

Elodie mochte die ungezwungene, fröhliche Art von Haymo sehr. Sie bemerkte selbst kaum, dass ihre Gefühle sich veränderten. Es geschah einfach und als es ihr bewusst wurde, traf sie die Erkenntnis wie ein Blitz. Unvorbereitet und mit Macht. Sie hatte sich in den gutaussehenden zweiundzwanzigjährigen Mann verliebt. Elodie versuchte, es sogar vor sich selbst zu verbergen. Sie wollte das nicht, es durfte nicht sein. Ihr Weg war doch längst beschlossen und lag klar vor ihr. Sie würde den Schwur der Priesterinnen leisten. Sie konnte nicht zurück. So etwas hatte es, soviel sie wusste, noch niemals gegeben.

Eines Tages folgte Haymo ihr, als sie auf der Suche nach Klarheit das Kloster besuchen wollte.

„Elodie", rief er hinter ihr her. Sie wandte sich um und erstarrte.

„Haymo, was willst du hier?"

„Ich will nur die Umgebung kennen lernen. Ratmar hat mir die Erlaubnis gegeben. Er sagte, ich hätte fleißig gearbeitet und es würde allmählich Zeit, dass ich einen freien Tag bekomme, an dem ich tun und lassen kann, was ich will."

Elodie nickte. „Ja natürlich, das stimmt schon."

Er blickte sich um. „Es ist sehr schön hier. Dort, wo ich herkomme, gibt es keine Berge. Dafür den großen, glitzernden See."

Elodie lächelte. „Das ist sicher auch sehr schön."

„Ja, das ist es."

Sie schickte sich an, weiter zu gehen, aber er hielt sie auf.

„Haymo, nicht", bat sie.

„Ich will nur mit dir reden."

„Es gibt zwischen uns nichts zu reden."

„Ich denke doch. Elodie, du bist mir nicht gleichgültig und ich glaube…"

„Ich leiste den Schwur der Priesterinnen."

„Warum?"

„Warum? Weil meine Eltern es so für mich entschieden haben."

„Ich verstehe das nicht. Warum wollen sie nicht, dass du heiratest und ihnen Enkelkinder schenkst?"

„Ich weiß es nicht", erwiderte sie leise. Dieselbe Frage hatte sie einst ihrer Mutter gestellt.

„Und was willst du selbst?", fragte Haymo.

„Ich…" Ich will es auch, wollte sie sagen, aber sie konnte nicht. Die Worte wollten nicht über ihre Lippen. Sie senkte den Kopf.

„Ich fand, es war eine schöne Zukunftsaussicht. Es ist ein so schönes Kloster, reich ausgestattete Räume, eine wundervolle Umgebung und die Arbeiten sind sicher nicht zu schwer. Die Priesterinnen sind freundlich und die Naturgötter müssen wir doch verehren. Es war alles selbstverständlich und klar für mich - vor fünf Jahren, als ich davon erfuhr. Noch vor kurzem fühlte es sich richtig an, aber dann bekam ich erste Zweifel, ob ich mein ganzes Leben so führen will."

„Und heute?"

„Und heute gehe ich zum Kloster mit der Bitte, die Zweifel von mir zu nehmen."

Wieder wollte sie weitergehen. Er hielt sie am Arm zurück.

„Nicht, Haymo."

Er folgte ihrem Blick in Richtung Dorf, das noch nicht sehr weit entfernt war.

„Kann diese Entscheidung nicht geändert werden? Dort, wo ich herkomme, entscheiden die jungen Leute selbst. Es ist ja schließlich unser Leben."

„Im Ernst? Auch die Mädchen?"

„Ja. Sie suchen sich selbst ihren Partner aus oder ob sie etwas anderes im Leben tun wollen. Es ist ihre freie Entscheidung."

„Und welchen Beruf die Jungen ausüben, wählen sie auch selbst? Sie müssen nicht den Beruf ihres Vaters ausüben?", staunte Elodie.

Haymo nickte. „Ja. Mein Vater ist zum Beispiel Kaufmann."

Das erstaunte Elodie sehr. Sie wusste nicht, ob das richtig war.

„Hier entscheiden die Eltern, weil sie über mehr Weisheit verfügen", sagte sie.

„Aber sie haben nicht deine Träume", erwiderte Haymo leise.

Als sie ein drittes Mal weiterging, hielt er sie nicht zurück, sondern folgte ihr. Schweigend gingen sie den Wiesenpfad entlang, bis sie außer Sichtweite des Dorfes waren. Dort blieb er stehen und zog sie ohne Vorwarnung in seine Arme. Sie schrie überrascht auf, aber sie wehrte sich nicht. Seine Umarmung tat ihr gut. Sie legte ihren Kopf an seine Schulter.

„Kann die Entscheidung nicht geändert werden?", wiederholte Haymo seine Frage.

„Nein, diese Entscheidungen sind Abmachungen. Sie werden nicht geändert. Niemals."

„Komm trotzdem mit mir, wir gehen in meine Heimat."

„Aber Haymo, ich kann doch nicht einfach meine Eltern verlassen. Im Streit, ohne Abschied."

„Versuch mit ihnen zu reden. Bitte sie, dich von der Entscheidung zu entbinden. Du wusstest ja noch nicht, dass ich in dein Leben trete."

„Man weiß nie, was kommt, wenn die Zukunftsentscheidungen getroffen werden. Sie dienen ja auch dem Schutz. Wenn meinen Eltern etwas zugestoßen wäre, hätten die Priesterinnen mich schon früher aufgenommen und für mich gesorgt."

„Ich kann für dich sorgen, Elodie", beschwor er sie.

Er löste sich ein wenig, hob ihr Kinn an und küsste ihren Mund. Elodie war noch niemals so geküsst worden, es fühlte sich gut an. Weich und warm, zärtlich und beschützend. Sie wollte für immer mit ihm hier stehen. Auf der Wiese zwischen den Bergen, irgendwo im Nichts zwischen dem Dorf und dem Kloster. Aber das war ja Unsinn, was ging nur in ihrem Kopf vor?

Sie wusste, dass sie den Schwur der Priesterinnen nicht aus vollem Herzen leisten konnte. Sie ging an diesem Tag nicht zum Kloster und bat um Klarheit. Es war ja auch überflüssig, sie fühlte mit absoluter Klarheit, was sie selbst sich erträumte.

Sie und Haymo legten sich ins Gras, sie lag in seinem Arm, ihren Kopf auf seine Brust gebettet. Sie genossen es beide, beisammen zu sein, jeder die Gegenwart des anderen zu fühlen, die Wolken ziehen zu sehen, Schmetterlinge zu beobachten und kleine Käfer über die Arme krabbeln zu lassen.

So lagen sie beisammen, bis es langsam kühler wurde.

„Wir müssen nach Hause gehen, aber wir sollten nicht zusammen dort auftauchen", sagte Elodie schließlich.

„Ja, das ist klar", stimmte er zu. „Dann geh du zuerst. Ich warte, bis es dunkler ist und komme dann nach. Wenn mich einer fragt, wie ich meinen freien Tag verbracht habe, werde ich sagen, dass ich eine Wanderung in die Berge unternommen habe."

Sie nickte zustimmend.

Es fiel ihr schwer, sich von ihm zu lösen und aufzustehen.

Sie strich ihr Kleid glatt, achtete darauf, das nirgendwo Grasflecken waren und ging dann mit einem letzten Blick auf Haymo den Pfad wieder hinab ins Dorf.

In der nächsten Zeit trafen sie sich oft an *ihrem* Platz, wie sie ihn jetzt nannten und stahlen sich wertvolle Augenblicke der Zweisamkeit. Sie lagen zusammen im Gras, hielten sich im Arm, sahen den Wolken zu.

„Oh, sieh dort!", rief Elodie einmal. „Die Wolken sehen aus wie zwei Menschen, die sich ansehen."

„Ja, tatsächlich", stimmte Haymo zu. „Und schau, sie schweben aufeinander zu."

„Ja. Es ist ein Zeichen, Haymo."

„Ein Zeichen?"

„Ja natürlich. Für uns."

„Meinst du? Nun, davon verstehe ich nichts. Aber um bei dem Bild zu bleiben: Ja, wir treiben tatsächlich immer weiter aufeinander zu, meinst du nicht?"

„Ja", hauchte sie.

„Ich bin jetzt schon eine Weile hier. Und dein siebzehnter Geburtstag rückt näher."

„Ja." Durch ihren Körper fuhr ein unangenehmes Kribbeln. Es lag an der Angst, wenn sie daran dachte. Für sie selbst stand inzwischen fest, dass sie mit Haymo gehen wollte.

„Rede endlich mit deinen Eltern. Wir können es auch gemeinsam tun, aber es muss bald sein", drängte er sanft.

„Ja, du hast recht. Und wenn sie nicht zustimmen?"

„Dann gehen wir zusammen fort. Wenn es sein muss, heimlich. So wie wir uns auch jetzt fortstehlen, nur, dass wir dann nicht mehr zurückkommen. Dagegen können sie nichts tun. Sie werden uns sicher nicht jagen lassen."

„Nein, das wohl nicht. Aber ich soll meine Eltern einfach verlassen? Davonlaufen? Förmlich fliehen und sie niemals wieder sehen?"

„Nur im Notfall. Und wer redet denn von niemals wieder sehen? Niemals ist sehr lange. Eines Tages könnten wir trotzdem zurückkehren. Vielleicht mit unseren Kindern. Dann werden sie ausgesöhnt sein."

Es war eine furchtbare Vorstellung. Elodie liebte ihre Eltern. Sie hoffte von ganzem Herzen, dass sie Verständnis haben würden. Immerhin hatte auch der Vater sich einst auf seiner Wanderschaft in Xenja verliebt und sie geheiratet. Auch die Mutter kam aus einer anderen Gegend, in der ihr Wunsch offenbar respektiert wurde. Vielleicht würde die Mutter sie gerade deshalb verstehen. Aber sicher war Elodie keineswegs. Für ihre Gegend und ihr Dorf war ihr Vorhaben schon sehr ungewöhnlich.

Und dann drehte sich in den letzten Tagen immer häufiger und aufdringlicher die Frage in ihrem Kopf: Warum wollen die Eltern, dass ich ins Kloster gehe? Was steckt wirklich hinter diesem Plan?

Einst hatte sie solche Gedanken verdrängt, aber nun waren sie wieder da. Lauter und drängender als zuvor und mit ihnen das unbestimmte Gefühl, das etwas nicht stimmte. Dass ihr etwas verheimlicht wurde.

Irgendetwas.

Kapitel 3
Die Entscheidung

Die Mutter schlug sich erschrocken die Hand vor den Mund, als sie von Elodies Wunsch hörte. „Nein, das geht nicht", sagte sie leise und Elodie glaubte, die Traurigkeit in ihrer Stimme zu hören. Keinen Ärger, keine Verständnislosigkeit, auch keine Enttäuschung, weil die Tochter plötzlich ihre Entscheidung infrage stellte. Nein, es war Traurigkeit. Warum? Weil sie gerne Elodies Wunsch erfüllt hätte und es nicht konnte? Dann stellte sich wieder die Frage nach dem Warum.

„Das können wir dir wirklich nicht erlauben, Elodie", ergänzte der Vater mit wesentlich festerer Stimme.

„Aber wieso nicht? Und wieso wollt ihr überhaupt, dass ich ins Kloster gehe? Ich bin euer einziges Kind. Ihr verschenkt damit die Möglichkeit, Großeltern zu werden."

„Es ist ein gutes Leben, das du dort führen wirst", sagte die Mutter. „Es hat dir doch selbst gefallen."

„Ich habe es akzeptiert und ich fand es nicht so schlecht, das stimmt. Als ich zwölf Jahre alt war und der Tag meines Eintritts noch in weiter Ferne lag. Ich frage mich heute sowieso, warum ihr so früh entschieden habt. Das tun nicht alle Familien."

„Ach Kind, es war doch gut, dass du schon mal das Kloster und die Priesterinnen kennenlernen konntest, bevor du dorthin ziehst. Und du warst abgesichert, falls Papa und mir etwas zugestoßen wäre."

„Dafür hätte es andere Möglichkeiten gegeben. Wie auch immer - jetzt bin ich bald siebzehn Jahre alt und ich kann mir einfach nicht vorstellen, mein ganzes Leben dort oben in den Bergen zu verbringen. Abgeschieden. Ich sehne mich nach etwas anderem."

„Ich kann mir denken, was das ist", erwiderte der Vater streng und mit einem Blick auf Haymo.

„Ist das so schlimm?", fragte Elodie. „Ja, ich möchte mit ihm zusammen sein. Und ich möchte in andere Länder reisen. Ich mag die Berge, ich möchte alle Wege dort oben erwandern, aber nicht mein ganzes Leben lang ausschließlich.

Vater, du hast doch auch Mutter geheiratet. Ihr beide hattet die gleichen Wünsche."

„Xenja kam aus einer Gegend, in der sie selbst bestimmen durfte und sie ist mit mir gegangen. Du bist nicht in der Situation. Du gehst zu Thyra. Und Haymo wirst du vergessen."

„Das werde ich sicher nicht!", begehrte Elodie auf und sprang von ihrem Stuhl hoch. Haymo fasste ihre Hand und drückte sie beruhigend. Elodie atmete tief durch und setzte sich wieder.

„Elo, so kennen wir dich ja gar nicht", brachte die Mutter erstaunt über den Ausbruch ihrer Tochter hervor.

„Ist es eine Frage des Geldes?", fragte Haymo dann. „Ich meine, würde diese Thyra nicht auf die Brautgabe verzichten, die in solchen Fällen ja das Kloster bekommt?"

„Woher soll ich das wissen?", brummte Ratmar.

„Ich würde auf eine Mitgift verzichten. Ich kann uns ernähren. Thyra kann das Geld bekommen", bot Haymo sofort an.

Die Mutter blickte die beiden jungen Leute fast mitleidig an. „Ihr liebt euch wirklich, nicht wahr?", fragte sie.

„Ja", antwortete Haymo schlicht.

„Ich will bei ihm sein", erwiderte Elodie.

Xenja legte ihre Hand auf Ratmars. Der schaute sie an und in seinen Augen lag eine gewisse Resignation. Elodie bemerkte es und wusste nicht, wie sie das deuten sollte. Das Geld war doch jetzt geklärt. Wenn die Eltern zustimmten, konnte sie ihr Schicksal ändern.

„Ich glaube nicht, dass Thyra auf dich verzichtet", meinte Ratmar.

„Warum nicht? So wichtig kann ich für Thyra doch nicht sein!", rief Elodie verzweifelt.

Wieder war da diese Hilflosigkeit im Blick von Xenja und Ratmar. Auch Haymo bemerkte es und zog die Augenbrauen zusammen. Was war nur los? Steckte mehr hinter dieser Entscheidung? Gab es ein Geheimnis?

„Wenn Thyra zustimmt, könnt ihr zusammenbleiben", entschied Ratmar endlich. „Deine Mutter und ich wünschen uns wirklich, dass du glücklich wirst. Wir waren so froh, dass du von Herzen einverstanden warst mit dem Plan."

Elodie fiel ein Stein vom Herzen. Thyra musste doch einfach zustimmen. Warum sollte sie nicht? Sie bekam schließlich ihr Geld und Elodie, konnte doch für das Kloster nicht so wichtig sein, dass Thyra auf einen Eintritt gegen ihre Überzeugung bestand.

Haymo begleitete Elodie zum Kloster. Die Eltern waren dagegen, aber Haymo ließ sich das nicht ausreden. Er wollte das Elodie nicht allein machen lassen. Sie wussten ja nicht, ob es ein leichtes oder ein schwieriges Gespräch werden würde. Und es ging ihn ebenso viel an wie Elodie. Auch sein Schicksal hing davon ab.

„Was machen wir, wenn sie ablehnt? Gehst du dann trotzdem mit mir fort?", fragte er, während sie den Pfad hinaufstiegen.

Elodie schwieg und grübelte. Ja, das wollte sie. Sie würde mit ihm gehen. Fliehen vor einem Leben im Kloster. Laufen in eine Zukunft mit Haymo. Aber das würde auch bedeuten, dass sie sang- und klanglos ihre Eltern zurücklassen müsste. Ohne Abschied. Vielleicht sogar ohne sie jemals wiederzusehen. Nein, das sicher doch nicht. Nach ein paar Jahren, wenn Gras über ihre Flucht gewachsen wäre, könnte sie zurückkehren. Möglicherweise mit Kindern, dann wären die Eltern sicher versöhnt.

„Elo, du sagst ja gar nichts?", drängte Haymo besorgt.

Sie blickte ihn an. Sah seine muskulöse Gestalt, seinen dunklen Teint und sein braunes, etwas zerzaustes Haar. Seine Augen sahen besorgt aus. Und sie wusste ohne jeden Zweifel, was sie tun musste. Sie konnte gar nicht anders handeln.

Sie lächelte.

„Natürlich werde ich mit dir gehen. Wie könnte ich nicht? Würde ich allein hier bleiben, würde ich weiter existieren, aber nicht mehr leben."

Er blieb stehen und zog sie in seine Arme, küsste sie, streichelte über ihr Haar. Ein tiefes Glücksgefühl durchfuhr Elodie. Sie wusste, sie hatte richtig entschieden und würde das auch wirklich genauso machen, wenn Thyra sie nicht freigeben würde.

Ihre Sorgen flogen davon. Denn sie wusste, nichts würde sie von Haymo trennen.

Als er Hand in Hand mit Elodie auf das Kloster zutrat, überfiel ihn ganz plötzlich und ohne erkennbaren Grund eine Abneigung. War es das trutzige, steinerne Gemäuer, wie er sie aus seiner Heimat nicht kannte und das abweisend auf ihn wirkte? Oder lag wirklich etwas in der Luft? Ging etwas von den Mauern aus?

Unsinn, redete er sich in Gedanken zu. *Das Gespräch kommt jetzt näher, wir stehen vor dem Kloster, das bisher nur ein unsichtbares Gebäude für mich war. Ich bin besorgt, dass das Gespräch nicht gut verläuft. Von den Mauern geht gar nichts aus. So etwas gibt es nicht.*

Elodie betätigte den schmiedeeisernen Klopfer und eine schon ältere Priesterin in dem cremefarbenen fließenden Kleid und Schleier auf dem ergrauten Haar öffnete.

„Elodie, welche Überraschung", begrüßte sie das Mädchen und nickte dem männlichen Gast reserviert zu.

„Sei gegrüßt Wilrun. Ich… wir müssen mit Thyra sprechen. Es ist sehr wichtig."

„Aber Männer dürfen unser Kloster nicht betreten", erwiderte Wilrun.

Haymo dachte, dass es wohl doch eine Vorahnung gewesen war, die ihn beim Nähergehen erfasst hatte, wenn jetzt und hier schon die Probleme begannen. Er klammerte sich an den Gedanken, dass Elodie so oder so mit ihm gehen würde.

Hat mich deshalb mein Vater vor fünf Jahren nicht begleitet, fragte Elodie sich jetzt. Sie hatte nie darüber nachgedacht, aber jetzt fand sie es merkwürdig, dass Ratmar zu diesem wichtigen Termin nicht dabei gewesen war.

„Es ist aber sehr wichtig. Wenn er nicht hinein darf, kann Thyra dann vielleicht heraus kommen?", fragte Elodie höflich.

Wilrun seufzte. „Warte hier. Ich gehe sie fragen."

Als Thyra vor das Tor des steinernen Gemäuers trat, lächelte sie Elodie entgegen. Doch fast im selben Augenblick bemerkte sie Haymo und ihr Blick veränderte sich.

Haymo hatte das Gefühl, er würde unter diesen Augen zurückweichen, so ablehnend waren sie. Doch in Wirklichkeit blieb er aufrecht stehen und blickte ihr entschlossen entgegen.

Diese Frau war äußerlich kaum von der Frau zu unterscheiden, die ihnen die Tür geöffnet hatte. Ihr langes fließendes Kleid schimmerte und war vielleicht eine Spur heller als der Schleier, der über ihre Schultern bis zur Taille floss. Im Gegensatz zu der anderen Priesterin waren ihre Haare peinlich genau verdeckt, nicht einmal der Ansatz war zu sehen.

Ihre blauen Augen waren kalt wie Eis.

Das sollte die Frau sein, die als Hohepriesterin dem Kloster vorstand, in dem die Naturgötter gehuldigt wurden? Die Frau, unter deren Schutz seine Elodie bald stehen sollte?

Jetzt lächelte sie tatsächlich auch ihn an, aber es war kein aufrichtiges, warmes Lächeln. „Mein Name ist Thyra, ich bin die Hohepriesterin dieses Ordens. Was führt dich zu uns, Fremder?"

„Er hat mich begleitet", erwiderte Elodie leise.

Bildete sie es sich ein, oder zuckte es verächtlich in Thyras Gesicht?

„Und warum? Wer ist er und was kann ich für ihn tun?", fragte sie mit einer Freundlichkeit, die nicht zu ihrem unnahbarem Gesichtsausdruck passte. Elodie wurde ganz elend zumute. Dieses Gespräch würde kein gutes Ende nehmen.

„Das ist der Zimmerer Haymo. Er ist auf Wanderschaft, um das Handwerk des Baumeisters zu lernen, zurzeit arbeitet er bei meinem Vater."

„Wir haben hier keine Arbeit für einen Zimmerer, falls das dein Begehr ist, Elodie", entgegnete Thyra.

„Nein, das ist es nicht. Ich… Ich…"

„Sprich – oder habe ich dir jemals Anlass gegeben, dich vor mir zu fürchten?", forderte Thyra sie auf. Es klang allerdings nicht ermutigend, eher wie ein Vorwurf.

„Nein, das hast du nicht", stimmte Elodie zu. Dabei dachte sie: *Bisher nicht. Aber jetzt schon. Alles an dir ist so ablehnend, dass ich tatsächlich Angst habe, mein Anliegen auszusprechen.*

Haymo tastete nach Elodies Hand.

Thyra bemerkte es und runzelte die Stirn. Nur für einen winzigen Augenblick, sie versuchte wirklich, ihre Mimik zu kontrollieren, aber es gelang ihr nicht gut genug. Elodie und Haymo bemerkten die Missbilligung.

Aber es half ja nichts. Es musste ja heraus.

„Ich bitte dich, mich von meinem Versprechen zu entbinden. Den Schwur habe ich ja noch nicht geleistet, so ist das sicher möglich und liegt in deiner Hand. Ich habe etwas kennengelernt, das ich noch nicht kannte, als ich versprach, mit siebzehn Jahren herzukommen. Es ist die Liebe. Thyra, ich möchte mit Haymo gehen."

Thyra starrte Elodie entsetzt an. Dann wanderten ihre Augen von Elodie zu Haymo. Der junge Mann erstarrte unter ihrem Blick.

Beide, Elodie und Haymo, bemerkten die Verachtung, die ihnen entgegenschlug.

„Liebe! Hah!", spuckte Thyra endlich verächtlich aus. „Schön, dann hast du sie ja kennengelernt und kannst das Kapitel abhaken. Glaub mir, du verpasst nichts. Die Liebe kommt und geht, sie hat keinen Bestand. Und besonders die Männer sind nicht in der Lage, einer Frau treu zu sein. Dir wird viel Leid erspart bleiben, wenn du dich von ihm trennst."

Elodie schluckte schwer.

„Doch, wir können treu sein", widersprach Haymo. Mein Vater ist es und mein Großvater auch. Auch Elodies Vater ist treu."

„Ach, das weißt du alles so genau? Würden sie es dir auf die Nase binden, wenn es anders wäre?", schrie Thyra plötzlich. Eine Thyra, wie Elodie sie bisher nicht kennengelernt hatte.

„Thyra, bitte, ich möchte mit ihm gehen. Meine Eltern haben nichts dagegen, wenn du uns deinen Segen gibst. Ich bin doch nicht wirklich wichtig für das Kloster."

„Jede einzelne Priesterin ist wichtig", widersprach Thyra.

„Mag sein, aber ich bin noch keine und keine der Aufgaben ist so beschaffen, dass unbedingt Ich sie erfüllen muss."

Wieder schwieg Thyra einen Moment, starrte von Elodie zu Haymo – diesem jungen Mann, der all ihre Pläne zerstören konnte.

„Ich entbinde dich nicht. Du wirst an deinem siebzehnten Geburtstag hierher kommen und den Schwur leisten. Den ewigen Schwur. Du wirst den jungen Mann vergessen. Das ist immer so. Man stirbt nicht an einer Trennung."

„Das vielleicht nicht, aber ich werde ihn nie vergessen und immer lieben. Und dich werde ich dafür verantwortlich machen, dass ich nicht mit ihm gehen durfte", schrie Elodie jetzt verzweifelt.

„Ach papperlapapp. Die Zeit vergeht und mit ihr der Schmerz und schließlich ist sogar die Erinnerung nur noch ein weit entferntes

Bild im Nebel. Ich entbinde dich nicht, Elodie. Das ist meine unumstößliche Entscheidung."

Damit wandte sie sich ab und wollte wieder durch die Tür hineingehen. Es war eine Demonstration von Macht. Ihr Wort war Gesetz und stand nicht zur Diskussion und sie zeigte mit dieser Geste deutlich, dass sie erwartete, dass ihrem Wort Folge geleistet wurde.

Elodie stürzte hinter ihr her, warf sich auf den Boden, griff nach dem langen Kleid der Hohepriesterin, so dass Thyra stehen bleiben musste. Auf Knien rutschte Elodie weiter und umklammerte Thyras Beine.

Haymo hätte sie am liebsten davon abgehalten. Es war eine Demütigung, die er kaum mitansehen konnte und die darüber hinaus nichts bringen würde.

„Thyra, bitte, sei nicht herzlos. Lass mich gehen."

„Elodie, steh auf. Es ist peinlich, wie du dich benimmst. Deine Eltern haben für dich entschieden und du hast das zu befolgen. Wenn sie dich davon entbinden würden, ist es ihre Sache. Es ist schwach und nicht sehr imponierend. Ebensowenig wie dein eigenes Benehmen. Ich will nichts mehr hören. Ich werde meine Entscheidung nicht ändern. Ich bin nicht schwach. Wäre ich das, könnte ich diesem Kloster nicht vorstehen."

Elodie liefen inzwischen Tränen über die Wange. Haymo lief zu ihr, stützte sie, damit sie aufstand und sich nicht noch weiter demütigte.

Elodie atmete tief durch. Sie sah auf Thyras Rücken. Die Priesterin war schon an der Schwelle der Tür angekommen. „Ich werde trotzdem gehen!", rief Elodie so fest sie konnte. Thyra blieb stehen, aber sie drehte sich nicht um.

„Ich werde mit Haymo gehen und das ist nicht schwach. Das ist verdammt stark. Die Entscheidung einer unabhängigen Frau. Meine Entscheidung. Ich werde mich dir nicht anschließen. Und wenn du mich dafür verfluchen willst, dann tu es."

Elodie war noch nie in ihrem Leben so entschieden gewesen. Gerade jetzt, nachdem sie diese unbarmherzige Seite von Thyra kennen gelernt hatte.

Thyra antwortete nicht. Offenbar war sie der Meinung, alles gesagt zu haben. Kerzengerade stand sie da, nur ihre Hand suchte Halt am Türrahmen. Schwächte sie dieser Widerstand Elodies doch? Nach ein paar Sekunden, während der sie regungslos vor dem Türrahmen gestanden hatte, ging sie weiter – ohne ein weiteres Wort, ohne sich noch einmal umzudrehen. Die kleine Tür innerhalb des riesigen Portals schloss sich. Elodie und Haymo standen draußen und starrten auf das Gemäuer.

„Sie ist ein hartherziger, unfreundlicher Mensch", stellte Haymo fest.

„Ja", schniefte Elodie. „Ich weiß gar nicht, wo die liebevolle, freundliche Person geblieben ist, die ich kennen gelernt habe."

„Vielleicht ist sie nur freundlich, solange ihr niemand widerspricht. Solche Menschen gibt es. Elodie, wir müssen schnell aufbrechen. Noch bevor du siebzehn bist, bevor uns jemand aufhalten kann."

Sie nickte unter Tränen. „Ja", schniefte sie leise.

Mit schlechtem Gewissen log sie ihre Eltern an und behauptete, Thyra hätte ihre Zustimmung und ihren Segen gegeben. Sie hatte auf dem Rückweg vom Kloster gemeinsam mit Haymo beschlossen, dass das wohl das Beste sei.

Sie wollten sich nicht viel Zeit lassen. Elodie begann schon am nächsten Tag, ein paar Sachen zu packen. Niemand sollte Gelegenheit bekommen, sie und Haymo noch zu trennen.

Thyra zog sich in einen besonders spirituell eingerichteten Raum des Klosters zurück. Standbilder der Naturgötter standen auf halbhohen Säulen.

Doch zu den Göttern beten wollte sie jetzt nicht.

Sie zündete dicke Kerzen an. Ihr Blick ruhte auf Bildern mit spirituellen Kreisen und Formen, die ihr halfen, zu meditieren. Als sie fühlte, dass die Ruhe wieder in ihren Geist einkehrte, hob sie die Arme, breitete sie weit auseinander und stimmte einen eigentümlich unmelodischen Gesang an. Nach einiger Zeit schwankte sie wie von selbst hin und her. Jetzt setzte sie sich auf einen bunt gemusterten Teppich und schloss die Augen. Sie suchte in sich die Lösung. Sie wusste, sie war da. Sie musste nur dorthin vordringen durch all ihre Verwirrtheit, Überraschung und auch Ärger, der sie gerade erfüllte.

Es dauerte lange, bis sie wieder zu sich kam. Die Kerzen waren ein gutes Stück heruntergebrannt. Durch das Fenster fiel kein Licht mehr in den Raum.

Aber sie wusste nun, was sie zu tun hatte. Ohne jeden Zweifel.

Sie stand auf, ging in ihr Zimmer, das größer war als die der anderen Priesterinnen, setzte sich an ein Tischchen und schrieb einen kurzen Brief. Anschließend versiegelte sie ihn mit Wachs.

Dann lief sie erneut und ungeachtet der Dunkelheit durch den langen Gang bis zu Nurias Kammer. Nicht der leiseste Zweifel regte sich in ihr. Sie hatte eine Entscheidung getroffen und die war gut und richtig.

Sie klopfte an, wie es sich gehörte, doch als sie keine Aufforderung zum Eintreten hörte, öffnete sie die Tür einfach. Nuria lag in ihrem Bett und schlief. Thyra berührte sie an der Schulter und weckte sie.

Als die junge Priesterin Thyra an ihrem Bett stehen sah, erschrak sie und sprang sofort auf. Mit ihrem langen Nachthemd und bloßen Füßen stand sie vor Thyra auf dem blanken Steinboden. „Thyra, ist etwas passiert?", fragte sie aufgeregt.

Thyra schüttelte den Kopf. „Nein, das nicht. Ich muss mich entschuldigen, dass ich dich wecke. Es hätte wohl auch bis zum Morgen Zeit gehabt, aber ich möchte nicht, das jemand von dem Auftrag erfährt, den ich dir erteilen möchte."

„Natürlich nicht, wenn du es so wünscht. Was kann ich für dich tun?" Nuria verneigte sich wie es die Ehrfurcht vor der Hohepriesterin gebot.

„Ich habe hier einen Brief", sagte Thyra. „Er ist sehr wichtig. Zieh dir morgen vor Sonnenaufgang normale Kleidung an und bring ihn ins Tal zu dem jungen Zimmerer, der bei Ratmar arbeitet. Bei Elodies Vater. Sein Name ist Haymo. Ich habe mit ihm zu reden."

„Ja, natürlich. Aber warum darf ich nicht als Priesterin auftreten? Handelt es sich nicht um einen offiziellen Auftrag?"

„Die Angelegenheit ist ein wenig heikel. Geh nicht in deinem Ornat. Nicht mit Schleier. Nimm dir ein Stück Brot und Wasser mit, aber geh noch vor Sonnenaufgang los. Es ist wichtig, Nuria. Und niemand außer Haymo soll etwas davon erfahren."

„Natürlich." Wieder verneigte Nuria sich. Sie verstand Thyras Befehl nicht, aber es stand ihr nicht zu, ihn infrage zu stellen. Sie würde den Auftrag genauso ausführen, wie er ihr befohlen worden war.

Als Thyra gegangen war, legte Nuria den versiegelten Brief auf ihre Konsole und legte sich wieder ins Bett. Noch ein paar Stunden Schlaf würden ihr gut tun.

Kapitel 4
Die Botschaft

Es war noch dämmrig und kalt, als die junge Priesterin Nuria den Berg hinunterstieg. Sie biss herzhaft in den Kanten Brot, den sie in der Speisekammer geholt hatte und trank aus einem Wasserschlauch, der an einer Schnur quer über ihrer Schulter hing, einen kräftigen Schluck.

Sie trug einen weiten knöchellangen Rock aus brauner Wolle und ein schlichtes dunkelblaues Oberteil mit einem breiten Gürtel um der Taille. Die Sachen hatten ihr gehört, bevor sie ins Kloster eingetreten war. Die derben Stoffe fühlten sich jetzt nicht mehr gut an auf der Haut, sie waren schwer und kratzten. Inzwischen war sie an die fließenden, weichen Stoffe gewöhnt, aus denen die Kleider und Schleier der Priesterinnen hergestellt wurden.

Sie hatte keine Ahnung, woher diese Stoffe überhaupt kamen, sie hatte nie zuvor so ein Material gesehen.

Tief in den Taschen ihres Wollrockes verborgen war der Brief, den sie dem Zimmerer Haymo überbringen sollte und von dem sie nicht die geringste Idee hatte, welche Botschaft er enthielt. Aber das ging sie auch gar nichts an.

Sie sah die Sonne aufgehen und hielt einen Augenblick inne, um dieses fantastische Naturschauspiel zu genießen. Ach, es war wundervoll, dabei sein zu dürfen, wenn ein neuer Tag begann.

Als sie im Dorf ankam, war es hell. Welches Ratmars Haus war, wusste sie, aber wie sollte sie diesen Zimmerer treffen? Noch dazu möglichst allein, denn so lautete ja Thyras Weisung.

Sie blieb hinter einem Busch hocken und wartete.

Ein Hahn krähte. Nuria lächelte. Der war etwas spät dran, in den meisten Häusern war bereits Bewegung, die sie wie Schatten hinter den Fenstern bemerkte. Die Menschen standen früh auf und gingen ihrer Arbeit nach.

Jetzt sah sie Ratmar aus dem Haus treten. Neben ihm war ein junger Mann. Das war sicher dieser Haymo. Die beiden Männer sprachen miteinander. Ratmar schien Anweisungen zu geben, Haymo nickte.

Dann trennten sich die beiden Männer. Nuria hatte Glück. Sie musste jetzt nur Haymo auf sich aufmerksam machen.

Sie ahmte den Ruf eines Sonnenvogels nach, jener Vögel, die bei den ersten Sonnenstrahlen erwachten und ihren Ruf ertönen ließen. Das konnte sie gut, das hatte sie schon als Kind gelernt.

Haymo wandte sich tatsächlich um und suchte den Vogel. Als er in ihre Richtung blickte, ließ Nuria sich kurz blicken und winkte ihn zu sich. Haymo kam tatsächlich auf sie zu. Vermutlich war er einfach neugierig.

„Bist du Haymo, der Zimmerer?", fragte sie ohne Umschweife.

„Ja. Was willst du von mir?"

„Ich bin Nuria vom Kloster der Sabethinerinnen. Ich habe eine Botschaft von Thyra für dich."

„Was hat Thyra mir noch zu sagen?", fragte er skeptisch.

Nuria kramte in ihrer tiefen Rocktasche, beförderte den versiegelten Brief hervor und reichte ihn dem jungen Mann. Haymo drehte ihn argwöhnisch in seiner Hand.

„Mach ihn auf und lies!", sagte Nuria lächelnd.

Er zögerte einen Moment, dann brach er das Siegel und las die wenigen Zeilen:

Haymo,
ich habe in einer tiefen Meditation Elodies und dein
Anliegen bedacht. Ich bitte Dich, noch einmal zu mir zu
kommen, damit wir die Auflösung von Elodies Ver-
sprechen diskutieren können. Eine Priesterin, die aus
Zwang eintritt, hilft mir nicht und sie würde mich
darüberhinaus hassen.

Jedoch gibt es auch gewisse Formularien, die erfüllt
werden müssen. So haben wir zum Beispiel mit Elodies
Brautgeld gerechnet und benötigen es auch dringend.
Vielleicht kommt dir diese Bemerkung ungehörig vor,
jedoch gehört auch die Regelung von Finanzen zur Füh-
rung eines Klosters. Wenn du bereit bist, dies zu verhan-
deln, begleite die Überbringerin dieses Briefes auf den
Berg.
In Achtung, Thyra, Hohepriesterin

Haymos Gesicht verdunkelte sich während des Lesens immer mehr.

„Stimmt etwas nicht?", fragte Nuria, als er den Brief sinken ließ.

„Ich bin nicht sicher. Kennst du die Botschaft?"

Sie schüttelte den Kopf. „Nein, ich bin nur die Überbringerin."

„Mm." Es machte wohl keinen Sinn, sie nach ihrer Meinung zu fragen, dann müsste er ihr auch die ganze Vorgeschichte erzählen. Und darüber hinaus würde sie wohl sowieso hinter Thyra stehen, die ja sozusagen ihre Chefin war.

„Thyra bittet mich, dich zu begleiten, weil sie mit mir sprechen will", sagte er deshalb nur.

„Dann folge mir", forderte Nuria ihn auf. Sie verstand diese Anweisung nicht, aber das war auch nicht nötig. Wenn Thyra es so wollte, hatte sie sicher ihren Grund.

„Ich muss mich abmelden. Ich habe einen Auftrag meines Dienst-herrn."

Nuria erinnerte sich an Thyras Weisung, dass niemand von der Botschaft erfahren sollte. „Dafür ist keine Zeit. Wenn Thyra die Bitte geäußert hat, dass du mit mir hinaufgehst, wartet sie sicher auf dich. Und ich muss auf jeden Fall sofort zurückgehen", erwiderte sie schnell.

Haymo drehte sich um, sah auf das Haus, als könnte er dort die Antwort finden. Ach, was machte es. Er würde Ratmar suchen müssen, würde ihm erklären müssen, den Auftrag neu planen müssen. Das würde seine Zeit dauern. Wenn er später mit guten Nachrichten zurückkam, würde Ratmar ihm sicher verzeihen, dass er einfach gegangen war. Und wenn nicht, würden er und Elodie sowieso fortgehen und ihm konnte gleichgültig sein, ob Ratmar ihm zürnte.

Und wenn er jetzt einfach mit der Priesterin ging, würde ihn auch Elodie nicht vermissen und sich sorgen, denn sie wähnte ihn bei der Arbeit.

Also folgte er Nuria denselben Weg hinauf zum Kloster, den er am Vortag schon mit Elodie gegangen war.

Thyra erwartete ihn bereits vor den Klostermauern. Haymo überraschte das. Sie schien sehr sicher gewesen sein, dass er kam und woher konnte sie gewusst haben, wann er und die Priesterin eintrafen? Sie musste hinter einem Fenster förmlich auf der Lauer gelegen haben.

Von Thyra ging keinerlei positive Ausstrahlung aus. Haymo nahm an, dass das an der Enttäuschung lag, Elodie zu verlieren. Vielleicht hegte sie auch Groll gegen ihn, weil er ihr Elodie förmlich wegnahm. Das könnte er sogar nachvollziehen. Es war gleichgültig.

„Sei Willkommen", rief sie ihm entgegen und sie schaffte es sogar, ein etwas gekünsteltes Lächeln aufzusetzen.

„Danke Nuria", sagte sie im Vorübergehen. Die junge Priesterin betrat wieder das Kloster und war im nächsten Moment verschwunden.

Thyra streckte Haymo zur Begrüßung beide Hände entgegen und er ergriff sie höflich. „Sei gegrüßt, Thyra", sagte er.

„Wie du weißt, sind Männer innerhalb der Klostermauern nicht willkommen, deshalb möchte ich gerne mit dir spazieren gehen. Es gibt hier eine Höhle, dort können wir uns hinsetzen und in Ruhe sprechen."

Er nickte ergeben, obwohl die Aussicht, mit Thyra eine Höhle zu betreten, ihn nicht gerade fröhlich stimmte. Wieso konnten sie nicht einfach vor dem Kloster reden wie gestern? Warum nur missfiel ihm der Gedanke so sehr, mit Thyra in eine Höhle zu gehen? Es war doch nichts dabei. Sie würde ja kaum einen Stein nehmen und ihn erschlagen. Oder würde sie ihn in einem Höhlenlabyrinth in die Irre locken und ihn dann dort allein lassen?

Auf jeden Fall würde er auf der Hut sein, auch wenn sein ganzer Verstand ihn verspottete und ihm zurief: Du übertreibst, du hast ja Verfolgungsängste. Vielleicht eine Paranoia gegen Priesterinnen?

Er ging neben ihr her über die weite Wiesenlandschaft, an einem Bach entlang auf schroffe Felswände zu. Thyra begann ohne Erklärung, über die Felsen zu klettern, als wären sie Stufen. *Sie muss das schon oft getan haben,* dachte Haymo, *jeder Schritt sitzt. Sie hat keinerlei Angst, abzurutschen.*

Er seufzte und stieg hinter ihr her.

Thyra redete nicht. Offenbar wollte sie wirklich darauf warten, bis sie den von ihr ausgewählten Verhandlungsort erreicht hatten.

Schließlich kamen sie tatsächlich vor einer glatten Felswand an. Zwischen den Steinen war der Eingang zu einer Höhle. Haymo folgte der Hohepriesterin ein wenig beklommen. Die Höhle war geräumig, merkwürdigerweise ziemlich hell und kein bisschen bedrückend.

„Es wird hier niemals wirklich ganz dunkel, denn wie du siehst, ist die Höhle nach oben geöffnet", plauderte Thyra.

Er sah nach oben und blickte in den Himmel. Die Öffnung war allerdings wirklich sehr hoch oben. Man könnte kaum hinaufklettern und so herauskommen, wenn der Eingang verschüttet würde.

Er ärgerte sich, dass ihm jetzt solche Gedanken in den Sinn kamen und trottete hinter Thyra her einen Gang entlang. Wo zur Hölle wollte sie hin? Sie konnten doch im Eingangsbereich bleiben.

Der Gang endete in einem runden Höhlenraum. Dicke Steine lagen dort wie Hocker. In den Spalten zwischen den Felsbrocken flossen kleine Rinnsale Wasser. Ob es hier einen unterirdischen Fluss gab?

„Bitte." Mit einer Handbewegung bot Thyra ihm an, Platz zu nehmen.

„Es ist für mich eine Art Meditationsraum."

„Tatsächlich?", fragte er etwas verdutzt. Er wusste nicht recht, was sie von ihm erwartete.

„Können wir jetzt über Elodie reden?", fragte er und ließ sich auf einem der dicken Steine nieder.

„Natürlich, natürlich. Darum habe ich dich schließlich hergebeten."

Thyra setzte sich ebenfalls auf einen Stein. Aber statt Haymo anzusehen, starrte sie unentwegt auf eine Höhlenwand. Haymo fragte sich, was das sollte. Für sie war es ein Meditationsraum, hatte sie gesagt. Vielleicht gab ihr das irgendwie Ruhe oder Kraft hier zwischen den Felsen zu sitzen.

Sie atmete tief ein. „Würdest du Elodie sozusagen freikaufen?" Sie lächelte. „Ein sehr hässliches Wort, aber wir wollen es trotzdem mal so ausdrücken, weil es die Situation nun mal exakt erfasst."

„Natürlich würde ich das. Ich weiß ja, dass Mädchen, die in ein Kloster gehen, diesem ihre Mitgift geben."

„Ja, das ist völlig normal. Und die sollte uns auch in Elodies Fall gezahlt werden."

Thyra saß ganz aufrecht, sie atmete tief ein und aus. Ihre Hände ruhten auf ihren Oberschenkeln. Sie sah Haymo nicht an, während sie sprach.

„Das ist kein Problem. Ratmar ist bereit, sie zu zahlen und ich bin bereit, auf eine Mitgift zu verzichten, denn ich liebe Elodie wirklich. Und angewiesen bin ich nicht auf ihr Geld. Ich habe einen guten Beruf."

„Sicher, das ist mir bewusst", stimmte Thyra zu.

Sie hatte inzwischen die Augen geschlossen.

Haymo kam das sehr seltsam vor. Meinte sie es ehrlich oder spielte sie nur mit ihm? Würde sie ihm gleich sagen, dass ihr das alles gleichgültig war und sie Elodie niemals freigeben würde? Aber dann hätte es doch gar keinen Sinn gemacht, ihn hierher zu einem Gespräch zu bitten.

„Thyra, es ist doch ganz einfach. Stimmst du zu, wenn du das Geld bekommst oder gibt es noch andere Bedingungen?"

Sie antwortete nicht.

„Thyra!" Er stupste sie an, doch sie schien wie weggetreten zu sein.

Er stand auf. Das war doch wirklich zu blöd. Er würde gehen. Verlaufen konnte er sich nicht. Er musste ja nur den Gang wieder zurückgehen und war schon in der Eingangshalle der Höhle.

Plötzlich breitete Thyra die Arme weit aus.

„Vinginevio!" rief sie laut.

Ein Schauer lief über Haymos Rücken. Er musste weg. Doch seine Beine gehorchten ihm nicht. Was war das? War hier ein Zauber am Werk?

Panik überkam ihn.

Er hatte das Gefühl, an einer unsichtbaren Schnur zurückgezogen zu werden.

Dann schwebte er durch die Höhle. Er suchte Halt an den glatten Felswänden, doch das war unmöglich. Es ging ihm durch den Kopf, dass er ja nicht weit schweben konnte. Die Höhle war hier rundherum geschlossen.

Im nächsten Moment fiel er hart auf den Boden. Es wurde ihm schwarz vor Augen und er fühlte nichts mehr.

Thyra ließ die Arme sinken und fiel ein wenig in sich zusammen. Ihre Tat hatte sie angestrengt, so wie es die Verbindung zu jener anderen Welt immer tat. Erst nach ein paar Minuten sah sie sich in der Höhle um. Es war still und kalt. Und sie war allein.

Sie lachte. Lachte über ihren Sieg. Er war fort. Elodie würde eine Weile traurig sein, aber das würde sich geben. Das tat es immer. Niemand weinte für immer. Hier im Kloster konnte das Mädchen die Ruhe finden, die sie brauchen würde. Und Haymo würde sie vielleicht in der fremden Welt sogar noch brauchen können.

Thyra erhob sich, und verließ die Höhle wieder, ohne sich noch einmal umzusehen.

Als Haymo am Abend nicht zurückkehrte, machte Elodie sich entsetzliche Sorgen. Warum kam er nicht? Der Vater sah nach, ob der Auftrag, den er Haymo übertragen hatte, länger dauerte als vorgesehen. Als er hörte, dass Haymo dort überhaupt nicht aufgetaucht war, wurde er sehr böse.

„Unzuverlässig ist er, dein geliebter Haymo", schimpfte Ratmar, kaum, dass er das Haus wieder betreten hatte. „Ist überhaupt nicht bei seiner Arbeit erschienen. Und keiner weiß, wo er ist. Das bedeutet, ich muss seine unerledigte Arbeit nachholen und die nächsten Aufträge auch erledigen. Ich komme hoffnungslos in Verzug. Verdammt noch mal, ich muss mich doch auf einen Mitarbeiter verlassen können."

„Aber das konntest du bisher doch auch immer, nicht wahr?", wandte Elodie kläglich ein.

„Ja, stimmt schon", gab Ratmar zu.

„Es muss ihm etwas passiert sein. Er würde doch nicht einfach…"

„Ich sage dir, was passiert ist. Kalte Füße hat er bekommen. Jetzt, da Thyra zugestimmt hat, dich gehen zu lassen."

„Aber das hat sie ja gar nicht!", rief Elodie aus. Gleich darauf hätte sie sich am liebsten die Zunge abgebissen, das hatten sie doch nicht preisgeben wollen!"

51

„Ach nein? Dann habt ihr uns angelogen?“, fuhr der Vater sie an.

„Elodie, wie konntest du das tun! Aber sei's drum, dann ist es noch plausibler. Ihm ist klar geworden, dass er dich nicht bekommen kann und deshalb ist er abgehauen.“

„Nein!“, schrie sie gequält auf.

Das würde er nicht tun, dachte sie. *Wir wollten doch auf jeden Fall gemeinsam fortgehen. Warum sollte er also.*

„Lasst uns erst einmal etwas essen. Vielleicht taucht er ja wirklich noch auf und es gibt eine ganz einfache Erklärung“, schlug Xenja vor.

Ratmar und Elodie nickten beide. Doch während Ratmar gut zulangte und es sich schmecken ließ, brachte Elodie kaum einen Bissen von dem frisch gebackenen Brot und dem kalten Braten herunter. Zu groß war ihre Angst.

Haymo erwachte, also musste er wohl geschlafen haben. Er war verwirrt, er konnte sich nicht daran erinnern, eingeschlafen zu sein. Das letzte, an das er sich erinnern konnte, war die Höhle, in der er mit Thyra gesessen hatte.

Er rappelte sich auf. Wo war er? Er befand sich nicht mehr in der Höhle, sondern lag auf blankem, kaltem Moos. Er sah sich ein wenig ratlos um. Die Umgebung war ihm fremd. Er schien sich auf einer Lichtung inmitten eines Waldes zu befinden, aber er kannte den Ort nicht. Wie kam er überhaupt hierher?

Er hielt sich die Stirn. Er hatte keine Schmerzen, aber er war so verwirrt und hoffte, dass seine Gedanken klarer würden.

Was war eigentlich geschehen? Thyra hatte ihn in die Höhle gebeten, um mit ihm über die Mitgift zu sprechen. Ach, wieso nur hatte er sich darauf eingelassen? Elodies Vater hatte doch längst zugestimmt, das Geld an Thyra zu zahlen, wenn er, Haymo, darauf verzichtete. Er hatte doch gleich so ein ungutes Gefühl gehabt. Erst hatte er so überstürzt der Priesterin folgen müssen und dann wollte Thyra noch in diese Höhle gehen.

Aber was war danach passiert? Wie kam er in den Wald?

Er erhob sich. Er musste jetzt erstmal versuchen, ins Dorf zu gelangen, dann würde sich alles Weitere schon finden. Konnte er sich auf dem Rückweg verlaufen haben? Er war am Vortag gemeinsam mit Elodie zum Kloster gegangen und an diesem Tag war die junge Priesterin mit einer Botschaft von Thyra zu ihm gekommen. Möglicherweise war er irgendwo auf dem Heimweg falsch abgebogen, weil er von dieser Höhle aus aufgebrochen war und von dort den Weg nicht so genau kannte? Aber nein, der Weg ins Tal führte durch keinen Wald, er hätte es also auf jeden Fall bemerkt, wenn er so falsch gelaufen wäre. War er überfallen worden? Vielleicht hatte ein Räuber gedacht, er wäre tot und hatte ihn hierher geschafft.

Die Gedanken kreisten in seinem Kopf und versuchten, eine logische Erklärung für seine Lage zu finden, was aber nicht gelang. Haymo versuchte, die Gedankenkreise abzustellen. Das Warum war im Augenblick gleichgültig. Er musste zurück ins Dorf. Oder ins Kloster – egal, was auch immer er zuerst finden würde.

Er drehte sich um die eigene Achse. Gar nicht so leicht, er musste entscheiden, in welche Richtung er gehen sollte.

Am Besten war es wohl, den schmalen Wiesenweg entlang zu gehen und nicht mitten durchs Unterholz zu straucheln. Also nahm er den Weg auf. Ein solcher Weg führte sicher zumindest aus dem Wald heraus, in menschliche Siedlungen. Und dann würde er den weiteren Weg schon finden.

Aber wie kam er nur…

„Schluss! Nicht jetzt", befahl er laut seinen eigenen Gedanken. Das brachte jetzt nichts. Er musste an eine Lösung denken und nicht an das Problem.

Entschlossen stiefelte er los.

Elodie suchte den ganzen Abend. Sie fragte jeden im Ort, ob er Haymo gesehen habe, der ja inzwischen im Dorf bekannt war. Aber niemand konnte ihr Auskunft geben. Sie lief den Berg hinauf und rief immer wieder seinen Namen, doch Haymo blieb verschwunden.

„Ich muss zum Kloster", weinte sie, als sie wieder zu Hause ankam.

„Warum das denn?", fragte der Vater.

„Vielleicht ist er noch einmal hinaufgegangen, um Thyra zu überzeugen."

„Wozu sollte das gut sein?", brummte Ratmar.

„Vater, wir lieben uns. Er wollte mich nicht verlieren. Wir wären zusammen fortgegangen – auch ohne Thyras und eure Zustimmung."

Ratmar sah seine Tochter entsetzt an.

Xenja stieß einen kleinen Schreckenslaut aus, aber sie erkannte auch die Not der Tochter und ging zu ihr, um sie in die Arme zu schließen.

„Kind, du weißt nicht, was du redest. Du hättest dich unglücklich gemacht, wenn du ohne Segen gegangen wärst", tadelte Ratmar.

„Das glaube ich nicht. Aber Haymo wusste, dass es mir das Herz zerrissen hätte, deshalb kann ich mir durchaus vorstellen, dass er noch einmal mit Thyra sprechen wollte."

Der Vater brummte etwas vor sich hin, das Elodie nicht verstand. Es war ihr gleichgültig, sie fragte nicht nach.

„Ich muss zum Kloster."

„Heute geht das nicht mehr", stellte Ratmar klar. „Es wird schon ganz dunkel, du kannst nicht in der Dunkelheit den Berg hinaufgehen. Du wirst dich verlaufen."

„Ich kenne den Weg gut genug. Ich nehme eine Laterne mit und der Mond scheint ja auch. Und ich kann sicher im Kloster über-

nachten, sodass ich nicht in der Dunkelheit auch noch zurückgehen muss."

„Nein, Kind. Morgen bei Sonnenaufgang kannst du hinaufgehen.
Nicht mehr in der Nacht", entschied Ratmar. Er stand auf und
verriegelte demonstrativ die Tür. Ein Zeichen, dass seine Anweisung unumstößlich war und er keinen Widerspruch duldete.

Elodie seufzte.

Xenja streichelte ihr übers Haar. „Es ist sicher nichts passiert,
mach dir keine Sorgen. Vielleicht übernachtet er auch dort oben."

„Ach ja? Obwohl Männer das Kloster nicht betreten dürfen?"

„Nun ja, nicht direkt im Kloster, vielleicht in einem Schuppen
oder so etwas oder zwischen den Felsen."

„So ein Unsinn, das weißt du genau. Er ist sicher schon heute
Morgen hinaufgegangen, denn er ist ja nicht an seinem Arbeits-
platz erschienen. Er hatte genug Zeit."

Xenja seufzte. Elodie hatte ja recht.

„Wenn er überhaupt hinaufgegangen ist. Es ist ja nur eine Idee
von euch", brummte Ratmar.

„Wieso hat es dir eigentlich überhaupt nichts ausgemacht, dass du
mich dort oben niemals hättest besuchen können?", fragte Elodie
plötzlich. „Mir ist erst klar geworden, dass ein Mann das Kloster
nicht betreten darf, als ich mit Haymo dort war."

„Natürlich hätten ich dich besuchen können. Wir hätten draußen
spazieren gehen können und außerdem wärst du oft ins Dorf
gekommen", entgegnete Ratmar etwas barsch.

Es war kein gutes Thema. Er würde es niemals zugeben, aber er
selbst und Xenja waren niemals glücklich über diese Entscheidung gewesen. Was sie dazu bewogen hatte, hatte ganz
andere Gründe, die Elodie eines Tages erfahren würde. Davor
graute ihm schon heute und Xenja noch viel mehr.

Er sah die Tränen, die Elodies Wange herabliefen, aber er sagte
nichts dazu. Er konnte gerade nichts tun, um ihre Traurigkeit zu
lindern.

Xenja hielt sie im Arm und streichelte über ihr Haar. Ratmar hoffte wirklich, dass sie Haymo morgen finden würde. Er konnte sich nicht erklären, was passiert sein könnte.

Kapitel 5
Neue Pläne

Haymo wanderte auf dem Pfad durch den Wald. Er war zuversichtlich, dass ein solcher Weg irgendwann aus dem Wald herausführte.

Und tatsächlich sah es bald so aus, als wäre in der Ferne eine Baumgrenze zu erkennen. Die Welt dahinter war irgendwie heller. Wie ein Ausgang standen zu beiden Seiten dichte Bäume und ließen die Mitte frei.

Er atmete tief und erleichtert aus.

Haymo kam auf einem Schotterweg an. Vor ihm lagen freies Feld und Acker, auf denen Menschen arbeiteten. Er schickte ein kurzes Dankgebet zum Himmel und ging dann direkt auf die Bauern zu.

„Seid gegrüßt", rief er.

Ein Bauer, der gerade am Weg entlang hinter einem Ochsengespann seinen Pflug schob, sah ihn an. „Sei gegrüßt Fremder", erwiderte der. Sein Gesicht war gegerbt von der Sonne und er wirkte ausgemergelt.

Haymo druckste ein wenig herum, er wusste gar nicht, wie er seine Situation schildern sollte. „Denkt nicht, ich wäre ein gewissenloser Trinker und ich glaube auch nicht, dass ich in einen Kampf verwickelt war, aber ich bin völlig ohne Bewusstsein im Wald aufgewacht. Ich kenne die Gegend nicht und ich habe keine Ahnung, wo ich hier bin."

Der Bauer sah ihn mit einem merkwürdigen Blick an. Er war nicht so erschüttert und auch weniger überrascht, als Haymo gedacht hätte.

„Du bist hier in dem Land Vinginevio, nahe dem Dorf Segetem."

„Vinginevio?" Der Name kam ihm entfernt bekannt vor, als hätte ihn schon einmal jemand erwähnt, aber er konnte ihn nicht zuordnen. „Mein Aufenthaltsort kann unmöglich in ein anderes Land verlegt worden sein. Ich komme aus dem Dorf Kimlima."

Der Bauer nickte. „Ja, ja, von dort kommen hin und wieder Menschen. Es sind Anhänger der bösen Hexe. Sie bestehlen uns." Das Gesicht des Bauern verdüsterte sich bei seinen Worten.

„Was?" Haymo dachte, nicht richtig gehört zu haben. Eine böse Hexe? Wo war er denn hier hingeraten?

„Allerdings haben wir noch nie jemanden getroffen, der nicht wusste, dass er hier in einer für ihn fremden Welt war und wie er hierhergekommen ist. Da bist du schon der erste. Gehörst du nicht zu der Hexe?"

„Zu einer Hexe?" Haymo schüttelte sich. „Nein, ich kenne keine Hexe. Ich will einfach wieder nach Hause. Könnt ihr mir sagen, wie ich zurückkomme?"

Der Bauer schüttelte bedauernd den Kopf. „Aus Vinginevio gibt es keinen Weg zurück in das Dorf Kimlima, es sei denn, die Hexe holt dich wieder zurück."

„Was redest du da?", fragte Haymo mehr verärgert als verwirrt. „Ich muss unbedingt zurück. Meine Braut wartet dort auf mich."

„Wenn du ein paar Minuten in diese Richtung gehst, kommst du in unser Dorf Segetem. Frag nach dem Haus von Arnit, das ist unser Dorfältester. Er wird dir sicher helfen. Sag ihm, Oren schickt dich. Das bin ich. Ich werde nach meinem Tagwerk auch kommen. Doch nun lass mich weiterarbeiten."

Haymo trat einen Schritt näher, fasste Orens Arm und hinderte ihn so daran, sich abzuwenden. Oren blickte von seinem Arm in Haymos Gesicht. „Ich kann dir nicht helfen, Fremder. Ich würde es tun, wenn ich könnte. Ich verstehe deine Geschichte auch nicht. Wie kannst du gegen deinen Wunsch hier gelandet sein?"

Da Haymo glaubte, dass Orens Worte aufrichtig waren, gehorchte er innerlich stöhnend und nahm seinen Weg wieder auf. Orens Blick hatte ihm mehr Angst gemacht, als es seine Worte getan hatten. Eine böse Hexe? Was redeten diese Leute sich ein? Sie waren wohl etwas dümmlich, voller Aberglauben. Aber was war das hier für eine Gegend? Dort, wo er herkam, glaubte niemand an Hexen und Zauberei.

Es dauerte nicht lange, bis er die ersten Häuser des Dorfes sehen konnte und er beschleunigte seinen Schritt.

Das Dorf bestand aus kleinen Holzhütten mit einer Bedachung aus Stroh. Haymo wunderte sich darüber, bei ihm zu Hause am See Ziwabe und auch im Dorf Kimlima gab es Steinhäuser mit einer festen Bedachung.

Er hatte keine Schwierigkeiten, das Haus des Dorfältesten Arnit zu finden. Er war nicht wirklich der älteste Mann im Dorf, es war einfach die Bezeichnung für den weisen Anführer des Ortes.

Haymo klopfte an die niedrige Holztür und hoffte inständig, gleich Hilfe und Auskunft zu erhalten, wie er nach Kimlima zurückfinden konnte. *Herrgott nochmal,* dachte er verärgert. *So weit weg kann ich doch gar nicht vom Weg abgekommen sein. Und falls Thyra mich wirklich in eine Falle gelockt hat und mich loswerden wollte, kann sie mich doch auch nicht so weit fortgeschafft haben.*

Als die Tür aufging, trat ihm ein magerer Mann mittleren Alters entgegen. Er hatte eine warmherzige, freundliche Ausstrahlung und sehr helle Haare. Haymo wusste kaum, wie er sein Anliegen vorbringen sollte. Alles schien ihm so unglaublich zu sein. Die Folge war, dass er sich ziemlich unbeholfen für sein Auftauchen entschuldigte und stammelte, ein Bauer namens Oren hätte ihn hergeschickt. Er hätte sich offenbar furchtbar verlaufen, denn er wisse beim besten Willen nicht, in welcher Richtung der Ort Kimlima, in dem er lebe, zu finden sei.

Aber auch Arnit zeigte sich merkwürdigerweise mehr überrascht über Haymos Unwissenheit als über sein Auftauchen.

Er bat ihn in sein Haus, wo seine Frau Tiare Haymo Schmalz-
brote und Wasser anbot. „Es tut uns leid, aber mehr können wir
nicht anbieten. Die Zeiten sind schlecht", entschuldigte sie sich.

Haymo runzelte die Stirn. Wieso behauptete sie, die Zeiten seien
schlecht? Er lebte doch selbst hier in der Nähe. Es gab keine
schlechten Zeiten.

Arnit lachte. „Ich sehe, du bist vollkommen verwirrt über dein
Auftauchen in dieser Welt. Wir wissen nicht, wie es geschieht,
aber es tauchen seit vielen Jahren hier Männer auf, die aus einer
fremden Welt kommen, zu der wir keinen Zutritt haben. Sie
werden hierher geschickt von einer bösen Hexe, die sich an unseren Bodenschätzen bereichern will. Unser Land ist reich, nur die
Menschen sind es nicht, weil der Anführer von Vinginevio, Prinzeps Cedar und die Hexe alles für sich beanspruchen. Aber bei dir
scheint es anders zu sein. Du weißt nicht, warum du hier bist."

„Ich verstehe nicht einmal, dass ich in einer anderen Welt sein
soll", erwiderte Haymo, der noch immer nicht glauben konnte,
was ihm erzählt wurde.

„Vielleicht hat die Hexe dich hierher verbannt, weil du ihr Feind
in ihrer Welt bist?"

„Ich bin niemandes Feind. Und es gibt keine Hexen!", behauptete
Haymo.

„Oh, es gibt sie. Und es gibt ein jenseitiges Land. Aber erklären
kann ich es dir auch nicht. Wir können dir nicht helfen, zurück zu
gelangen. Vermutlich gibt es einen Weg, denn die Hexe kehrt ja
auch immer wieder zurück, aber wir kennen ihn nicht. Haymo, du
kannst bei uns übernachten. Morgen sehen wir weiter."

Haymo nickte. Er wusste ja auch nicht, was er sonst tun sollte. Er
musste darüber nachdenken. Aber er war sicher, dass es einen
Weg zurück nach Kimlima geben musste. Ein jenseitiges Land,
zu dem es keinen Zutritt gab - eine böse Hexe, die offenbar als
einzige über die Magie verfügte, die Grenzen zu überwinden - er
hatte noch nie so einen Unsinn gehört. Wurde das diesen offenbar

etwas naiven Menschen eingeredet, wenn Kämpfer hier auftauchten? Vielleicht lag diese Gegend doch weiter entfernt von Kimlima, als er gedacht hatte. Hatte Thyra ihn mit irgendeinem Mittel ohnmächtig gemacht und mit einem Karren hierher transportiert? War das eine Erklärung? In dem Fall kannten die Menschen vielleicht einfach nicht den Namen seines Dorfes, er sollte sich nach einer größeren Stadt in der Nähe von Kimlima erkundigen.

Oh Gott, welche Sorgen würde sich Elodie um ihn machen. Ob sie denken würde, dass er einfach fortgegangen war?

Am nächsten Morgen, sobald die Sonne sich über das Land erhob, machten sich Elodie und ihre Mutter auf den Weg zum Kloster. Xenja hatte sich nicht ausreden lassen, sie zu begleiten. Sie ahnte, wie schlecht es ihrer Tochter ging und wollte sie nicht allein lassen. Und wer wusste schon, wie Elodie reagierte, je nachdem, was sie von Thyra erfahren würde.

Sie legten den größten Teil des Weges schweigend zurück. Jede hing ihren eigenen Gedanken nach.

Im Kloster wurden sie sofort eingelassen. Thyra empfing Elodie und Xenja in einem kleinen Studierzimmer. Sie erhob sich und ging mit ausgestreckten Armen auf die beiden zu. Aber ihr Gesicht blieb verschlossen. „Was führt euch hier herauf? Ihr wolltet doch nicht noch einmal mit mir über deinen Klostereintritt sprechen? Das wäre vergebens, Elodie."

„Nein, nein, ich wollte fragen, ob Haymo gestern noch einmal hier gewesen ist."

Jetzt wirkte Thyra überrascht. Sie hob fragend die Augenbrauen, ließ sich dann auf ihrem Stuhl nieder und bot mit einer Geste auch Mutter und Tochter Platz an. „Nein, er war nicht hier, wieso sollte er? Wollte er noch einmal mit mir sprechen?"

Elodie nickte, obwohl sie das gar nicht ganz sicher wusste.

„Nein, meine Liebe, er war nicht hier. Wenn er das gesagt hat, hat er gelogen."

„Haymo ist kein Lügner!", begehrte Elodie heftig auf. Xenja fasste nach ihrer Hand. Thyra blickte konsterniert auf.

„Das bin ich ganz sicher auch nicht. Er war nicht hier, Elodie."

„Wir glauben nicht, dass du lügst, Thyra", beeilte sich Xenja zu versichern. „Elodie ist einfach sehr aufgeregt. Und traurig. Wir haben Angst, dass ihm etwas passiert ist."

Thyra erhob sich und schritt auf Elodie zu. Vor ihrem Stuhl blieb sie stehen und blickte dem Mädchen in die Augen. „Er ist fortgegangen", sagte sie ziemlich hart. „So sind die Männer. Sobald es Probleme gibt, verschwinden sie. Problemen gehen sie lieber aus dem Weg. Auch ich habe das durchgemacht. Komm zu uns, Elodie. Hier ist dein Platz. Wir warten auf dich."

Elodie schüttelte verzweifelt den Kopf. Nein, sie wollte nicht. Sie wollte mit Haymo fortgehen. Er würde wiederkommen. Vielleicht hatte er sich verletzt und lag irgendwo in den Bergen. Sie musste nach ihm suchen.

Tausend Gedanken flogen ihr durch den Kopf. Aber es war alles Unsinn. Wenn er sich wirklich auf dem Weg zum Kloster verletzt hätte, hätten sie ihn finden müssen. Die Gegend war weit und übersichtlich. Es lagen keine dichten Wälder auf dem Weg. Er hatte sich sicher nicht so vollkommen verlaufen.

Auch wenn sich innerlich alles verzweifelt dagegen wehrte, war ihr schon zu diesem Zeitpunkt bewusst, dass sie zu Thyra und ihren Priesterinnen gehen würde, wenn Haymo nicht wieder auftauchte. Was konnte sie anderes tun? Ihre Eltern hatten ihr Versprechen gegeben und sie selbst auch. Und es gab ja jetzt auch keine Alternative, kein anderes Ziel mehr. Keine Liebe.

Wenn er nicht zurückkam.

Als Elodie und Xenja das Kloster wieder verließen, fühlte das Mädchen sich verraten und verlassen. Wie tonnenschwere Felsen lag die Last des Verlustes auf ihren Schultern.

Elodie wunderte sich, dass die Sonne so hell schien; dass es ein warmer Tag war; dass die Blumen bunt und fröhlich blühten, während ihr eigenes Leben an diesem Tag trostlos und verzweifelt zu Ende gegangen war.

Die Sonne war gerade aufgegangen, als Haymo mit Arnit und Tiare frühstückte. Er unternahm einen Versuch nach den größeren Städten in der Nähe von Kimlima und sogar nach dem See Ziwabe zu fragen, aber keinen dieser Orte kannten die beiden.

„Ich weiß, es ist schwer zu glauben, aber du bist nicht in derselben Welt, in der es diese Städte, den See und das Dorf Kimlima gibt. Du musst es akzeptieren, je eher, desto besser."

Doch davon wollte Haymo nichts wissen. Er plante, gleich nach dem Frühstück aufzubrechen und nach einem Weg nach Hause zu suchen. Der Tag lag vor ihm, es würde schon gelingen.

„Haymo, ich verstehe, dass du äußerst verwirrt bist und unsere Geschichte nicht glaubst, aber du musst dir eine Arbeit suchen. Wir sind hilfsbereite Menschen, aber niemand kann es sich leisten, einen Gast aufzunehmen. Was ist dein Beruf?", fragte Arnit.

„Ich bin Zimmerer."

„Das heißt, du kannst Häuser bauen?"

„Oh ja. Ich habe bemerkt, dass eure Häuser aus Holz sind, die kann ich sehr wohl bauen. Aber ich habe bereits eine gute Anstellung und will ein Baumeister werden. Ich lerne, Häuser aus Stein zu bauen."

Arnit nickte in einer Art, wie man einem bockigen Kind zunickte, wenn man das Gefühl hatte, jede Erklärung sei nutzlos, weil das Kind einfach nicht verstehen wollte. „Wenn du bis heute Abend noch nicht gefunden hast, was du suchst, bist du herzlich willkommen, in unser Haus zurückzukommen", sagte er freundlich.

Er wusste, Haymo würde jetzt den Weg zu seinem Dorf suchen, aus dem er verschwunden war. Er wusste, dass Haymo das einfach tun musste. Er konnte sogar verstehen, dass der junge Mann die Erklärung einer anderen Welt nicht ohne weiteres annehmen konnte. Wie würde es ihm selbst wohl ergehen, wenn er plötzlich an einem unbekannten Ort aufwachen würde und die Menschen ihm erzählten, er befände sich in einer anderen Welt als seiner eigenen?

Aber er wusste auch, dass der junge Fremde diesen Weg nicht finden würde. Es tat ihm leid, aber er konnte nichts tun, außer ihm Gastfreundschaft anzubieten. Noch für einen Tag, dann musste er sich Arbeit suchen. Sie hatten einfach selbst nicht genug, um einen Gast durchzufüttern.

Sie verabschiedeten sich voneinander, als sei es für immer. Haymo bedankte sich herzlich für die ihm erwiesene Gastfreundschaft und für das erneute Angebot, zurückzukommen, aber er würde es sicher nicht annehmen müssen.

Arnit erwiderte darauf nichts. Man würde sehen, ob der Fremde zurückkommen würde. Vielleicht nicht, vielleicht wanderte er weiter und fand an einem anderen Ort Unterschlupf. Nur sein Zuhause würde er nicht finden.

Arnit und Tiare sahen ihm traurig nach.

Haymo suchte den ganzen Tag einen Weg nach Hause, er ging zuerst in die entgegengesetzte Richtung aus der er gekommen war, und kam durch Dörfer, die alle anders gebaut waren, als die, die er kannte. Die Menschen trugen vollkommen andere Kleidung. Die Kleider der Frauen waren fast bodenlang und wenn sie ihr Haus verließen, trugen sie Hauben auf ihrem Haar. Die Männer trugen knöchellange weite Hosen, ein farbloses Hemd und meistens eine Weste darüber.

Es kam Haymo altmodisch vor. Wie aus einer anderen Zeit, allerdings auch freundlicher, weil die Farben heller waren.

Er hatte keine Ahnung, wie viele Kilometer er gelaufen war, als er schließlich auf dem Karren eines Händlers bis in die nächste größere Stadt mitfahren durfte. Diese lag offenbar gar nicht weit von dem Wald entfernt, in dem er angekommen war. Ein hölzernes Schild am Stadttor verkündete den Namen *Oppidia*. Auch hier gab es die einfachen Holzhäuser, wie er sie schon in den Dörfern gesehen hatte.

Auch hier konnte ihm keiner sagen, wie er in das Dorf Kimlima zurückgelangen konnte, aus dem er kam. Aus dem Dorf mit den Steinhäusern.

Es ließ ihn erschauern. Ganz langsam fraß sich der Gedanke durch sein Gehirn, dass die Menschen recht haben könnten und er in einer fremden Welt gelandet war. Allein das fehlende Verständnis, der sichere Glaube, dass so etwas unmöglich war, ließen ihn noch immer zweifeln. So etwas konnte es doch überhaupt nicht geben!

Er hatte so gut wie kein Geld in der Tasche, mit dem wenigen, das er stets in einem Brustbeutel um den Hals trug, wollte er sich auf dem Markt Brot und Wurst kaufen. Aber sein Geld war hier nichts wert. Er sah sich um und erkannte, dass es hier vollkommen andere Münzen gab.

„Ah, ich verstehe schon", sagte der Händler. „Hier, ich schenke dir einen Kanten Brot. Aber du solltest schnell versuchen, Geld zu verdienen, denn du wirst nicht in deine Heimat zurück finden und musst hier leben und deinen Lebensunterhalt verdienen." Er reichte Haymo das Brot, das dieser dankbar ergriff und in das er sofort hungrig hinein biss.

„Ich brauche eine Bleibe für die Nacht", sagte Haymo.

Natürlich hatten Arnit und Tiare ihm angeboten, eine weitere Nacht bei ihm zu bleiben, aber nun, da er in einer Stadt angekommen war, sah er keinen Sinn darin, in das Dorf Segetem zurückzukehren. Was für einen Vorteil hätte er dadurch, außer, dass er ein wenig näher an dem Ort war, an dem er in dieser Welt gelandet war. Doch an dem Ort war nichts außer Bäume und dichtes Gestrüpp. Nein, er würde lieber in der Stadt bleiben und sich eine Arbeit suchen.

„Dort drüben ist ein Gasthaus", sagte der Händler. „Aber dafür brauchst du auch Geld."

Haymo nickte schicksalergeben. Wie sollte es nur weitergehen? Die Menschen hier konnten ihm nicht helfen, nach Hause zu kommen, das hatte er inzwischen verstanden. Er sah wirklich keinen anderen Weg, als sich fürs erste hier einzurichten.

„Was kann ich denn arbeiten?", fragte er.

„Es herrscht Krieg im Land. Du kannst unseren Kampftruppen beitreten. Dort werden immer Kämpfer gesucht. Aber ich verstehe überhaupt nicht, warum die Hexe dich nicht angewiesen hat. Und Geld hat sie dir auch nicht mitgegeben, so wie sie es sonst mit ihren Männern tut."

„Die Hexe?", fragte Haymo, als ob er zum ersten Mal von ihr hörte.

„Ja, sie schickt manchmal Leute her, die unsere Bodenschätze bergen – eigentlich rauben – und unsere Stoffe an sich nehmen. Sie bekämpfen uns, weil unser Land reich ist. Sie haben bessere Waffen, sind fortschrittlicher. Nach einiger Zeit kommt die Hexe und lässt sich die Waren übergeben. Die Männer glauben, sie können dann wieder mit ihr nach Hause zurückkehren, aber sie nimmt sie nur selten mit. Und nur die Hexe weiß, wie man zwischen unseren Welten hin und her reisen kann."

Haymo schwirrte der Kopf. „Ach was, so etwas gibt es nicht. Das klingt ja wie ein Märchen."

Der Händler hob die Arme. „Wenn du es sagst. Dann geh doch wieder nach Hause."

Haymo seufzte. „Ich bin kein Krieger. Was gibt es zu tun, wenn ich nicht kämpfen will?", fragte er ohne weiter auf das Thema *Hexe* einzugehen.

„Was ist dein Beruf in deiner Welt?"

„Ich bin Zimmerer in der Ausbildung zum Baumeister."

Jetzt lachte der Händler zum ersten Mal und ließ einige Zahnlücken erkennen. „Baumeister! Da wirst du sicher Arbeit finden. Du siehst ja, in unserer Stadt sind einige Häuser niedergebrannt worden, weil man sich der Hexe nicht beugen wollte. Geh mal zu Quill, das ist der Baumeister hier in der Stadt. Sicher hat er etwas für dich zu tun. Aber sehr viel Geld verdienst du damit nicht. Die Menschen sind arm, sie können nicht viel bezahlen für deine Dienste."

Haymo antwortete nicht, aber insgeheim dachte er, dass es in seiner Welt wohl nicht vorkommen würde, dass Häuser gebaut wurden, wenn die Menschen nicht dafür bezahlen konnten.

„Wo finde ich diesen Quill?", fragte er stattdessen nur.

Der Händler erklärte ihm den Weg und Haymo stapfte los.

2. Teil

Kapitel 6
Neue Leben

Elodie wurde in einer feierlichen Zeremonie im Kloster aufgenommen. Sie hatte nichts mehr von Haymo gehört und hatte sich schließlich in ihr Schicksal gefügt, ins Kloster einzutreten. Sie konnte es immer noch nicht glauben, dass er einfach verschwunden war. Dass er sie ohne einen Abschiedsgruß und ohne Erklärung verlassen hatte. Sie hatten sich doch geliebt. Sie hatten gegen alle Widerstände zusammen fort gehen wollen. Was könnte geschehen sein, dass er sich zu diesem Schritt entschlossen hatte? Hatte Thyra oder ihr Vater ihn unter Druck gesetzt? Nein, der Vater nicht. Sein Standpunkt war immer klar gewesen und er war niemals ein Mann, der Intrigen spann und im Hintergrund anders handelte als er es offen sagte. Nein, Ratmar oder Xenja waren nie unehrlich gewesen. Aber war es Thyra? Eine Hohepriesterin der Naturgeister?

Oder hatte sein Verschwinden überhaupt nichts mit ihrer Situation zu tun? War er überfallen und getötet worden?

Jetzt, als Elodie inmitten des Gebetskreises auf dem weichen Moosboden hinter dem Kloster kniete, konnte sie an nichts anderes denken als an Haymo.

Um sie herum standen in ihren fantastischen, fließenden Gewändern die Priesterinnen Nuria, Wilrun, Ayla, Klorind, Clivia und Jördis.

Und um sie alle herum standen auf Säulen die marmornen Figuren der Naturgötter.

Muva, der Regengott, hielt einen schillernden Regenbogen in seiner Hand.

Juva, die Sonnengöttin, trug die Sonne wie einen Heiligenschein über ihrem Kopf. Hewa, die Göttin der Luft, schien einen Wind aus ihrem Mund zu pusten.

Kupanda, der Gott der Pflanzen, hielt einen Korb mit Früchten, Blumen und auch Gemüse in seinen Händen und zu Füßen von Wanjama, des Gottes der Tiere, scharrten sich ein Fuchs, eine Wildkatze und ein Bär, während auf seiner Schulter ein Adler saß.

Thyra trat jetzt in den Kreis hinein und reckte ihre Arme zum Himmel. Sie schloss die Augen und rief: „Muva, du schenkst uns Regen und Juva, du schenkst uns den Sonnenschein – beides braucht die Natur, um zu wachsen, zu gedeihen und uns zu ernähren. Hewa, du schenkst uns die Luft zum Atmen sowie den Sauerstoff, den wir alle, Menschen, Tiere und Pflanzen zum Leben brauchen. Kupanda, du sorgst für die Pflanzen und für eine gute Ernte und Wanjama, Beschützer aller Tiere auf der Erde, in der Luft und im Wasser – wir rufen euch an und bitten euch, dieses Mädchen – Elodie – in den Kreis eurer Priesterinnen aufzunehmen."

Die Priesterinnen um sie herum stimmten einen Gesang an, den Elodie kaum mitbekam. Wie aus weiter Ferne drang die Melodie an ihr Ohr.

Ayla, die vor Elodie als letzte in dieses Kloster eingetreten war, überbrachte ihr nun ihr neues Kleid, das Elodie auf ihrem Arm entgegennahm und ins Kloster trug, um es anzuziehen. Ayla folgte ihr, um ihr dabei zu helfen.

Der Stoff fühlte sich so zart und dennoch fest und warm an. Er floss an ihrem Körper herunter und umschmeichelte ihn. Ayla legte Elodie den Schleier auf ihr fliederfarbenes Haar. Alles passierte schweigend, wie es diese heilige Zeremonie erforderte.

Nach der Einkleidung gingen die beiden jungen Frauen wieder hinaus.

Xenja und Ratmar, die der Zeremonie hatten beiwohnen dürfen, nahmen ihre Tochter in Empfang. Xenja würde Elodie auch in das Kloster hinein begleiten dürfen, während Ratmar draußen warten musste.

Elodie ließ alles über sich ergehen. Sie war nicht glücklich und nicht traurig.

Sie war wie betäubt, empfindungslos. Sie nahm es einfach als gegeben hin. Es war, wie es war und so würde es für immer bleiben.

Für immer.

Haymo hatte eine Arbeit bei dem Baumeister Quill gefunden.

Quill war ein großer Mann mit breiten Schultern. Seine Haare reichten in klarem Weiß wie die Blüten einer Margarite und leicht verfilzt bis fast auf seine Schultern. Seine Haut war gegerbt von der harten Arbeit und dem schweren Leben. Er wirkte auf den ersten Blick nicht so aus, aber er war ein durch und durch gutmütiger Mensch. Deshalb versuchte er auch alle vernichteten Häuser wieder aufzubauen, ob er nun ausreichend dafür bezahlt wurde oder nicht. Er war der Meinung, dass das Volk in diesen Zeiten zusammen halten musste. Viele Männer befanden sich im Kampf und andere, wie er selbst, leisteten ihren Beitrag in der Heimat.

Als Haymo bei ihm auftauchte, nahm er ihn sofort gerne auf. Er ließ ihn bei sich wohnen und teilte gerne mit ihm die Mahlzeiten, aber er konnte nur einen kargen Lohn zahlen. Haymo war damit einverstanden. Er war ja froh, dass er überhaupt irgendwo Unterkunft und Arbeit fand. Einen Weg nach Hause, in das Dorf Kimlima, schien es tatsächlich nicht zu geben. Er hatte inzwischen die Suche aufgegeben, nicht aber die Hoffnung, doch eines Tages eine Möglichkeit zu finden, zurückzukehren.

In Quills Haus lebten außerdem dessen Ehefrau Linde, seine beiden Töchter - die fünfzehnjährige Dorkas und die zwölfjährige Lilja - sowie sein neunzehnjähriger Sohn Raban, der gerade das Handwerk des Häuserbauers erlernte. Quills ältester Sohn Kunal hatte sich dem Ritter Silva angeschlossen, der auf Seiten von Prinzeps Yarrow für Gerechtigkeit und Frieden kämpfte.

Sie alle erzählten Haymo dasselbe wie bereits der Bauer Oren, wie Arnit und Tiare und der Händler auf dem Markt. Haymo musste sich damit abfinden, dass er in einer fremden Welt gefangen war, von der er nicht wusste, wo sie lag, wie er sie verlassen konnte oder wie er hierher gekommen war. Konnte es wirklich möglich sein, dass eine andere Welt neben dieser hier existierte?

„Du sagst, in deiner Heimat gibt es Steinhäuser?", fragte Quill, während sie die Balken eines Hauses zusammenzimmerten.

„Ja."

„Die brennen sicher nicht so leicht ab?"

„Nein."

„Kannst du uns diese Methode beibringen?"

Raban blickte auf und hörte dem Gespräch aufmerksam zu. Wollte sein Vater bessere und widerstandsfähigere Häuser bauen? Raban hielt das für eine ausgezeichnete Idee.

„Ganz so einfach geht das nicht. Es braucht schließlich ein ganz anderes System. Die Steine müssen gehauen werden. Steinmetze müssen ausgebildet werden. Davon verstehe ich nichts", erklärte Haymo.

Quill nickte. „Steinmetze gibt es in unserer Welt durchaus. Aber die arbeiten ausschließlich an Burgen. Das Handwerk des Burgenbauers ist ein ganz anderes. Ein Steingebäude ist nur einem Prinzeps vorbehalten. Deshalb dürfen Steinmetze nur für sie arbeiten."

Sie arbeiteten eine Weile schweigend weiter.

„Kannst du für uns neue Waffen herstellen?", fragte Quill nach einer Weile unvermittelt.

„Was?", Haymo fuhr herum.

Raban zog die Augenbrauen hoch.

„Wir brauchen bessere Waffen. Wenn weitere Truppen der Hexe kommen, müssen wir besser bewaffnet sein. Sonst wird sie unser ganzes Land ausschlachten, unsere Bodenschätze rauben, unsere Häuser niederbrennen und wir können nichts dagegen tun."

Haymo sagte nichts dazu. Er musste darüber nachdenken. Er hatte zwar bisher schon zerstörte Häuser gesehen, aber das ganze Ausmaß der Unterdrückung war noch nicht bei ihm angekommen.

Elodie gewöhnte sich nur ganz allmählich und nur dem äußeren Schein nach an das Leben im Kloster, an den Tagesablauf, an die tägliche Huldigung der Naturgötter, an ihre wechselnden Aufgaben. In ihrem Inneren sah es anders aus. Sie konnte Haymo nicht vergessen. Sie fragte sich, ob es vielleicht einfacher wäre, wenn er sich von ihr verabschiedet hätte, wenn sie sich offiziell getrennt hätten. Aber so – mit ihren Plänen von einem gemeinsamen Leben, mit der Liebe, die sie füreinander fühlten, war es ihr fast unmöglich, ihre Trennung zu akzeptieren. Oder seinen Tod?

Diese Ungewissheit brachte sie noch um.

In ihrer freien Zeit ging sie viel spazieren.

Wenn sie draußen in den Bergen herumlief, trug sie lange, weite Hosen und eine schlichte Tunika in den kräftigen Farben ihres Volkes. Das war für das Wandern durch Wiesen und über Gestein wesentlich praktischer. Doch diese Kleidung fühlte sich inzwischen merkwürdig schwer an. Die Gewänder der Priesterinnen waren leicht und umschmeichelten sanft den Körper.

Die Gegend um das Kloster herum war weit und wunderschön. Sie versuchte, ihren ursprünglichen Plan in die Tat umzusetzen, die ganze Gegend zu erwandern.

Sie kletterte über glatte Steine und stand plötzlich vor einem kleinen Bergbach. Sie hörte dem Plätschern zu. Es wirkte seltsam beruhigend.

Sie setzte sich auf einen Stein und schloss die Augen. Die Sonne schien angenehm warm auf ihr Gesicht. Ein merkwürdiges Gefühl von tiefer Ruhe überkam sie. Fast war es eine Art Geborgenheit, wie sie sie lange nicht gefühlt hatte. Bei ihren Eltern hatte sie sich immer geborgen gefühlt. In dem Dorf und in der Natur. Ja, auch dort hatte sie gerne am Bach gesessen, dem Plätschern zugehört, dem Fließen des Wassers zugesehen und den Fischen, die darin schwammen. Ob es der gleiche Bach war, der hier oben entsprang und durch das Tal floss?

Sie öffnete die Augen und ging entgegen seiner Fließrichtung am Bach entlang. Sie ging eine ganze Weile, bis sie zu einer sprudelnden Quelle kam, die aus den Steinen heraussprang.

„Hier ist die Quelle", sagte sie laut vor sich hin. Aus einem unerfindlichen Grund freute sie sich darüber. Sie hatte den Ort gefunden, wo der Bach entsprang, an dem sie als Kind gespielt hatte. Aber was sollte das schon für eine Bedeutung haben? Es war doch gleichgültig.

Sie kniete sich hin, formte ihre Hände zu einer Schale und ließ das kalte Wasser hineinlaufen. Dann trank sie es aus ihren Händen. Es war erfrischend und schien ihr besser zu schmecken, als der beste Würzwein.

Dieser Ort schien ihr Kraft zu geben und sie verstand nicht warum. Aber war das nicht eigentlich auch egal? Sie versprach sich selbst, wieder zu kommen. Vielleicht würde sie das nicht jeden Tag schaffen, aber sie würde so oft herkommen wie es ging.

Haymo war mit Raban mit einem Ochsenkarren nach Kivita gefahren, der nächsten Stadt, in der ein großer Handwerkermarkt stattfand. Sie wollten prüfen, ob sie gutes Material für neue Werkzeuge fanden, wie Haymo sie aus seiner Heimat kannte. Er hatte sich entschlossen, im Auftrag von Quill das Handwerk des Baumeisters zu modernisieren. *Hoffentlich ist das richtig*, dachte

Haymo. *Vielleicht wäre es besser, dem Fortschritt in diesem Land die Zeit zu geben, die er braucht, um sich selbst zu entwickeln.*

Er griff jetzt dieser natürlichen Entwicklung vor. Aber er konnte Quills Bitte schlecht ablehnen. Außerdem brachte auch die Hexe, von der er inzwischen aufgrund von Erzählungen und Beschreibungen glaubte, dass es Thyra war, Einfluss aus ihrer Welt mit. Vielleicht konnte er das Gleichgewicht der Kräfte ein kleines bisschen wieder herstellen.

Er hatte schon einiges gesehen, seit er in der Stadt Oppidia lebte. Die Menschen wurden unterdrückt und lebten am Existenzminimum. Manche wurden verpflichtet, in den Metallminen des Prinzeps Cedar oder auf der Stoffplantage der Hexe zu arbeiten. Das war schlimm genug, aber es gab auch kriegerische Auseinandersetzungen, weil das Volk inzwischen aufbegehrte und sich widersetzte. Prinzeps Yarrow setzte sich gemeinsam mit seinen Rittern Milan und Silva für das Volk ein. Doch seine Kämpfer waren nicht ausgebildet wie Cedars Krieger und sie waren außerdem in der Minderheit. Haymo hatte solche Kämpfe noch niemals selbst miterlebt, sie fanden außerhalb der Stadtmauern statt.

Haymo prüfte Holz und Stahl, ließ es liegen und ging zum nächsten Stand, um das Material zu vergleichen. „Es ist das beste Holz, das ihr jemals finden werdet", behauptete der Händler.

Haymo grinste. „Das glaubt der wohl selbst nicht", raunte er Raban zu. „Gleich am Nachbarstand gibt es besseres Holz."

„Im Ernst?"

„Auf jeden Fall. Das Holz dort ist härter und hat weniger Risse. Aber der Stahl ist hier wirklich hervorragend. So etwas Gutes habe ich noch nie gesehen, nicht mal in meiner Welt."

Plötzlich gab es Tumult.

Reiter tauchten zwischen den Ständen auf. Raban erschrak.

„Was ist los?", fragte Haymo. „Ich dachte, ihr nutzt Pferde nicht als Reittiere?"

„Tun wir auch nicht. Es sind die Fremden. Die kommen her, beuten unsere Minen und Plantagen aus und fangen unsere Wildpferde", raunte Raban ihm mit unterdrücktem Hass zu.

„Du meinst, die Männer sind aus meiner Welt?" Haymo wurde ganz nervös. Er hörte kaum, was Raban sagte. Das erste, was ihm in den Sinn kam, war: *Können die mir helfen, zurückzufinden*

Doch er kam nicht dazu, sie zu fragen. Die Reiter galoppierten rücksichtslos zwischen den Ständen herum. Sie ritten eine alte Frau nieder, die nicht schnell genug fortkam, aber es kümmerte sie nicht. Menschen stürzten zu ihr, einer hielt sein Ohr über ihren Mund, um zu prüfen, ob noch Atem vorhanden war. Er schüttelte fast unmerklich den Kopf.

Haymo rannte zu der Stelle und ließ sich neben die Frau auf die Knie sinken. Er drückte seine Finger an die Stelle am Hals, in der das Blut pulsiert.

„Was tust du da?", fragte der Mann, der eben den Atem geprüft hatte.

„Ich fühle, ob ihr Blut pulsiert", erklärte Haymo. „Aber auch ich finde kein Zeichen von Leben. Ich glaube, sie ist tot."

„Ja, das ist sie." Der Mann fühlte an seinen eigenen Hals. „Er hat recht. Da ist ein Pulsieren", sagte er. Die Menschen um ihn herum tasteten ebenfalls nach ihren Hälsen. Haymo bemerkte es verwundert. Offenbar kannten sie die Stelle nicht. *Jetzt habe ich ihnen wieder etwas beigebracht*, dachte er. *Das geht offenbar schneller und unbewusster, als man denkt. Soviel dazu, dass man kein Wissen aus der fremden Welt hierher bringen und diesem Volk seine eigene Entwicklungszeit lassen sollte.*

„Was geht hier vor?", schrie einer der Reiter. Er saß auf seinem Pferd und schaute herablassend auf die kleine Gruppe herunter. Haymo sah sich verwirrt um. Die anderen Reiter plünderten die Stände. Die Händler flehten und schrien, aber vergebens.

„Was tut ihr da!", schrie Haymo.

„Wir nehmen uns, was wir brauchen", erwiderte der Reiter unverschämt grinsend.

„Ohne zu bezahlen?"

„Ganz recht. Und du, was tust du hier? Woher kennst du die Griffe zum Prüfen, ob noch Leben vorhanden ist? Die sind hier nicht üblich. Kommst du auch aus der anderen Welt?"

„Ja. Wisst ihr, wie ich zurückkomme?" Haymo war nicht fähig gewesen, diese Frage zurückzuhalten, obwohl er im tiefsten Inneren mit keiner Hilfe von diesen Männern rechnete.

„Nein, das können wir nicht bewerkstelligen. Es ist eine Art Zauber. Aber wieso weißt du nichts davon? Wenn wir in diese Welt eintauchen, kennen wir die Regeln und wissen darüber Bescheid."

„Ich nicht. Ich wurde gegen meinen Willen hergebracht. Ich bin einfach im Wald aufgewacht, ohne zu wissen, was geschehen ist."

Der Reiter zuckte gleichgültig mit den Schultern. Was ging es ihn an, auf welche Art die Kämpfer herkamen. „Egal. Jetzt wirst du mit uns kommen", befahl er.

„Wohin? Ihr sagtet, ihr wisst nicht, wie wir nach Hause kommen können."

„Nein, aber wenn du aus unserer Heimat kommst, musst du auch für uns arbeiten." Er lachte dröhnend. „Das heißt, kämpfen."

Haymo sah ihn verwirrt an.

Der andere ließ wieder sein dröhnendes, unfreundliches Lachen ertönen.

„Du kapierst es wirklich nicht, was? Dieses Land ist voller Schätze. Das Metall ist besser und härter als unseres. Es gibt Edelmetalle, die wertvoller sind als Gold; und Stoffe, die aus so edlem Material gewebt werden, das es bei uns nicht gibt. Dafür sind die Menschen noch nicht so weit entwickelt wie wir. Dabei sind wir hier noch in der Zivilisation. Es gibt noch jede Menge Naturvölker. Wir haben leichtes Spiel."

„Was soll das heißen?", schrie Haymo.

„Du hast schon verstanden."

„Oh ja, ihr raubt und plündert."

„Wir kämpfen für einen guten Lohn und im Auftrag unserer Herrin."

Verdammte Söldner, dachte Haymo.

„Du wirst uns begleiten!", befahl der Krieger, den Haymo inzwischen für den Hauptmann hielt.

„Dafür wurde ich offenbar nicht hergeschickt und das werde ich auch nicht tun."

„Wir sind dein Volk."

„Ich höre nur auf mein Gewissen."

„Was heißt das? Dass du dich mit dem Volk von Vinginevio zusammen tust?"

„Sie haben mir geholfen, als ich weder wusste, wo ich war noch wie es weitergehen sollte. Ich hatte kein Geld und keine Nahrung und sie haben mich aufgenommen, obwohl sie wussten, dass ich zu dem feindlichen Volk gehörte. Diese Menschen werde ich ganz sicher nicht bekämpfen", zischte Haymo verärgert.

Der Hauptmann schaute verächtlich auf ihn herab. Dann nickte er gebieterisch zwei Reitern zu, die sofort angaloppierten, Haymo von zwei Seiten packten und hoch hoben. Hilflos baumelte er zwischen den Pferden und wurde davongetragen.

Raban lief hinter ihm her, packte seinen Körper, ließ sich mitschleifen.

Unvermittelt ließen die Männer Haymo los und er und Raban fielen zu Boden. „Komm weg!", rief Raban und stand schon wieder auf den Füßen. Haymo rappelte sich auf, floh mit Raban, duckte sich, lief zwischen die Stände, so dass die Pferde der Krieger ihnen nicht so leicht folgen konnten. Doch der Hauptmann zog sein Schwert, schlug wild um sich, traf einen unbeteiligten Marktbesucher, der sofort blutend zu Boden stürzte und galoppierte über ihn hinweg. „Komm sofort raus, sonst sterben noch weitere Menschen!", dröhnte er.

Haymo, der dafür nicht verantwortlich sein wollte, war schon im Begriff, aufzuspringen, als sich plötzlich eine Hand von hinten auf seinen Mund legte und ihn zurückzog. Als er sich umwandte, sah er einen großen, muskulösen Mann in etwas merkwürdiger Kleidung. Er trug zwar lange, gerade geschnittene Hosen wie die Männer in der Stadt, aber sein Oberteil war einfach asymmetrisch um den Körper gewickelt und über einer Schulter gebunden. Außerdem war seine Kleidung grau wie die Felsen, während die Menschen in der Stadt farbenfrohe Kleidung trugen. Seine Haare waren blau wie Kornblumen und sein Gesicht war mit geometrischen Symbolen verziert. In der Hand trug er eine Art Wanderstab. Dieser Mann war auf jeden Fall anders als die Männer, die Haymo in Segetem oder in den Städten kennen gelernt hatte.

Das alles nahm er in Sekundenschnelle wahr.

„Kommt mit", raunte der Fremde ihnen zu.

„Die Reiter werden weiter töten, wenn sie mich nicht bekommen", flüsterte Haymo.

„Du kannst mehr helfen, wenn du am leben bleibst", flüsterte der Fremde.

Raban nickte ihm zu. Und so krabbelten sie hinter dem Mann her durch das Gewirr der Menschen und Stände.

Immer wieder blickte Haymo sich um. Die Reiter galoppierten suchend zwischen den Ständen herum.

„Wer ihn schützt, ist sofort des Todes!", brüllte der Hauptmann hinter ihnen und schwang sein Schwert.

Die Menschen waren wie erstarrt.

Aber sie töteten keine weiteren Menschen. Wozu auch? Nur, um diesen jungen Mann unter Druck zu setzen?

„Dort drüben sind sie!", rief einer der Reiter und preschte auf das Haus zu, hinter dem der fremde Mann mit Haymo und Raban verschwand.

Der Fremde führte sie zu einem Brunnen, in den sie hineinklettern sollten.

„Dort unten geht ein unterirdischer Gang weiter, der hinter den Stadtmauern endet", erklärte er.

„Wer bist du?", fragte Haymo immer noch verwirrt.

„Ich bin Koray vom Volk der Sub Divo, das in den Bergen lebt. Wenn du aus der fremden Welt stammst, aber nicht zu den Kämpfern gehörst, dann bist du es wert, gerettet zu werden."

„Ich bin aus der fremden Welt. Mein Name ist Haymo. Und das ist Raban aus Oppidia."

Der Fremde nickte. „Ich wünsche euch beiden Kraft bei eurem Kampf. Und nun schnell. Sie kommen."

„Was wird mit dir?"

Der Sub Divo lachte, als hätte Haymo etwas Komisches gesagt.

Raban legte Haymo seine Hand auf die Schulter. „Er kommt klar, glaub mir."

Haymo konnte nichts tun, als hinter Raban über den Brunnenrand zu klettern. Von weitem sah er die Reiter heranpirschen. Er blickte sich besorgt nach seinem Helfer um, aber der war fort. Als hätte der Wind ihn davongetragen.

Kapitel 7
Die Höhle

Elodie ging bei ihrem Spaziergang auf direktem Weg zur Quelle.

Sie erwartete, das wohlige geborgene Gefühl, das sie immer an diesem Ort umgab, wiederzufinden, aber es stellte sich dieses Mal nicht ein. Stattdessen war sie von einer Unruhe getrieben, die sie nicht lange rasten ließ. Sie verstand überhaupt nicht, woher dieses Gefühl kam, aber es war überaus unangenehm.

Sie schaute in den kleinen Strudel, den Beginn des Baches, der sich weiter durch das gesamte Tal schlängelte, hörte dem Plätschern des Wassers zu, aber es lud sie nicht zum Verweilen oder gar zum Träumen ein.

Es schien ihr zuzurufen: Geh weiter! Geh ins Gebirge!

Sie wollte dem Ruf nicht folgen, sie hatte sich doch darauf gefreut, eine Stunde Ruhe und Entspannung bei der plätschernden Quelle zu finden.

Aber schließlich ging sie doch weiter. Schritt für Schritt. Langsam. Der Weg wurde immer unwegsamer. Sie kletterte über die Steine immer höher, achtete sorgsam darauf, dass sie nicht auf loses Gestein trat und am Ende noch stürzte.

Sie entdeckte ein gutes Stück entfernt eine Hütte, aus deren Schornstein Rauch in den Himmel quoll. Sie kräuselte die Stirn. Wer konnte denn hier oben wohnen? Aber da in der Hütte ein Feuer brannte, musste das wohl jemand tun. Vielleicht Arbeiter, die Gestein abtrugen oder sich um die Tiere der Berge kümmerten?

Sie wandte ihren Blick ab. Die Hütte interessierte sie nicht wirklich. Wie von unsichtbaren Fäden gezogen, bewegte sie sich weiter zwischen die Felswände.

Während Elodie zwischen den Felsen eintauchte, trat eine alte Frau hinter einem Steinblock hervor. Sie sah Elodie zufrieden nach.

Sie hatte sich schon fest vorgenommen, das Mädchen anzusprechen, wenn es wieder zur Quelle kam, aber jetzt war Elodie auch ohne ihre Ansprache auf dem richtigen Weg. Offenbar wurde sie dorthin gerufen. Von unsichtbaren Kräften, die über den Menschenverstand hinausgingen. Die Frau schlich vorsichtig hinterher. Sie setzte jeden Schritt mit Bedacht. Sie war alt und nicht mehr so wendig und stark wie in ihrer Jugend. Ihre Beine waren schwach und wackelig, als sie über die Steine hinaufkletterte. Aber sie musste den Weg schaffen. Und sie durfte hier nicht stürzen. Sie durfte nicht verletzt hier in der Einsamkeit liegen bleiben.

Die Aussicht, das Mädchen zu treffen, das sie bereits seit ihrer Geburt kannte, beflügelte sie. Mühsam hangelte sie sich immer höher. Es war ja nicht mehr weit, gleich würde die Höhle sich vor ihr öffnen.

Elodie wurde immer mutiger und kletterte nach den ersten Metern behände die Felswand empor. Irgendetwas in ihr sagte ihr immer wieder, dass sie auf dem richtigen Weg war. Auf einem Weg, den sie gehen musste, der ihr vielleicht vorbestimmt war. Sie wusste, dass diese Redewendung eigentlich nicht unwegsames Klettern über Gestein meinte, ja nicht einmal einen wirklichen Weg in der Natur, sondern den Lebensweg. Und dennoch konnte sie ihre Gefühle, die mit dem Erklimmen der Felsen verbunden war, nicht anders bezeichnen.

Sie schob jeden störenden Gedanken, der sich einmischte, beiseite. Nein, es war kein Unsinn, was sie hier tat, denn sie folgte ja ihrer inneren Stimme und das war niemals Unsinn. Es war vielleicht gefährlich, aber das war gleichgültig, weil sie sowieso nicht anders handeln konnte.

So kletterte sie weiter, bis sie vor einer Steinwand stand.

„Und jetzt?", fragte sie sich. „Daran hinauf komme ich aber nicht."

Sie sah sich um und erkannte schließlich einen Spalt in den Felsen. Er war schmal und fügte sich fast unsichtbar in die Felslandschaft ein.

Elodie ging darauf zu und nach kurzem Zögern ging sie durch den Spalt. Sie musste sich nicht hindurchzwängen, so schmal war er aus der Nähe gar nicht.

Sie fand sich in einer Höhle wieder. Sehr dunkel war es im Inneren auch nicht. Durch den Spalt kam ja noch Licht herein. Sie blickte nach oben, um zu sehen, wie hoch die Höhle war und sah, dass sie auch nach oben hin offen war. Die Sonne schien direkt in die Höhle hinein.

Elodie nahm den felsigen Weg auf, der sie tiefer in die Höhle hineinführte. Verlaufen konnte sie sich nicht, es gab nur einen einzigen Weg. Kühl war es hier drin, sie rieb sich fröstelnd die Arme, aber es hielt sie nicht davon ab, weiterzugehen. Sie hatte keine Angst und keinen Zweifel. Im Gegenteil – eine tiefe Ruhe kam über sie. Ruhe, die sie bei der Quelle vergeblich gesucht hatte.

Haymo stand mit einer Gruppe Kämpfer im Wald. Er und Raban hatten sich inzwischen dem Ritter Milan angeschlossen, der das Reich Vinginevio gegen die Eindringlinge aus einer fremden Welt verteidigte. Haymo hatte verstanden, in was für einem Dilemma sich die einfachen Menschen befanden. Sie kämpften an zwei Fronten.

Der höchste Fürst von Vinginevio bluteten die Menschen aus. Vor langer Zeit waren die Fürsten gute Herren gewesen, hatte man ihm erzählt, doch nachdem die Fremden hier aufgetaucht waren und ihnen gezeigt hatten, welchen materiellen Reichtum ihr Land barg und welche Macht der Besitz dieser Güter bedeuten konnte, hatte sich das geändert.

Der Dienstherr des Ritters Milan war Prinzeps Yarrow, ein Fürst, dem das Wohl des Volkes noch am Herzen lag und der für dessen Freiheit kämpfte. Yarrow besaß große Ländereien, aber er hatte einen niedrigeren Rang als Cedar. Dennoch hatte er den Kampf gegen diesen machtbesessenen Fürsten aufgenommen.

Die Männer kämpften gegen die Eindringlinge aus der fremden Welt – aus Haymos Welt. Haymo hegte die heimliche Hoffnung, auf diese Art irgendwann doch noch den Weg in seine Heimat zurückzufinden.

Einer der Bauern, der heimlich einige Kämpfer auf dem Markt bespitzelt hatte, hatte dem Ritter zugetragen, dass wieder Menschen von der Hexe durch das geheimnisvolle Portal geschickt werden sollten.

Da sie durch Haymo nun den genauen Ort kannten, an dem sich das Portal befand, hatte sich eine Gruppe des Ritters Milan, zu der auch Haymo und Raban gehörten, in den Wald begeben, um sie zurückzuschlagen.

Niemand konnte das geheimnisvolle Portal sehen, aber sie sahen Bewaffnete, die im Wald herumirrten. Sie waren nicht so unwissend wie Haymo, es gewesen war, als er hier gelandet war. Trotzdem kannten auch sie die Gegend nicht und mussten sich erstmal orientieren. Sicher erwarteten sie nicht, sofort nach ihrer Ankunft angegriffen zu werden. Sie trugen auch keine schützende Kleidung. Das Überraschungsmoment war auf jeden Fall auf der Seite von Milans Männern.

Obwohl Haymo kein Schmied war, hatte er bessere Waffen geschmiedet. Es gab wertvolles Rohmaterial im Land Vinginevio, das die Menschen bisher gar nicht richtig genutzt hatten, zumindest nicht, um Waffen herzustellen.

Haymo war froh, seinen Freunden helfen zu können. Er sehnte sich danach, in seine Welt zurückzukehren und sah Vinginevio keineswegs als sein neues Zuhause an, aber er fühlte sich dem Volk von Vinginevio wesentlich verbundener als den Kämpfern aus seiner Welt.

Elodie war am Ende des etwas unwegsamen Höhlenganges angekommen. Obwohl sie jetzt viel tiefer in die Höhle vorgedrungen war und das Licht vom Eingang nicht mehr hereinfiel, war es nicht völlig dunkel. Durch den Spalt in der Höhlendecke drang genug Licht, um noch gut sehen zu können, auch wenn es natürlich nicht so hell war wie draußen.

Zwischen den Steinen auf dem Boden sprudelten kleine Rinnsale Wasser. *Ob die wohl auch zu dem Bach gehören, der durch das Gebirge fließt? Vielleicht beginnt sein Ursprung ja schon hier in der Höhle und nicht erst bei der Quelle*, ging es Elodie kurz durch den Kopf.

Dann wanderte ihr Blick auf die Höhlenwand am Ende des Ganges und sie erstarrte. Müsste dort nicht eine steinerne Höhlenwand sein? Stattdessen blickte sie auf eine Lichtung, Wiese, Moos und Bäume. Sie sah Gruppen von Männern. Sie war zu verwirrt, um zu erkennen, was sie sah. Blickte sie durch eine Öffnung auf eine Waldlichtung hinter der Höhle?

Sie war neugierig und ging weiter, tastete mit der Hand vor, aber sie traf nur auf eine raue Wand.

Was war das nur? War das Glas? Aber so hatte es sich nicht angefühlt. Und wenn ja, warum war das hier? Von so einem Phänomen hatte sie noch niemals gehört. Oder hatten Menschen das eingebaut, um die Lichtung abzuschirmen? Sie schüttelte sich. Nein, das machte doch überhaupt keinen Sinn.

Sie starrte wie gebannt darauf. Was war da überhaupt los? Die Männer kämpften ja miteinander. Ihr Volk befand sich doch nicht im Krieg.

Aber es waren Männer ihres Volkes, sie trugen die typische Kleidung.

Die andere Gruppe trug eine Art leichte Rüstung, die nur den Körper bedeckte, Arme und Beine aber nicht schützte. So etwas trugen die Männer ihres Volkes schon seit Jahrhunderten nicht mehr.

Sie konnte die Männer gut erkennen. Schwerter klirrten aneinander. Pfeile schwirrten durch die Luft.

Einige Männer ihres Volkes hoben Gewehre, aber die gegnerischen Kämpfer schossen ihre Pfeile schneller ab, als die zielen konnten.

Endlich drehte sich ein Mann, der eine der Rüstungen trug, um. Er wandte ihr sein Gesicht direkt zu, als würde er in eine Kamera blicken. Elodie begann zu zittern. Aber das konnte doch nicht möglich sein?

Sie blickte sich nervös um. Gab es hier keinen Stein oder vielleicht sogar einen Ast? Sie musste das Glas zerstören, um hinüberzukommen. Sie musste in diesen Wald. Sie musste! Sie fand einen losen Stein und warf ihn gegen die Wand. Sie erwartete, Glas zersplittern zu hören, aber der Stein prallte ab, als wäre er auf eine Steinwand getroffen.

„Neiiiiin!", schrie sie.

Der Kämpfer war inzwischen schon wieder in einen Kampf verstrickt.

Sie hämmerte mit ihren Händen gegen die Wand und schrie.

„Neiiiiin! Haymo!!! Haymo!!! Hörst du mich nicht!?"

Sie weinte und schrie.

Verständnislosigkeit und Hoffnungslosigkeit machten sich breit.

Arme legten sich um sie und zogen sie sanft fort.

„Neiiiiin! Lass mich! Haymo ist dort in dem Tal. Haymooooo!!!"

Haymo schüttelte den Gedanken an Elodie ab. Wieso war er auf einmal mit solcher Macht über ihn hergefallen? Er hatte sich umgedreht, als wäre sie ganz nah und würde plötzlich hinter ihm auftauchen. Dabei war er doch hier, um das magische Portal zu verteidigen.

Er sah den Mann mit dem Schwert auf sich zukommen und hob sein eigenes um sich zu verteidigen und ihn zu bekämpfen.

„Komm, setzt dich zu mir. Komm nur, du kannst nicht dorthin gelangen", sagte die alte Frau sanft.

„Aber es ist doch ganz nah. Direkt hinter der Wand", rief Elodie verzweifelt aus.

„Nein, so ist das nicht. Setz dich zu mir auf die Felsen."

Elodie erwachte ein wenig aus ihrer Erstarrung. Erst jetzt nahm sie die alte Frau bewusst wahr. Sie blickte in das Gesicht einer kleinen, mageren Frau mit faltiger Haut und dünnen schwachen Armen. Lange silbergraue Haare flossen über ihre Schultern.

Elodie zog die Augen zusammen. „Wer bist du?", fragte sie verwirrt.

„Mein Name ist Sabeth. Und ich weiß, dass du hinter der Felswand eine fremde Welt gesehen hast. Auch ich kann sie sehen."

„Auch du kannst sie sehen? Was heißt das?", fragte Elodie leise und verwirrter als jemals zuvor.

„Dass sie nicht jeder sehen kann. Die meisten sehen dort das, was wirklich da ist. Eine steinerne Höhlenwand."

„Aber…"

Die Alte legte ihr sanft die Hand auf den Mund.

„Pssst, hör mir zu. Diese Wand ist ein magisches Tor, das uns eine andere Welt zeigt. Eine Welt, die es nicht auf diesem Planeten gibt. Eine Welt in einem anderen Universum."

„Was?" Elodie blickte sie verwirrt an. „Ich habe dort Haymo gesehen."

„Haymo? Wer ist das?"

„Er war mein – mein Verlobter. Wir wollten zusammen fortgehen und baten die Hohepriesterin Thyra, mich freizugeben. Aber sie wollte nicht. Wir wollten es trotzdem wagen, aber er ist allein gegangen. Ohne mich. Er ist eines Abends einfach nicht wieder nach Hause gekommen."

Elodie blickte die alte Frau dabei aufmerksam an. Konnte die überhaupt verstehen, was sie da so schnell und etwas konfus heraussprudelte? Die Alte schien zusammenzuschrecken oder irrte Elodie sich?

„Ist es so schlimm?", fragte sie. „Ich meine, dass ich mein Versprechen, ins Kloster zu gehen, nicht halten wollte?"

Jetzt lächelte die Alte. „Aber nein. Denn schau, auch ich habe einmal im Kloster gelebt. Vor vielen Jahren. Heute bin ich eine alte Eremitin, die allein in einer kleinen Holzhütte in den Bergen wohnt. Manchmal ändern sich die Pläne und Wünsche und das, was uns gut tut, nicht wahr?"

Elodie nickte mehr vor sich hin als zu der Frau. Es war, als würde sie das aussprechen, was Elodie empfand. Manchmal änderten sich die Wünsche. Und auch das, was einem gut tat. Das, was richtig für einen war.

„Ist es die Hütte, die ich vom Bach aus gesehen habe? Aus dem Schornstein sah ich Rauch steigen."

„Ja, dort lebe ich. Ich kenne dich schon sehr lange, Elodie, eigentlich schon immer…", sie blickte versonnen vor sich hin. „…seit deiner Geburt. Ich weiß, dass du im Kloster aufgenommen wurdest. Und ich habe immer geahnt, dass du die besondere Gabe haben würdest, hinter diese Wand zu blicken." Sie schmunzelte über Elodies verdutzten Gesichtsausdruck. „Ich bin gerne auf dem Laufenden. Ich wusste aber nicht, dass dein Freund in der fremden Welt ist."

„Werde ich zu Haymo gehen können? Er ist doch auch dort, es muss einen Weg geben. Ach, warum ist er nur dorthin gegangen?"

Die Alte nickte. „Es war sicher nicht freiwillig. Aber es gibt einen Weg. Ich kann dich lehren, das magische Portal zu durchschreiben. Willst du es lernen?"

Elodie wurde ganz aufgeregt. „Ja, ja natürlich will ich das. Jetzt gleich?"

Jetzt lächelte die Alte wieder. Die Ungeduld der Jugend. Sie konnten niemals warten, dabei hatten sie doch alle Zeit noch vor sich.

„Wir beginnen bei unserem nächsten Treffen. Dann bist du nicht so aufgeregt wie jetzt. Und du brauchst die Ruhe in dir, sonst gelingt es nicht. Wir müssen uns noch einige Male treffen. Das geht doch?"

„Ja natürlich", entgegnete Elodie schnell. Warum sollte es auch nicht möglich sein? Sie sah kein Problem darin, sie ging doch sowieso oft spazieren.

„Sag nur Thyra nichts von unserer Begegnung."

„Und warum nicht?", fragte Elodie.

„Nun, ich sagte doch, dass ich einst im Kloster gelebt habe. Thyra und ich sind nicht besonders gut aufeinander zu sprechen."

Elodie sah offenbar immer noch völlig verwirrt aus, denn die Alte begann zu lachen. „Brauchst dir keine Sorgen machen und keine Angst zu haben. Ich verspreche dir, ich bin völlig harmlos." Sie legte ihre faltige Hand auf Elodies. „Vertrau mir und alles wird gut."

Ein warmes Gefühl durchflutete Elodie. Die Alte hatte gütige Augen und eine sanfte Stimme, die aufrichtig klang. Das Mädchen nickte. „Ich verspreche es, ich verrate dich nicht", sagte sie leise. Sie hatte keine Angst, sie war sicher, die alte Sabeth meinte es gut. Sie konnte ja sowieso nicht anders handeln. Haymo war dort drüben.

Elodie und Sabeth stiegen gemeinsam über die Steine wieder hinunter. Elodie stützte die Alte, damit sie nicht etwa ausrutschte. Sie fragte sich, wie Sabeth überhaupt den Weg hinauf geschafft hatte. Offenbar war die Alte wesentlich fitter, als sie es sich vorstellen konnte.

Dann kamen sie zu der Stelle, wo sich ihre Wege trennten. Elodie ging wieder am Bach vorbei zum Kloster.

Die alte Sabeth sah ihr noch eine Weile nach, bevor sie in die andere Richtung schlurfte. Sie verließ Elodie mit einem guten Gefühl. Ein liebes Mädchen, die Kleine. Aber sie gehörte nicht hierher, nicht ins Kloster.

Sabeth schlurfte über die Wiese ihrer Hütte entgegen. Das Feuer brannte noch und sie würde sich daran wärmen können. Hier oben in den Bergen war es kälter als im Tal. Besonders abends kroch die Kälte in ihre alten Knochen. Mit zunehmendem Alter brauchte sie immer mehr Wärme.

Sie wusste, dass auch sie bald in eine andere Welt gehen würde. In die Welt des jenseitigen Lebens. Es machte ihr nichts aus. Sie hatte eine lange Zeit gelebt und es war in Ordnung, wenn sie bald gehen musste. Jedes Leben musste irgendwann enden, so war nun mal die Natur. Sie wollte hinübergehen in die andere Welt, in der sie früher selbst so oft gewesen war, vielleicht Ulula noch einmal sehen. Sie wollte dort sterben und zum ewigen Schlaf gebettet werden. Aber noch war ihr Leben nicht vollendet, noch hatte sie eine wichtige Aufgabe zu erledigen. Der erste Schritt war getan. Das Mädchen – Elodie - kannte das Geheimnis der Höhle und das Schicksal hatte ihr geholfen, indem es ihr Haymo gezeigt hatte. Doch das Geheimnis war viel weitreichender, sie würde Elodie darin einweihen müssen. Dieses Wissen würde dem Mädchen ein neues Bewusstsein für sich selbst und für die Welt geben oder es würde sie zerstören.

Sabeth hoffte, dass Elodie stark genug war. Und sie hoffte, dass sie diejenige war, die die Prophezeiung erfüllen konnte. Sie hatten schon einmal geglaubt, den richtigen Menschen gefunden zu haben, aber dann war alles nur noch schlimmer geworden.

Sie seufzte schwer, als sie in der Glut stocherte und ein neues Holzscheit auflegte.

Kapitel 8
Sabeths Lehre

Elodie unternahm weiterhin ihre einsamen Spaziergänge.

Streifzüge durch die Umgebung zu machen, war nicht ungewöhnlich, auch andere Priesterinnen unternahmen in ihrer freien Zeit Spaziergänge oder setzten sich mit einem Buch in den Garten des Klosters. Es war nur etwas ungewöhnlich, dass Elodie grundsätzlich auf Begleitung verzichtete, sogar auf Aylas, mit der sie sich am meisten angefreundet hatte. Sie behauptete, dass sie ein wenig Einsamkeit einfach bräuchte, um ihre innere Stärke und Ruhe zu bewahren.

Wohin sie wirklich ging, blieb ihr Geheimnis. Sie erzählte niemandem, auch nicht Ayla, von der Höhle.

Elodie traf Sabeth am Fuß des Anstiegs, sodass sie der alten Frau beim Klettern über die Steine helfen konnte.

Als sie die Höhle betraten, fühlte Elodie sofort die merkwürdige Stimmung, die von ihr auszugehen schien. Aber vielleicht bildete sie sich das auch nur ein, weil sie das Geheimnis der Höhle kannte und sie sich Haymo hier so nah fühlte.

Heute sah sie in der Höhlenwand jedoch nur eine grüne Landschaft und keine Kämpfer.

Sie sah deutlicher als zuvor die kleinen Wasserstrudel zwischen den Felsen, sie schienen heute größer zu werden, anzuschwellen zu einem plätschernden Bach. Sie zuckte ein wenig zusammen.

„Was ist?", fragte Sabeth. „Was hast du gesehen?"

„Nur das Wasser, es wurde ein richtiger Bach. Aber das kann doch nicht sein?"

„Nein, es ist nichts als die kleinen Rinnsale zwischen den Felsen. Die Steine sind trocken, schau."

Das Wasser war schon wieder zurückgegangen und auch Elodie sah nichts als die schmalen Rinnsale. Sie schob die Frage, wie das

Anschwellen des Wassers geschehen sein konnte, ob es eine Art Vision gewesen war, beiseite.

„Wo mag Haymo nur sein?", fragte sie mehr vor sich hin als zu Sabeth.

„Er wird irgendwo dort in der Nähe leben. Er hat sich wohl einem Ritter angeschlossen, wie sonst könnte er bei diesen Kämpfern gewesen sein. Aber du solltest nicht weiter darüber nachdenken."

„Wie könnte ich nicht? Ich liebe ihn", flüsterte Elodie.

„Du darfst dich nicht mit Problemen und Vorstellungen belasten, die du nicht ändern kannst. Konzentrier dich lieber auf das, was du tun kannst. Darauf, das Durchschreiten des Portals zu erlernen. Ich könnte dich hinüber transferieren, dann wärest du schneller in der anderen Welt. Aber Mädchen, du musst von mir unabhängig sein. Du musst auch wieder zurückkommen können. Allein. Du musst selbst wissen, wie man es durchschreitet. Wer würde dir sonst helfen, wenn ich nicht mehr lebe?"

„Aber Sabeth, bist du krank?", fragte Elodie erschrocken.

Die Alte fegte die Besorgnis mit einer heftigen Handbewegung aus der Luft. „Nein, nein. Ich bin alt. Und da beschäftigt man sich schon mal mit dem Tod. Jetzt komm, setzt dich her. Probier aus, wie es bequemer ist – auf dem Stein, auf dem Boden oder an die Wand gelehnt? Ich habe in einem Felsspalt einen kleinen Teppich versteckt, damit das Sitzen nicht so kalt ist. Ich war früher oft hier zum Meditieren. In der letzten Zeit wird mir aber der Weg immer beschwerlicher. Warte, ich hole ihn."

Sie schlurfte ein paar Schritte weiter und zog aus einer Spalte einen farbenfrohen kleinen Teppich hervor, der gerade groß genug war, damit Elodie darauf Platz nehmen konnte.

„Nimm du ihn lieber", sagte sie. „Ich bin jung, mir macht die Kälte nichts aus."

„Papperlapapp. Du musst länger sitzen als ich und die Kälte der Steine kann wirklich durch den Körper ziehen."

„Dann bringe ich beim nächsten Mal ein Kissen mit, dann haben wir beide etwas."

Sabeth nickte. „Gut, tu das. Aber jetzt hör mir zu. Du kannst das Portal nur durchschreiten, wenn du in einer tiefen, sehr tiefen Trance bist. Dann siehst du die Schwelle genau und kannst hindurchgehen. Aber wirklich nur dann. Jemand, der die Gabe hat, kann auf diese Art auch jemanden hindurchschicken, der die Welt nicht sieht."

„Und kann jemand, der die Welt nicht sieht, trotzdem erlernen, hinüberzugehen?", fragte Elodie.

Wieder nickte Sabeth. „Ja, das geht. Aber es ist natürlich viel schwieriger, denn derjenige muss sich auf etwas einlassen, das für ihn nicht real ist. Es kann sogar jemand völlig gegen seinen Willen hinübertransferiert werden. So wie es vermutlich deinem Haymo ergangen ist."

„Aber wer tut denn so etwas?"

Sabeth blickte das Mädchen ernst an. Sie verstand ihre Ungeduld, aber heute wollte sie noch nicht alles preisgeben. Eins nach dem anderen. Elodie hatte schon genug zu verkraften.

„Ich werde es dir erzählen, wenn du soweit bist", sagte sie deshalb geheimnisvoll.

Elodie kam jeden Tag wieder in die Höhle. Sie nahm wie versprochen ein Kissen mit. Als sie das Kloster verließ, erwischte Thyra sie damit. „Wo willst du denn hin?", fragte die Hohepriesterin schärfer, als sie es beabsichtigt hatte.

„Ich gehe gerne zum Bach. Ich liebe es, dort zu sitzen" antwortete Elodie freundlich.

Thyra schielte auf das Kissen unter ihrem Arm. Elodie lächelte etwas gekünstelt. „Es wird ziemlich kalt, wenn man dort auf den Steinen sitzt. Und hart." Sie verzog ein wenig den Mund. Es ging ihr gegen den Strich, Thyra zu belügen, aber sie hatte Sabeth versprochen, nichts zu verraten.

Thyra lächelte ihr zu. „Du fühlst dich doch wohl bei uns?"

Elodie nickte. „Ja, sehr."

„Dann schmerzt es dich nicht mehr, dass Haymo dich verlassen hat?"

„Nein, du hattest recht. Man kommt darüber hinweg." Elodie schluckte schwer und hoffte, dass Thyra ihre wirklichen Gefühle nicht erkannte.

Die Hohepriesterin tätschelte ihren Arm. „So ist es recht. Dann geh nur und genieße die Natur. Das tun wir alle. Wir sollten sie immer betrachten wie ein Wunder. Sind wir nicht die Dienerinnen der Naturgeister? Wie unpassend wäre es, wenn wir eine andere Einstellung zur Natur hätten."

Elodie nickte ihr zu. Sie fand, dass sie recht hatte, aber sie traute ihren Worten trotzdem nicht ganz. Sie konnte nicht einmal sagen, warum, aber sie schienen ihr nicht aus dem Herzen zu kommen.

Sie achtete dieses Mal sorgsam darauf, dass ihr niemand folgte und niemand bemerkte, dass sie nicht zum Bach ging. Hoffentlich ging nicht eine der Priesterinnen dorthin, womöglich sogar auf Thyras Geheiß, und fand sie nicht vor. Elodie schob den Gedanken fort. Dann könnte sie immer noch sagen, dass sie einfach weitergestreift war. Kein Problem.

In der Höhle lehrte Sabeth sie, in eine tiefe Trance zu fallen.

Die Alte wies sie mit sanfter Stimme an.

Elodie saß auf dem Teppich und konzentrierte sich auf ihren Atem. Sie stellte sich vor, ihren Körper zu verlassen und über ihm zu schweben. Sie sah sich selbst auf dem Teppich sitzen – ganz ruhig, mit geschlossenen Augen.

Und dann sah sie das Tor plötzlich ganz deutlich vor sich. Ein halbrundes Tor, das in den Fels gehauen und ausgefüllt war mit

Blättern und Blüten. Es sah wunderschön aus in seiner Farben-
pracht.

Die Rinnsale zwischen den Steinen sprudelten, sie schwollen an
zu einem Bach aus leuchtendem Blau, der über die Steine floss.
Breit und ruhig. Das Geräusch des Wassers war beruhigend. Der
Bach schien gar nicht aus den Steinen zu kommen, sondern aus
der anderen Welt.

Elodie hörte Sabeths Stimme, die sie sanft zurück in ihren Körper
befahl. Aber sie wollte nicht zurück. Warum konnte sie nicht
einfach durch das Tor schweben und Haymo suchen?

„Du kehrst zurück in deinen Körper", hörte sie Sabeths Stimme
jetzt eindringlicher. Sie konnte sich ihr nicht entziehen. Sie hatte
sicher auch recht, sie war noch nicht so weit.

Elodie gehorchte.

Das Tor verschwamm vor ihren Augen. Sie fühlte, dass ihr Körper wieder erwachte. Sie öffnete die Augen, aber sie fühlte sich
noch ganz benommen.

Der breite Bach, der eben noch über die Steine geflossen war, war
verschwunden.

Elodie schwankte.

Sabeth gab ihr die Zeit, die sie brauchte, um wieder zu sich zu
kommen.

„Spann deine Muskeln an", empfahl sie, „damit du dich wieder
spürst."

„Ich habe das Tor gesehen", brachte Elodie hervor.

Sabeth nickte. „Sehr gut. Dann bist du bald soweit. Lass uns die
Trance noch festigen, dann kannst du auch allein ohne meine An-
leitung hineinfallen und hinüber nach Vinginevio gehen."

„Vinginevio?"

Sabeth nickte. „Ja, so heißt das fremde Land."

„Ich verstehe immer noch nicht, wie ich auf diese Art einen Ort
wirklich real erreichen kann. Das existiert doch alles nur in
meiner Vorstellung. Ich habe auch wieder das Wasser gesehen. Es

war ein richtiger Bach, breit, kristallklar, es floss über die Steine wie ein kleiner Wasserfall. Merkwürdig war, dass der Ursprung in der anderen Welt zu sein schien."

Sabeth grinste und hob mahnend den Finger. „Das ist die Magie dieses Ortes.

Doch während das Anschwellen des Wassers nur in deiner Fantasie existiert, vielleicht, weil Wasser deine meditativen Kräfte stärken kann, existiert das Tor wirklich. Aber du kannst nur in der Trance hindurchgehen."

„Aber das ist ja so, als ob – als ob man stirbt."

Jetzt lachte die alte Sabeth und ihr ganzes Gesicht legte sich in einen fröhlichen Faltenteppich. „Ganz so ist es nicht!", rief sie aus. „Natürlich ist auch der Tod nur ein Übergang in eine andere Welt. Aber denk daran, dass du nach Vinginevio nicht nur mit dem Geist hinübergehen darfst, du musst deinen Körper mitnehmen. Wenn man stirbt, lässt man seinen Körper zurück. Es ist viel schwieriger, zwischen den Welten zu reisen und den Ballast eines Körpers mitzunehmen."

Elodie runzelte die Stirn. Es befremdete sie, dass Sabeth den Körper als Ballast bezeichnete. Aber die Alte schien das nicht erklären zu wollen.

Thyra gefiel Elodies eigenbrötlerisches Verhalten überhaupt nicht.

Sie hatte Pläne mit dem Mädchen, von dem es noch nichts ahnte. Sie wollte Elodie in das Geheimnis der Höhle einweihen. Aber dafür brauchten sie ein vertrauensvolleres Verhältnis zueinander.

Sie hoffte inständig, dass Elodie die Höhle nicht zufällig finden würde. Aber davon war nicht auszugehen. Das Kraxeln über die Steine würde sie sicher nicht wagen. Und der Zugang war nicht so offensichtlich, dass man ihn aus der Ferne gut erkannte.

Thyra musste unbedingt versuchen, die junge Priesterin aus ihren Grübeleien zu reißen. Sie war nicht davon überzeugt, dass Elodie Haymo vergessen hatte, auch wenn diese das noch so bestätigte.

Sie seufzte tief. Vielleicht sollte sie ihr einfach mehr Arbeiten übertragen.

Am liebsten hätte sie das Mädchen auf ihrem Spaziergang begleitet, Elodie hätte das schwer ablehnen können. Aber das war im Augenblick nicht möglich. Thyra hatte dringende Aufgaben für das Kloster zu erledigen.

Kapitel 9
Sabeths Geheimnis

„Du bist soweit", sagte die alte Sabeth eines Tages.

„Ich kann hinübergehen? In das Land Vinginevio?", fragte Elodie aufgeregt.

Sabeth blickte sie fröhlich an und die Falten in ihrem Gesicht vertiefen sich dadurch noch.

Sie sieht wunderschön aus, obwohl sie so viele Falten hat, dachte Elodie. *Aber sie hat eine so fantastische Ausstrahlung. Weise und lebensklug, ausgeglichen und absolut im Reinen mit sich selbst, aus ihr heraus strahlt ein Licht, sie ist ein wunderbarer Mensch, der alle Lebewesen liebt. Und dennoch ist da etwas, das ich noch nicht fassen kann. Eine Traurigkeit, die sie im Herzen verborgen hält.*

„Bald. Zuerst möchte ich dir ein Geheimnis verraten. Du musst es kennen, denn es ist eng mit dir verbunden", antwortete Sabeth nun.

Elodie zog die Augenbrauen zusammen. Ein Geheimnis, das mit ihr verbunden war? Unmerklich schüttelte sie den Kopf. Das konnte sie sich nicht vorstellen. Was könnte das sein?

„Hör zu, Kind. Und unterbrich mich möglichst nicht. Es ist eine lange Geschichte und eine komplizierte. Du kennst einige Menschen, die darin vorkommen, aber du wirst sie danach in einem anderen Licht sehen. Versuch, zuzuhören. Einfach nur zuzuhören. Danach kannst du alles fragen, was du willst. Ja? Willst du es versuchen?"

Elodie wurde etwas beklommen zumute. Aber sie vertraute Sabeth. Deshalb nickte sie zögerlich.

„Vor vielen Jahren, sehr lange vor deiner Geburt und auch vor der Geburt deiner Eltern, lebte hier in diesem Kloster meine Familie. Mein Vater war ein Fürst von hohem Ansehen. Er war ein guter Mensch und weigerte sich, seine Untertanen vollkommen auszubluten, wie es viele andere taten. Auf diese Art wurde er zwar nicht so reich wie diese, dafür hatte er aber zufriedene und gesunde Untertanen und war bei ihnen beliebt.

Als meine Geschichte begann, war ich so jung wie du heute und ich machte ebenso gerne Streifzüge durch die Umgebung. Eines Tages fand ich diese Höhle. Und ich sah auch das Land, das eine andere Welt war. Ich verstand natürlich zuerst nicht, was dort vorging, denn ich hatte nicht wie du jemanden, der es mir erklärte und der mich lehrte. Ich weiß auch bis heute nicht, warum es mir bestimmt war, das Land zu sehen.

Ich zeigte meinem Vater, meiner Mutter und auch meinem Bruder das Land, aber niemand konnte es sehen. Sie belächelten mich. Nicht bösartig, sondern wie man jemanden belächelt, der über zuviel Fantasie verfügte. Der vielleicht mit einem unsichtbaren Freund spricht.

Ich ließ mich jedoch davon nicht entmutigen. Im Gegenteil, so etwas stachelte meinen Ehrgeiz an. So war ich eben."

Sie wirkte ganz in Erinnerungen an eine längst vergangene Zeit versunken.

„Ich saß stundenlang vor dem Bild der fremden Welt und sah in den Wald. Ich meditierte, wie ich es von meinem Lehrer, einem Priester, gelernt hatte. Ich stellte mir das Land vor. Und plötzlich sah ich ein Tor. Das war für mich überraschend, weil zu mir ja niemand darüber gesprochen hatte. Aber ich nahm an, dass der Zugang zu jener Welt die innere Bereitschaft war. Jedenfalls dachte ich das damals. Ganz so war es am Ende nicht. Jemand, der den Zugang gefunden hat, kann jeden in das Land schicken. Gleichgültig, ob derjenige das Land sieht oder nicht oder ob er bereit dazu ist.

Aber ich schweife ab. Nun ja – meine Neugier siegte über meine Furcht, ich ging hinüber und fand ein Land vor, das wunderschön war, allerdings waren die Menschen nicht so fortschrittlich wie wir. Das Land war reich, es hatte wertvolle Bodenschätze. Metalle, die fester waren als Stahl, Diamanten, die edler waren als Gold und Stoffe, so fein und elegant, wie wir sie auch heute noch nicht spinnen können.

All diese Dinge wurden auch gebraucht. Das Metall nutzte man zum Beispiel für Geländer oder Werkzeuge, die Stoffe zum Anfertigen der Kleidung. Die Diamanten als Schmuck. Aber wie wertvoll das alles wirklich war, war den Menschen gar nicht bewusst.

Das alles zeigte mir ein Mädchen, das etwa in meinem Alter war. Ulula, ein Mitglied des Naturvolks Sub Divo, das im Wald und im Gebirge lebte. Die Menschen dieses Volkes waren damals die einzigen, die Geschichten über eine fremde Welt kannten und die wussten, woher ich wirklich stammte. Auch Ulula konnte die andere Welt in einem alten knorrigen Baum sehen. Aber wir beide waren wohl wirklich die einzigen. Sie gab mir die im Land übliche Kleidung und ging mit mir in das Dorf Segetem, um mir auch das Leben dort zu zeigen. Das Volk, das ich kennenlernte, war zwar nicht so fortschrittlich wie wir, aber es litt keine Not. Nicht so wie manche Völker bei uns, die von ihren Fürsten unterdrückt wurden.

Ich erzählte meinem Vater davon. Er belächelte mich weiterhin, er glaubte mir ja nicht, aber er begleitete mich trotzdem ein weiteres Mal in die Höhle. Und dieses Mal konnte ich ihn in das Land Vinginevio mitnehmen. Mein Vater sah alles, was ich gesehen hatte. Er sprach mit den Menschen und erzählte ihnen, dass wir aus einem weit entfernten Land kommen würden.

Er sah, dass die Menschen die Natur achteten, die Tiere respektierten und die Zeichen der Natur verstanden. Sie waren friedliche Menschen, besaßen keine Waffen, nur Werkzeuge. Sie wohnten in einfachen Lehmhütten, während wir in unserer Welt die ersten Steinhäuser bauten. Aber die Menschen in Vinginevio hatten keine Maschinen und nicht das Wissen, um Steinhäuser zu bauen. Mein Vater sagte, wir sollten sie in Ruhe lassen und ihnen die Zeit für ihre natürliche Entwicklung geben. Sie hatten das Recht darauf, in ihrer eigenen Geschwindigkeit und mit ihren eigenen Fähigkeiten voranzuschreiten. Auch die Güter des Landes ließ er unangetastet. Sie gehörten ihnen, so war Vaters Meinung. Ich ging noch ein paar Mal hinüber nach Vinginevio. Ich konnte es einfach nicht lassen, aber ich gab mich niemals als Frau einer anderen Welt zu erkennen. Ich kleidete mich sogar wie sie, um nicht aufzufallen. Einmal, weil es mir so sehr gefiel, behielt ich eines dieser Kleider aus dem weich fließenden Stoff an, als ich zurück ins Schloss ging.

Meine Eltern wussten sofort, woher der Stoff stammte und mein Vater ermahnte mich erneut, das Volk in Ruhe zu lassen. Mein Bruder Enoch jedoch wurde neugierig und wollte es unbedingt auch kennen lernen. So ging ich mit ihm zusammen ein weiteres Mal nach Vinginevio."

Während Sabeth das sagte, wurden ihre Worte schwerer und ihre straffe, aufrechte Haltung schien ein wenig zu erschlaffen. Sie hob in einer resignierten Geste die Arme. „Was soll ich sagen? Er war mein Bruder, ich vertraute ihm."

Elodie ahnte, was jetzt kam. Sie öffnete den Mund, um etwas einzuwenden, aber sie erinnerte sich an ihr Versprechen, zu schweigen.

„Enoch war anders als mein Vater. Er hielt ihn für rückständig. Enoch wollte an dem Reichtum des Landes teilhaben und er brachte den Kampf in die fremde Welt."

Jetzt konnte Elodie sich doch nicht mehr zurückhalten. „Warum hast du ihn immer wieder hinübergebracht?"

Sabeth war nicht böse, weil Elodie sie nun doch unterbrochen hatte. Elodie hatte schon länger durchgehalten, als sie wirklich geglaubt hatte. Sie hob die Schultern. „Anfangs, weil er eben mein Bruder war. Ich dachte, er ist genauso neugierig wie ich, mehr nicht. Ich war naiv. Enoch hat sich mit einem Fürsten des Landes verbündet und beide begannen, das Land auszubluten. Aus Gier. Und der Fürst von Vinginevio, der bis dahin überhaupt nichts mit den Bodenschätzen anzufangen wusste, erkannte nun seine Möglichkeiten auf Reichtum und damit auf Macht. Sein Volk musste härter als bisher im Bergbau arbeiten, um die Rohstoffe zu fördern. Er begann auf Enochs Geheiß, Steine im Steinbruch hauen zu lassen und eine Burg aus Stein zu erbauen. Die Arbeiter mussten das in harter Fronarbeit tun. Aber nur der Fürst und Enoch hatten etwas von dem Reichtum und mit der Zeit wollte der Fürst auch mit Enoch nicht mehr teilen. So begann auch noch Streit zwischen den beiden."

Schließlich weigerte ich mich, Enoch nach Vinginevio zu bringen. Doch es gab ein neues Problem und ich ließ mich wieder erweichen. Eine Frau in Vinginevio war schwanger von ihm und er wollte sie nicht verlassen. Er hat mich benutzt. Wieder. Er bestahl den Fürsten von Vinginevio und wurde noch reicher.

Nach der Geburt nahm er das Baby, ein kleines Mädchen, mit in unser Land und fragte nicht, was aus der Mutter wurde. Ich hatte jetzt endgültig verstanden, dass mein Bruder kein guter Mensch war.

Meine Mutter war inzwischen gestorben und Enoch zerstritt sich mit unserem Vater. Er zog mit dem Kind fort. Vinginevio konnte er nicht mehr besuchen, denn er sah das Land ja nicht und er hatte nicht gelernt, es allein zu betreten.

Ich ging hinüber und lebte eine Weile bei dem Naturvolk Sub Divo. Sie hatten sich inzwischen aus dem Wald zurückgezogen und lebten nur noch in Höhlen in den Bergen. Dort lebten sie einigermaßen unbehelligt von den Machenschaften des Fürsten. Von dem Volk lernte ich, im Einklang mit der Natur zu leben, die kleinen Zeichen zu verstehen und das, was uns die Tiere zu sagen versuchen.

Das Land veränderte sich und mit ihm die Menschen. Gier und Macht hatten dort innerhalb kürzester Zeit an Bedeutung gewonnen und die Fürsten unterjochten ihr Volk. Ein wirklich fantastischer Fortschritt, den mein Bruder dem Land gebracht hat." Sabeth verzog angewidert den Mund.

Als mein Vater starb, gründete ich aus unserem Schloss das Kloster zur Verehrung der Naturgötter. Am Anfang hatte ich zwei weitere Priesterinnen. Ich wollte mein Leben der Verehrung der Natur widmen, so wie ich es bei den Sub Divo gelernt hatte."

„Du bist die Gründerin des Ordens?"

„Oh ja, bist du nicht bei meinem Namen auf den Zusammenhang gekommen?"

Elodie konnte es selbst kaum glauben. Wie konnte sie so begriffsstutzig gewesen sein? Sabeth – Sabethinnerinnen. Natürlich.

„Nun ja, was ich nicht berücksichtigt hatte, war eine alte Legende des Landes Vinginevio. Es hieß, Kinder beider Welten könnten das Tor passieren und eines Tages würden durch ein solches Kind Fremde in das Land kommen, die die natürliche Ordnung zerstören, und damit Leid und Not über das Volk bringen würden. Das war meiner Meinung nach bereits geschehen. Dieses Schicksal hatte ich über das Land gebracht, obwohl ich ganz sicher kein Kind beider Welten sein konnte. Weiter hieß es, ein Kind beider Welten würde das geschehene Unrecht wieder gutmachen und die alte Ordnung wieder herstellen.

Mein Bruder Enoch kam zurück, als seine Tochter siebzehn Jahre alt war. Zenta war ein Kind beider Welten. Er wollte durch sie erneut in das fremde Reich eindringen. Er schilderte ihr, was er bei mir gesehen hatte und sie schaffte es tatsächlich, das Tor zu durchschreiten. Und so begann alles neu. Ich hatte eine leise Hoffnung, aber Zenta war nicht das Kind, das Ruhe und Frieden brachte.

Auf Wunsch ihres Vaters brachte sie Kämpfer hinüber, die diesen dabei unterstützten, in Vinginevio ein eigenes Imperium aufzubauen. Ihr selbst war im Grunde alles gleichgültig.

Sie verliebte sich hier in unserer Welt, heiratete und wurde schwanger. Ganz normal. Enoch dagegen blieb in Vinginevio. Zenta besuchte ihn hin und wieder. Ich ging nie wieder hinüber. Doch eines Tages traf sie ihn nicht mehr an. Er war im Kampf gestorben. Zenta verließ mit ihrem Ehemann und ihrer Tochter unsere Gegend und ich sah sie nicht wieder.

Jahre später kam eine junge Frau ins Kloster und bat um Aufnahme. Ihre Eltern waren beide gestorben und sie war allein. Ich erkannte sofort, dass sie zu einem Teil Vinginevio sein musste, denn sie hatte eine außergewöhnliche Haarfarbe, die es nur dort gab. Und wirklich: Sie war die Enkelin meines Bruders Enoch. Ein Kind beider Welten. Elodie, du musst mir glauben, ich dachte, jetzt wird endlich alles wieder gut. Ich dachte, mit ihr wird sich die Prophezeiung erfüllen und die alte Ordnung in der fremden Welt wieder hergestellt.

In Wahrheit hat sie mich hereingelegt. Sie wollte bewusst in die fremde Welt, von der ihre Mutter Zenta ihr erzählt hatte. Und ich habe mein Unrecht und das Elend in Vinginevio noch vergrößert."

Sabeth sank ein wenig in sich zusammen. Elodie fasste ihre Hand. Sie wollte nicht drängen, aber ihre Ungeduld war groß. Die Geschichte war unglaublich spannend. Endlich straffte sich Sabeth wieder und sprach weiter.

„Diese junge Frau war Thyra."

Elodie bekam große Augen. „Thyra ist die Enkelin deines Bruders? Deine Großnichte?"

Sabeth nickte. „Wie erwartet, sah sie das fremde Land und ich selbst lehrte sie, das Portal zu durchschreiten. Aber sie war aus dem Holz ihres Großvaters. Sie schlachtete das Land aus. Und da sie selbst den Übergang vollbringen konnte, brauchte sie mich nicht. Sie brachte Krieger hinüber und baute ihr eigenes Imperium auf."

„Thyra führt Krieg in Vinginevio? Sie ist reich?", fragte Elodie völlig verwirrt.

Sabeth nickte. „Ja, sie ist sehr reich. Sie lebt hier im Kloster ja durchaus nicht als arme Frau. Ich erkannte ihr Spiel und konnte so nicht weiter im Kloster leben.

Ich war zu dem Zeitpunkt schon nicht mehr ganz jung und konnte nicht gegen sie kämpfen, so zog ich mich zurück in die Hütte und überließ Thyra die Leitung des Klosters. Doch ihre Art der Naturverehrung, war nicht mehr dieselbe wie meine Art. Du wirst selbst entscheiden können, was für dich gut ist, wenn du die Art der Sub Divo kennen gelernt hast.

Thyra will eines Tages nach Vinginevio gehen und für immer dort leben. In einem herrschaftlichen Landgut oder sogar einer Burg. Diesen Plan hat sie mir schon vor vielen Jahren offenbart und ich glaube nicht, dass sie ihn aufgegeben hat. Aber sie will nicht im Krieg dort leben. Sie selbst will nicht bekämpft werden. Deshalb lebt sie in beiden Welten."

Sabeth sah, wie erschüttert Elodie war. Es war ja auch viel, was sie zu verkraften hatte. Es gab sogar noch mehr, aber das würde sie jetzt nicht mehr erzählen. Ein anderes Mal. Die ganze Wahrheit wäre zu viel für das Mädchen.

„Was habe ich mit der ganzen Geschichte zu tun?", fragte Elodie plötzlich.

„Nun, du siehst das Tor. Vielleicht bist du diejenige, die das Unrecht wieder gutmachen kann? Vielleicht kannst du zumindest Thyra daran hindern, weiter in der anderen Welt zu wüten", schlug Sabeth leise vor.

Aber Elodie hatte gut aufgepasst. „Ich bin kein Kind beider Welten", sagte sie.

Sabeth seufzte schwer. „Aber vielleicht kannst du so ein Kind finden. Vielleicht leben noch Nachfahren von Enoch in Vinginevio."

Thyra hatte Elodie gesucht, aber nicht gefunden. Angeblich war sie wieder spazieren gegangen. Ob sie die Höhle gefunden hatte? Ob sie die andere Welt sehen konnte?

Thyra stand am Fenster, blickte in die Berge und dachte über Elodie nach. Sie musste irgendwann mit ihr sprechen, musste ihr das Geheimnis enthüllen.

Sie strich gedankenverloren über den weichen Stoff ihres Kleides. Sie liebte diesen fantastischen Stoff, den es in dieser Welt überhaupt nicht gab.

Ihre Priesterinnen hatten immer akzeptiert, dass sie eine Quelle hatte, wo man diesen Stoff herstellen konnte. Sie hinterfragten nichts, sie vertrauten ihr. Nun ja, irgendwie stimmte die Aussage schließlich sogar.

Thyra hatte trotzdem nicht viel übrig für diese naive Vertrauensseeligkeit. Aber das Kloster war für sie eine gute Tarnung. Es lag nahe der Höhle, nahe dem Tor zur anderen Welt, wo ihr wirkliches Leben stattfand. Sie würde es noch eine Weile durchhalten, bis sie Elodie in das Geheimnis eingeweiht hatte, dann würde sie mit ihr zusammen für immer hinüber gehen. Zwar gab es immer noch Kampfhandlungen und sie wollte nicht im Krieg leben, aber im Grunde war Vinginevio fest in ihrer und Prinzeps Cedars Hand. Sie verzog das Gesicht, als sie an den Fürsten dachte. Ebenso wie Elodie hatte auch sie den Mann vergessen müssen, den sie einst geliebt hatte. Mit Cedar verband sie heute nur noch geschäftliches Interesse um Macht und Reichtum.

Thyra zog ihren Schleier vom Haar und eine Fülle von dichten, langen Haaren fiel über ihre Schulter. Kaum einer hatte jemals ihre ungewöhnliche Haarfarbe gesehen. Selbst wenn sie spazieren ging, verbarg sie sie unter einem Tuch.

Sie schlüpfte aus dem Kleid und zog sich eine weite Hose an und eine Tunika darüber. Auch ein Tuch band sie wieder um ihre Haare.

Sie zog leichte Schuhe an die Füße und ging los. Sie wollte zur Höhle gehen und sehen, ob Elodie vielleicht dort war.

Sabeth war gemeinsam mit Elodie in tiefe Trance versunken.

Sie hatte für sich selbst und Elodie Kleidung, die man in Vinginevio trug, mitgebracht. Sie wollten dort nicht als Fremde auffallen. Auch einige Münzen, die in der anderen Welt das Zahlungsmittel waren und die Sabeth über die vielen Jahre hinweg aufbewahrt hatte, gab sie Elodie. So kamen sie wenigstens in den ersten Tagen zurecht, konnten Brot und andere Lebensmittel kaufen, danach würden sie weitersehen.

Sabeth wollte mit Elodie zusammen nach Vinginevio gehen. Für sie selbst sollte es das letzte Mal sein. Sie wollte nicht zurückkehren und in dem fremden Land sterben. Sie wusste genau, wohin sie wollte und wo man sie herzlich aufnehmen würde. Ihr Ziel war das Naturvolk der Sub Divo, das in den Bergen lebte. Dort, wo sie einst so viel über die Naturgeister gelernt hatte. Dorthin wollte sie mit Elodie gehen, damit auch sie die Art der Sub Divo kennenlernte. Außerdem sollte das Mädchen auch all das erfahren, was sie noch nicht wusste, damit sie vorbereitet wurde auf ihre Aufgabe, das Land zu retten.

Sabeth konnte das Tor im Felsen bereits erkennen und ihrem Körper befehlen, es zu durchschreiten, aber sie musste auf Elodie warten. Sie wollte, dass das Mädchen allein die Reise machen konnte. Dass sie ihrem Körper befehlen konnte, dass sie ihren Geist und ihren Körper wieder zusammenführen konnte.

Plötzlich hörte sie eine laute Stimme. Sie konnte sie zuerst nicht zuordnen. Sie befand sich zwischen den Welten und wusste nicht, ob die Stimme aus ihrer Welt kam oder bereits aus Vinginevio.

„Sabeth!"

Sabeth wurde aufmerksam. Nein, sie kam nicht aus Vinginevio, sie befand sich in der Höhle, das wurde ihr ganz allmählich bewusst.

„Sabeth, was tust du da? Ich hatte gehofft, du wärst längst tot?"

Die Alte versucht, das Bild des Tores aufrecht zu erhalten und nun doch Elodie zu helfen, es zu passieren. Sie durfte nicht erwachen. Zumindest das Mädchen musste fort. Sie musste hinüber in die andere Welt.

Elodies Körper bewegte sich schwebend darauf zu.

Sabeth blieb zurück.

Thyra stürzte auf die alte Frau zu. „Warum hast du das getan? Es war meine Sache, Elodie von dem Land zu erzählen und sie hinüberzuführen", kreischte sie.

„Und sie in deinem habgierigen Sinne handeln zu lehren? Nein, Elodie ist nicht so. Sie ist bei lieben Menschen aufgewachsen. Sie wird das Land retten."

„Du redest wirr, Alte", zischte Thyra.

„Nein, ich bin ganz klar. Lass mich ihr folgen, Thyra. Ich will dort drüben mein Leben beenden."

„Sterben willst du, Tante?", spie Thyra hervor. „Das kannst du gleich haben." Ohne darüber nachzudenken zog sie ein kleines Messer aus der Tasche ihrer weiten Hosen und stürzte sich auf Sabeth. In rasender Wut stieß sie der alten Frau das Messer in die Kehle. Sabeth kippte zur Seite. Aus ihrem Hals sickerte Blut.

Sie starb auf dem kahlen, harten Höhlenboden. Ihr letzter Blick ging nach Vinginevio. Sie sah Elodie, die dort im Wald angekommen war und sich verwirrt umblickte. Sicher fragte sie sich, wo ihre alte Lehrerin blieb.

Kapitel 10
Ankunft in Vinginevio

Elodie fühlte sich ein wenig benommen, als sie sich auf dem Waldboden an dem fremden Ort wiederfand. Es war merkwürdig gewesen. In einem Moment war sie noch in der Höhle gewesen und im nächsten befand sie sich auf dieser Waldlichtung.

Sie konnte sich an die tiefe Trance erinnern, an die schmalen Rinnsale klaren Wassers, die zu einem plätschernden kleinen Wasserfall angeschwollen waren.

An das mit Grün und bunten Blumen überwucherte Steintor, das sie so deutlich vor sich gesehen hatte.

Aber sie selbst hatte es noch nicht geschafft, ihren Körper hindurchzubewegen. Sabeth musste ihr geholfen haben. Aber warum? Das hatte sie doch auf keinen Fall tun wollen. Sie hatte immer betont, dass sie, Elodie, allein hindurchgehen musste, damit sie es auch allein zurückschaffen konnte und auch in Zukunft das Tor ohne fremde Hilfe passieren konnte.

Elodie zog die Augenbrauen zusammen und überlegte, warum Sabeth das getan haben könnte. Oder hatte sie es doch allein geschafft und konnte sich nur nicht daran erinnern?

Stimmen drängten sich in ihr Bewusstsein. Eine fremde Stimme. War jemand in die Höhle gekommen und hatte Sabeth deshalb den Prozess des Übergangs beschleunigt?

Sie blickte sich um.

Es sah hier alles aus wie in einem ganz normalen Wald. Gebüsch, Bäume, zwitschernde Vögel. Vor ihr lag die Lichtung mit Wiese und Blumen.

Hinter ihr stand ein besonders dicker Baum. Ihr Blick fiel auf die rissige Rinde. Nach einer kleinen Weile erschien dort ein anderes Bild. Sie blickte direkt in die Höhle hinein, aus der sie gekommen war. Das war also das Tor. Hierher musste sie zurückkommen, um wieder in ihre Welt zu gelangen.

Sie kniff die Augen zusammen, um besser sehen zu können. Irgendetwas war dort, das sie nicht richtig erkannte. Sie ging näher an den Baum heran, sah eine Person auf den nackten Steinen liegen.

Gleichzeitig mit dem Erkennen traf sie der Schrecken. „Sabeth!", schrie sie und sank auf die Knie. Die alte Frau lag regungslos dort. War sie verletzt? Oder sogar tot? Hatte ihr Herz die Anstrengung der Trance nicht verkraftet?

„Sabeth!", rief Elodie und streckte die Hand aus, als könnte sie die alte Frau berühren. Doch sie fühlte nur die harte, raue Rinde an ihren Händen. Sollte sie sich jetzt sofort wieder in Trance begeben? Zurückkehren und sehen, ob sie Sabeth helfen konnte? Aber Sabeth hatte ihr erklärt, dass die Rückkehr erst nach einiger Zeit wieder möglich war. Wenn man es überhaupt schaffte, den Weg hin und gleich wieder zurück zu gehen, würden sowohl die Psyche als auch der Körper Schaden nehmen. Es war eben doch mehr als eine Reise von einem Ort zum nächsten.

Elodie erhob sich. Sie fühlte die Tränen auf ihrem Gesicht und wischte sie fort. Sie konnte Sabeth nicht helfen. Auch wenn sie es nicht wahrhaben wollte, wusste sie, dass Sabeth tot war. Etwas war in der Höhle geschehen, während sie in Trance war. Aber was? Die Stimmen in ihrem Inneren klangen wie aus weiter Ferne und verhallten dann wieder. Was hatte sie gehört? Wem gehörte die fremde Stimme?

Sie blickte sich um und überlegte, wo sie entlang gehen sollte. Sabeth hatte ihr den Weg nicht beschrieben. Warum auch? Sie hatte sie ja begleiten wollen. Sie hatte mit ihr zu dem Bergvolk gehen wollen, bei dem sie einst gelebt hatte. Doch nun war Elodie allein. Welchen Weg sollte sie nehmen?

Es gab einen ausgetretenen Wiesenpfad, den würde sie gehen. Es war der einzige wirkliche Weg in diesem Dickicht von Bäumen und Gestrüpp und er führte nur in eine Richtung. Sicher waren diejenige, die hierher geschickt worden waren, genau diesen Weg gegangen. Irgendwohin musste er ja führen.

Sie sah an sich herunter. Die Kleidung, die Sabeth ihr gegeben hatte, fühlte sich noch fremd an. Sie bestand einer weiten, formlosen, eierschalfarbenen Bluse, die am Hals durch ein Band zusammengezogen war und einem grasgrünen, bodenlangen Rock, der leicht ausgestellt war. Er war etwas derber gewebt als die Kleider der Priesterinnen. Sabeth hatte ihr gesagt, dass die einfachen Leute bei ihrer Arbeit diesen besonders feinen Stoff nicht trugen. Natürlich wusste sie nicht, wie sich die Menschen und auch die Kleidung bis heute entwickelt hatten. Wahrscheinlich konnten die einfachen Menschen sich den feinen Stoff überhaupt nicht mehr leisten. Vielleicht wurde die Kleidung heute auch anders geschnitten als damals, als Sabeth in dem Land war. Doch etwas anderes hatte sie natürlich nicht zur Verfügung.

An den Füßen trug Elodie braune Leinenschuhe. Die waren eigentlich ziemlich bequem. Beim Laufen merkte sie jedoch, dass man jede Unebenheit des Bodens und jedes Steinchen durch die dünnen Sohlen merkte.

Haymo saß zusammen mit seiner Gruppe Kämpfer in einem anderen Teil des Waldes. Sie hatten sich eine verborgene Stelle im Dickicht gesucht. Dicht genug, um nicht so schnell entdeckt zu werden, aber nicht so verborgen, um nicht selbst etwas sehen zu können. Sie aßen frisches Brot und Früchte, die sie auf dem Markt in Oppidia erstanden hatten.

Haymo fühlte sich der Bevölkerung von Vinginevio längst verbunden. In diesem einst friedlichen Land herrschte seit vielen Jahren Krieg. Vor etwa sechzig Jahren hatte zum ersten Mal ein Mensch aus einer fremden Welt dieses Land betreten. Zuerst war alles gut gelaufen, denn der Fürst, der das Land betrat, war ebenso gut gewesen wie die Landesherren in Vinginevio. Doch dann war ein anderer gekommen, der begann, die Bodenschätze und Stoffe dieses Landes zu erbeuten. Niemand hatte gewusst, wie wertvoll das alles war, sie hatten das Material benutzt, aber es hatte ihnen bis dahin keinen besonderen Reichtum bedeutet. Fürst Enoch hatte sich außerdem mit den Herren von Vinginevio in Verbindung gesetzt und ihr Blut vergiftet. Sie lernten für ihren eigenen Luxus ihr Volk auszunutzen und auszubluten, anstatt es zu schützen, die Arbeit gerecht zu verteilen, die Götter zu besänftigen, darauf zu achten, dass die Regeln und Gesetze eingehalten wurden, Recht zu sprechen.

Und dann war Fürst Enoch lange nicht mehr gekommen. Es hieß, eine Frau ihres Landes hätte sein Kind zur Welt gebracht und er sei mit dem kleinen Mädchen verschwunden. Die Frau litt unter dem Verlust ihres Kindes, aber Enoch wurde in dem Land nicht vermisst. Doch irgendwann war er wieder da, zuerst kam er mit seiner Tochter und dann mit seiner Enkelin. Seitdem kam diese Frau, Enochs Enkelin, immer wieder, inzwischen seit zwanzig Jahren. Kam und ging, nahm Stoffe mit und brachte sogar Kämpfer in dieses Land, um die Herrschaft zu erringen.

Obendrein begannen sich sogar innerhalb von Vinginevio rivalisierende Fürsten zu bekämpfen. Es ging nur noch um Reichtum und Macht. Und das einfache Volk litt. Inzwischen hatte Prinzeps Cedar, ein düsterer Landesherr, die alleinige Macht errungen, aber dadurch wurde es nicht besser. Er und die Hexe unterdrückten das Volk, um ihren eigenen Reichtum zu mehren.

Prinzeps Yarrow widersetzte sich mit seinen Rittern Milan und Silva diesem Regime. Doch dadurch kehrte der Krieg ins Land zurück.

Haymo war inzwischen längst klar geworden, dass Thyra ihn hierher gebracht hatte, um ihn aus dem Weg zu haben. Warum, das hatte er allerdings noch nicht verstanden. Nur, damit er Elodie nicht fortbrachte? So wichtig konnte sie doch nicht für Thyra sein.

Es gab diese Legende, auf die alle hofften und die besagte, dass ein Kind beider Welten das magische Tor wieder verschließen könnte. Thyra war so ein Wesen. Doch sie würde das Tor nicht verschließen, soviel war klar. Und sie konnte kein Kind geboren haben, denn sie war eine Hohepriesterin.

Ach, es war zum Haareraufen.

Und er wusste auch noch immer nicht, wie er selbst zurückkommen sollte.

Plötzlich hörten sie Rascheln im Laub und sahen sich aufmerksam um. Es war Raban, der von einer Erkundung zurückkehrte.

„Ritter Ursus ist mit zehn Männern im Anmarsch. Sie sind bis an die Zähne bewaffnet", meldete er, griff gleichzeitig nach einem Leib Brot und schnitt sich einen Kanten davon ab.

Der gegnerische Ritter kämpfte für Prinzeps Cedar.

„Dann ist die Übermacht nicht allzu groß", entschied Ritter Milan. „Und die Überraschung ist auf unserer Seite. Ein guter Verbündeter."

Haymo starrte ihn entsetzt an. Sie sollten sich zu sechst auf zehn Männer stürzen, die noch dazu besser bewaffnet waren? Die beiden Ritter nicht mitgerechnet. Er hatte sich zwar für Ritter Milan entschieden, aber lebensmüde war er nicht.

„Klettert auf die Bäume!", befahl Milan. Die Männer gehorchten, auch Haymo.

Sie saßen auf den Bäumen, getarnt von dichten Blättern, als sich die Gruppe von zehn Männern, unter Leitung des Ritters Ursus, dem Platz näherte.

Sie gingen vorsichtig, spähten rundherum, um sicherzustellen, dass nicht aus dem Hinterhalt Feinde über sie herfielen.

„Ich habe etwas gefunden!", rief einer. Es war ein bulliger Mann mit einem vierschrötigen Gesicht und einer dicken Nase. Er hielt triumphierend ein liegengelassenes Messer hoch.

Haymo verzog das Gesicht in Richtung Raban, der vor wenigen Augenblicken noch ein Stück Brot damit geschnitten hatte.

Raban setzte ein schuldbewusstes Gesicht auf, aber gleichzeitig bemerkten sie, dass die Männer auf dem Boden noch mehr gefunden hatten. Ein Wasserbeutel lag dort und der Rest eines Apfels. Es war wirklich kein Wunder, das Klettern hatte so überstürzt schnell gehen müssen.

„Vor kurzem noch muss eine Gruppe hier gewesen sein. Wir müssen sie finden!", schrie Ursus. „Dann wird unser Fürst zufrieden mit uns sein."

„Auf sie!", brüllte gleichzeitig Ritter Milan und - ohne auch nur eine Sekunde zu zögern - sprangen er und seine sechs Männer von den Bäumen direkt auf ihre Feinde. Milan hatte recht gehabt, das Überraschungsmoment war ein starker Verbündeter. Die Gruppe um Ursus war zwar stärker bewaffnet, aber so überrumpelt, dass sie nicht schnell genug reagieren konnten, bevor sie der erste Schlag traf.

Milan selbst kämpfte gegen Ursus. Ritter gegen Ritter. So sollte ihm die Schmach erspart bleiben, von einem niedriger gestellten überrumpelt und womöglich getötet zu werden.

Milan war ein guter Kämpfer, aber Ursus erholte sich von der ersten Überraschung und zog sein Schwert.

Auch die anderen erholten sich rasch, zumal sie in der Überzahl waren. Doch fünf von ihnen lagen bereits, hart getroffen von Knüppeln, auf dem Boden und würden sich hoffentlich nicht so schnell wieder rühren.

Sie kämpften erbittert. Mit Knüppeln, Schwertern und Fäusten.

Inzwischen war es rein zahlenmäßig ein ausgeglichener Kampf.

Haymo hatte sein Schwert gezogen und kämpfte verbissen gegen den Vierschrötigen. Es war ein harter Kampf. Der andere war größer und schwerer, aber Haymo war wendiger.

Plötzlich lief ein Schauer durch seinen Körper. Eine Art Zittern, die der Bullige sofort erkannte und mit dem Schwert ausholte. Doch Haymo hatte sich schon wieder gefangen. Der Schauer hatte ihm keine Kraft genommen. Es war eher so, als ob ihn neue Energie erfüllen würde. Er brüllte los und stürmte nach vorne. Der Bullige parierte, stach nach ihm, aber Haymo wich geschickt aus. Schließlich konnte er selbst zustechen. Er traf seinen Gegner in die Brust. Der verharrte in der Bewegung, starrte mehr verblüfft als entsetzt an sich herunter, erkannte, dass seine Kleidung sich rot färbte und stürzte wie ein gefällter Baum zu Boden.

Haymo konnte sich keine Zeit nehmen, darüber nachzudenken, er stürmte über den toten Körper und stürzte sich wieder ins Kampfgetümmel.

Auch Milan hatte seinen Gegner besiegt. Aber Ursus war nicht tot, sondern lag nur, aus der Seite blutend, auf dem Boden.

Ein weiterer Gegner lag allerdings inzwischen tot auf dem Waldboden und auch einer von ihren Leuten war verletzt. Es war Leander, der seinen Kampfarm nicht mehr brauchen konnte und sein Schwert in der anderen hielt. Er wollte nicht aufgeben, doch seine Wunde blutete stark.

„Haaaalt!", bölkte Milan.

Tatsächlich stoppten die Kampfhandlungen sofort. Die Kämpfer waren an Gehorsam gewöhnt.

„Euer Ritter ist schwer verletzt. Bringt ihn in die Stadt zu einem Heiler. Wir werden euch ziehen lassen."

„Wir brauchen euer Mitleid nicht und auch nicht eure Gnade!", schrie einer der gegnerischen Männer und richtete seinen Bogen auf Milan.

Ritter Ursus richtete sich ächzend auf. Er grinste gemein. Glaubte dieser Milan, seine Männer einschüchtern oder gar befehligen zu können?

„Ein toter Feind ist ein guter Feind!“, schrie der feindliche Kämpfer und spannte seinen Bogen durch. Gleichzeitig mit seinem eigenen flog ein zweiter Pfeil durch die Luft, der den Schützen in die Schulter traf. Der Feind verriss leicht, Milan warf sich zur Seite, aber der Pfeil traf ihn doch ins Bein. Er fiel zu Boden.

„Dafür wird dein Prinzeps Cedar dir einen Orden verleihen. Er will den Kampf sowieso härter führen“, brummte Ursus.

Milans Männer standen plötzlich ebenfalls alle mit gespannten Bogen da und richteten sie auf die feindliche Gruppe, auch auf den am Boden liegenden Ursus war ein Pfeil gerichtet.

„Haltet ein!“, schrie Ursus. Er sah sich um und musste erkennen, dass er im Augenblick unterlegen war. Er brummte etwas, das niemand verstand. Seine Männer wirkten unzufrieden, aber sie würden nicht weiter kämpfen können, wenn sie tot waren. Diese Schlacht hatten sie verloren - gegen eine armselige Meute von nicht ausgebildeten Kämpfern. Aber dieser Fremde aus der anderen Welt war bei ihnen und brachte ihnen bei, bessere Waffen herzustellen. Es würde andere Kämpfe geben, die er, Ursus, gewinnen würde. Er würde diese Bande nicht mehr unterschätzen. Aber jetzt musste erstmal seine Verwundung wieder heilen.

„Geht!“, sagte jetzt Milan, der sich mit Haymos Hilfe aufgerichtet hatte und auf einem Bein stand. Den Pfeil hatte er abgebrochen, aber die Spitze steckte noch in seinem Bein. Auch Ursus rappelte sich mit Hilfe seiner Männer auf. Was für ein elender Wurm dieser Milan doch war. Ließ sie gehen, obwohl er sie alle würde töten können. Wenn er so etwas mit seinen Gegnern tun würde, würde Cedar selbst ihn dafür büßen lassen, indem er ihn umbrachte.

Milan verzog das Gesicht vor Schmerz. „Geht, nehmt eure Verletzten mit und lasst sie behandeln so wie wir es auch tun werden!"

Durch Elodies Körper war plötzlich und ohne erkennbaren Grund ein Zittern gegangen. Sie ging gerade den Weg entlang, der aus dem Wald heraus führte. Sie konnte bereits das Ende sehen. Sie kam auf einen etwas breiteren Weg, der von weiten Feldern gesäumt war. Wohin sollte sie sich jetzt wenden? Links oder rechts? Sie ließ ihren Blick über die Gegend schweifen. Der Weg, der links an den Feldern vorbeiführte, schien schmaler zu werden, außerdem zog sich der Wald in die Richtung weiter. Auf der anderen Seite öffnete sich die Landschaft und der Weg wurde deutlich breiter. Sie nahm an, dass dort eine größere Chance bestand, in eine menschliche Behausung zu gelangen. Sie wollte auch nicht länger durch den Wald laufen.

Sie fühlte eine leichte Unruhe, schließlich befand sie sich in einer vollkommen fremden Welt. Sabeth hatte gesagt, dass sie sich verständigen konnte. Die Sprache war nicht fremd. Aber Sabeths Aufenthalt in dieser Welt war schon so lange her, dass sie nicht wissen konnte, ob die Menschen sie freundlich empfangen oder sie davonjagen würden

Elodie zweifelte nicht daran, dass sie auf dem richtigen Weg war. Ein solcher Weg musste einfach in einen Ort führen. Nein, Angst hatte sie keine. Was also hatte dieses kurze Erzittern zu bedeuten? Sie hörte hinter sich Stimmen und Schritte und wandte sich um. Eine Gruppe von mehreren Männern kam den Weg entlang. Als sie näher kamen, erkannte sie insgesamt neun Männer und sie bemerkte, dass zwei der Männer verletzt waren. Einer hatte eine blutende Wunde in der Seite, der andere in der Schulter.

„He Mädchen, was tust du denn hier so allein?", rief ihr einer entgegen.

„Ich… ich will ins Dorf", erwiderte sie zögernd. Jetzt bekam sie doch Angst. Sie war allein und diese Männer sahen aus wie Kämpfer.

„Kannst mit uns gehen", sagte der mit der blutenden Seite. „Mein Name ist Ritter Ursus. Wir sind Getreue des Prinzeps Cedar und kommen gerade aus einer Schlacht. Zwei Männer haben wir verloren."

„Du bist auch verletzt", brachte Elodie mühsam hervor.

Der Mann lachte auf und verzog sofort vor Schmerz das Gesicht. „Du merkst offenbar alles", brachte er hervor. „Kennst du dich in der Heilkunst aus?"

„N…nein."

„Na, macht nichts. Etwas außerhalb vom Dorf, kurz vor den Bergen, gibt es jemanden, der sich um unsere Wunden kümmern kann. Und bis dorthin schaffen wir es noch. Wenigstens sind auch zwei der Gegner verletzt. Bist du auch ein Anhänger von Cedar? Das Dorf steht in seinem Regierungsbezirk."

„Ich – ich weiß nicht. Ich komme aus einer ganz anderen Gegend."

„Und was treibst du dann hier?"

Ihr fiel zuerst keine Antwort ein. „Ich suche einen Freund", brachte sie dann mühsam hervor.

„Ah, einen Freund." Die Männer lachten höhnisch. Es war unangenehm, aber Elodie sagte sich, dass es völlig gleichgültig sei, welche dreckigen Gedanken sie sich gerade machten. Die ersten Häuser des Dorfes tauchten vor ihr auf. Der Anblick ließ sie innerlich frohlocken. Sie war bald angekommen. Sie würde diese Kämpfer loswerden, die sie zwar nicht belästigten, deren Anwesenheit ihr aber trotzdem unheimlich war.

Aber wohin sollte sie im Dorf wenden? Sabeth hatte bei einem ihrer Treffen von Dorfältesten gesprochen. Vielleicht gab es die auch heute noch und derjenige, der dieses Amt nun innehatte, würde ihr weiterhelfen.

Thyra zog sich in aller Eile um und verließ leise das Kloster. Sie würde Elodie nach Vinginevio folgen. Mein Gott, wie hatte ihr entgehen können, dass das Mädchen Kontakt zu Sabeth hatte. Das hätte nicht passieren dürfen. Sie hatte doch selbst so große Pläne für sie. Elodie war die einzige, der sie zugetraut hätte, ihr Werk in der anderen Welt fortzusetzen.

Thyra sah sich hektisch um. Sie wollte mit keiner der Priesterinnen diskutieren. Und sie wollte fort, bevor die Leiche von Sabeth gefunden wurde, was allerdings höchst unwahrscheinlich war. Wer kam schon in die Höhle?

Meine liebe Tante, dachte sie und grinste gemein vor sich hin. Mist, dass es ihr noch gelungen war, Elodie bei ihrem Transport zu helfen. Sie hatte gemerkt, dass die Kleine allein noch nicht stark genug dazu war.

Thyra legte ihrer Stellvertreterin Wilrun eine kurze Notiz mit der Nachricht hin, dass sie etwas Dringendes zu erledigen hätte und in wenigen Tagen zurück sei. Bis dahin solle sie das Amt der Hohenpriesterin übernehmen und dafür Sorge tragen, dass alles normal weiterliefe. Wilrun würde das Amt für immer behalten, wenn Thyra eines Tages in Vinginevio bleiben würde.

Die Hohepriesterin kletterte leichtfüßig über die Steine, der Höhle entgegen. Sie hatte immer geplant, irgendwann in Vinginevio zu leben. Reich und sicher, in einem schönen Haus. Aber solange dort noch Krieg herrschte, zog sie das sichere Leben im Kloster vor. Außerdem hatte sie immer geplant, Elodie mitzunehmen.

Sie seufzte. Nun war sie nicht mehr sicher, ob sie das Kriegsende abwarten konnte. Sie hatte getötet, was nicht so sehr das Problem war. Sie könnte die Leiche nach Vinginevio schaffen, so dass sie nie gefunden wurde. Außerdem wurde Sabeth hier sowieso nicht vermisst. Wer kannte sie denn schon noch? Sie hatte ja selbst geglaubt, sie sei längst tot.

Nein, fliehen musste sie nicht. Aber sie musste Elodie nachreisen. Sie musste verhindern, dass das Mädchen die Legende erfüllte. Wenn die ganze Wahrheit ans Licht gekommen war, war der richtige Zeitpunkt gekommen, mit Elodie zusammen in Vinginevio zu bleiben.

Elodie wandte sich im Dorf von den Kämpfern ab. Sie hätten ihr vielleicht den Weg zum Dorfvorstand zeigen können, aber sie wollte so schnell wie möglich von ihnen fort. Sie waren nicht schlecht zu ihr gewesen, aber sie hatte dennoch kein gutes Gefühl gehabt. Irgendetwas ging von ihnen aus, das ihr Angst machte.
Sie lief zwischen den Häusern her und nahm alles mit großen Augen bewusst wahr. Es war ein schönes Dorf und wirkte nicht ärmlich, aber die Baukunst war nicht so weit fortgeschritten wie bei ihr zu Hause. Die Häuser waren aus Holz gebaut und die Dächer mit Stroh belegt. Auch die Straßen waren anders gebaut. Es war ein grobes Steinpflaster, auf dem schwer zu laufen war, obwohl die leichten Leinenschuhe sich der Unebenheit gut anpassten.
Sie entdeckte ein Haus, vor dessen Tür ein Schild darauf hinwies, dass es Brot und Backwaren jeder Art zu kaufen gab. Elodie trat ein.
„Guten Tag", grüßte sie freundlich.
„Guten Tag, junge Frau", grüßte die Bäckerin. Sie war eine korpulente Frau mit einer Schürze um die Taille und einer Haube auf dem Kopf.
„Ich hätte gerne so ein Brot", bat Elodie und wies auf ein rundes Brot mit einer offensichtlich knusprigen Kruste.
„Gerne." Die Bäckerin packte es ein und nannte den Preis. Elodie reichte ihr etwas Geld dieses Landes, das sie von Sabeth bekommen hatte.
„Du bist neu hier in der Gegend, ja?"

Elodie lächelte. „Ja, ich komme aus einem anderen Land."

„Du hast dir keinen guten Ort ausgesucht. Hier herrscht viel Kampf."

„Wirklich? Das erkennt man im Dorf gar nicht. Aber warum denn nur?"

„Ach, es sind drei Parteien, die sich bekämpfen. Die Anhänger von Prinzeps Cedar, in dessen Regierungsbezirk wir hier leben, sind für das Klassensystem. Natürlich, sie gehören zu den Reichen und Mächtigen, sie unterdrücken jeden und beuten die Menschen aus. Wenn sie siegen, werden wir einfachen Leute, die Bauern und Kaufleute, nichts mehr zu Lachen haben.

Die Anhänger von Prinzeps Yarrow wollen die Freiheit der Menschen wieder zurückgewinnen. Sie wollen, dass es allen Menschen gut geht, den Reichtum dieses Reiches aufteilen und dafür sorgen, dass die Obrigkeiten sich um die Menschen kümmern, statt sie zu unterdrücken.

Und dann gibt es Menschen, die aus einer fremden Welt herkommen und den Reichtum unseres Landes für sich haben wollen. So ist der Kampf überhaupt erst entstanden.

Gewöhnlich finden sie außerhalb der Orte statt. Die Dörfer sind deshalb meistens unbeschadet. Es ist niemandem daran gelegen, sie zu zerstören, denn sie brauchen die Bewohner, die ja oft Bauern sind und für das leibliche Wohl sorgen. In den Städten sieht es trotzdem oft anders aus, da findet man auch viele zerstörte Häuser."

„Oh weh, dann werde ich zu den Göttern beten, dass dieser Krieg bald endet", versprach Elodie.

„Tu das, Mädchen. Aber wir beten schon lange und der Kampf endet nicht. Die Götter hören uns nicht. Lass dir das Brot schmecken."

„Das werde ich, danke. Kannst du mir noch sagen, wo ich den Dorfvorstand finde?"

„Unser Dorfältester ist Arnit. Ja natürlich, das erkläre ich dir gerne."

Die Männer von Ritter Ursus zogen am Dorf vorbei. Sie zogen in eine Hügellandschaft und planten, dort ihr Lager aufzuschlagen. Aber zuerst würden sie ihren verletzten Ritter zu der Heilerin Manolya bringen, die vor den Toren des Dorfes in einer alten Holzhütte wohnte.

Während die meisten begannen, sich am Fuß des Berges zwischen den Hügeln ein Lager zu errichten, brachten zwei der Männer Ursus zu der Heilerin.

Elodie fand das Haus des Dorfältesten ziemlich schnell. Die Bäckerin hatte den Weg gut beschrieben und es war leicht zu erkennen aufgrund der Rankenpflanzen, die an der Hauswand empor wucherten.

Sie fühlte sich etwas beklommen, als sie anklopfte. Sie war hier so fremd und wusste kaum, wie sie sich erklären sollte. Sie wünschte sehnlichst, Sabeth wäre bei ihr.

Die Tür wurde geöffnet. Eine kleine, etwas rundliche Frau öffnete die Tür. Sie lächelte freundlich, wenn auch überrascht über den fremden Gast.

Das bemerkenswerteste an ihr war die Farbe ihrer Haare, die in einem blassen rosa Ton über die Schultern fielen.

„Ich wünsche einen guten Tag, was kann ich für dich tun?", grüßte sie.

„Guten Tag", grüßte Elodie befangen. „Mein Name ist Elodie. Ich bin eine Schülerin von Sabeth, die…"

„Sabeth?", unterbrach die Frau. „Jene Frau aus der fremden Welt, die vor vielen Jahren das magische Tor als erste entdeckt hatte?"

„Genau."

„Oh, komm herein, komm", die Fremde öffnete die niedrige Holztür weit und Elodie ging an ihr vorbei in das kleine Haus. Sie war verwundert, aber auch froh über diese überschwängliche Begrüßung. Der Name Sabeth schien Türen zu öffnen. Anscheinend erzählte man sich hier noch Geschichten über sie. Denn die Frau war zu jung, um sie noch persönlich gekannt zu haben.

„Wir kennen sie nur aus Erzählungen, sie war die erste, die den Zugang zu unserer Welt entdeckt hat. Sie war ein guter Mensch, so wie auch ihr Vater. Aber dann kam Fürst Enoch, oh... seitdem findet unser Volk keine Ruhe mehr. Komm, erzähl uns von Sabeth. Arnit!", rief sie dann. „Eine Gesandte von Sabeth ist hier."

Ein magerer Mann in den vierziger Jahren mit sehr hellen Haaren erschien in der Stube. „Sei gegrüßt", sagte er und verneigte sich leicht. „Mein Name ist Arnit und das ist meine Frau Tiare. Sabeth schickt dich zu uns? Dann setz dich und erzähl uns von ihr."

Elodie nahm auf einem der Stühle Platz. Sie fühlte sich unwohl. Diese Menschen schienen sich zu freuen, von Sabeth zu hören und stattdessen konnte sie nur die Kunde von ihrem Tod bringen.

Tiare brachte heiße Getränke in einem hölzernen Gefäß. „Es ist ein Kräutergetränk, sehr gut", plauderte sie.

Elodie nippte daran und bemerkte, dass es ihrem Tee sehr ähnlich war.

„Man kann eigentlich nicht sagen, dass Sabeth mich hergeschickt hat. Sie hat mich gelehrt, das Tor zu durchschreiten", berichtete Elodie stockend. „Sie selbst wollte mit mir herkommen und zum Volk der Sub Divo gehen. Aber sie... sie ist tot. Ich sah sie tot in der Höhle liegen, nachdem ich das Portal durchschritten hatte."

Tiare blickte Elodie entsetzt an und Arnit streckte seine Arme aus und richtete die Handflächen nach oben. „Nimm sie in der jenseitigen Welt auf, großer Geist. Sie war ein guter Mensch", schickte er ein kleines Gebet gen Himmel.

„Erzähl uns, was geschehen ist", sage er dann und Elodie berichtete ausführlich von ihrem Kennenlernen, ihren Treffen mit Sabeth und ihrer letzten Erinnerung.

Als sie am Ende angelangt war, stürmten in ihrem Inneren plötzlich wieder die Stimmen auf sie ein. Diese Stimmen, die sie vernommen hatte, während sie selbst durch das Tor schwebte. Sie kannte diese Stimmen. Die eine gehörte Sabeth und die andere?

Die Heilerin Manolya war eine schöne Frau. Sie war Anfang dreißig, knapp einen Meter siebzig groß und von schlanker, aber nicht magerer Statur. Ihre Haare hatten das tiefe Grün von Smaragden und wehten wie Blätter am Baum im Wind. Auch ihre Augen spiegelten diese Farbe wieder.

Sie hatte genug zu leben, aber sie war keine reiche Frau. Sie lebte allein mit ihrem achtjährigen Sohn Avem und dem wolfsähnlichen Hund Canis ein Stück von dem Dorf Segetem entfernt in einer einfachen Hütte. Ihr Zuhause lag etwas erhöht, dort, wo der Weg begann, in die Berge anzusteigen. Bei der Hütte befand sich ein kleiner Garten, in dem sie Gemüse, Kartoffeln und Früchte anbaute. Gleich daneben plätscherte ein kleiner Bach entlang. Manchmal konnte Manolya sogar einiges auf dem Markt verkaufen oder gegen Eier, Mehl oder ähnliches tauschen. Was sie sonst noch brauchte, kaufte sie sich selbst. Sie verdiente ihr Geld, indem sie Wunden der Menschen versorgte, Kopfschmerzen, Halsschmerzen oder kleine Krankheiten heilte und den Frauen bei Geburten beistand.

Ihr Sohn besuchte mit anderen Kindern die Lernstube im Dorf, Manolya wollte unbedingt, dass er lesen und schreiben lernte und eine gewisse Bildung genoss. Er sollte später entscheiden können, was er mit seinem Leben anfangen wollte und das ging nur, wenn er die notwendigen Voraussetzungen für alle Wege hatte.

Das einsame Leben machte ihr nicht viel aus. Der Kontakt zu den Menschen, den sie durch ihre Heilkünste hatte, reichte ihr vollkommen. Darüberhinaus liebte sie das Leben in der Natur, lange Spaziergänge, am Bach zu sitzen, in den Bergen zu klettern, die Gesellschaft der Tiere, die hin und wieder die Nähe ihrer Hütte suchten, weil sie oft kleine Leckerchen für sie bereithielt. Brot, Karotten oder Möhren. Ab und zu traf sie ihre Eltern und Geschwister, die bei dem Volk Sub Divo in den Bergen lebten, von dem Manolya stammte.

Angst verspürte sie nicht, wenn sie hier allein war. Canis beschützte sie.

Jetzt stand sie vor ihrer Hütte und blickte sich um. Sie atmete tief ein und genoss es, wenn ihre Lungen sich mit der frischen Luft füllten.

Canis lag neben ihr und genoss ebenfalls die Sonne.

Avem war noch nicht aus dem Dorf zurückgekehrt. Er kam heute sowieso erst später, weil er mit einem Freund spielen wollte.

Durch die Berge sah sie eine kleine Gruppe auf sich zukommen. Sie kniff die Augen zusammen und beschirmte sie mit der Hand, um sie besser erkennen zu können. Zwei Männer schleppten den dritten förmlich in ihre Richtung. Ein Verletzter? Ja, es musste ein verletzter Krieger sein.

Sie half gerne den Kämpfern ihres Volkes, denjenigen, die für ihre Freiheit kämpften, aber sie fühlte wenig Bereitschaft, denen zu helfen, die sie unterdrückten. Doch sie hatte wohl keine Wahl. Wenn die Männer kamen, musste sie dem Verletzten helfen, gleichgültig, ob er Freund oder Feind war.

Sie kamen langsam näher. „He, Heilerin", rief einer. „Wir brauchen deine Hilfe!"

„Ja, das sehe ich", erwiderte sie ruhig.

Canis spitzte die Ohren. Er vernahm die winzige Nuance in der Stimme seines Frauchens, die Unruhe zeigte. Er wusste, er musste jetzt wachsam sein. Er war Manolyas Beschützer.

Sie ging den Männern nicht entgegen, sondern wartete äußerlich ruhig, bis sie bei ihr waren. Sie war froh, dass Avem noch nicht zurück war, denn zumindest den Verletzten hatte sie schon einmal gesehen. Er war der Ritter, der für Prinzeps Cedar kämpfte, einem Tyrannen, der nur auf Macht und Reichtum sann.

„Das ist Ursus", stellte einer der Begleiter vor. „Er wurde von einem Schwert in der Seite getroffen. Kannst du ihm helfen?"

„Leg ihn her", sagte sie, „und lass mich die Wunde sehen."

Die Männer legten Ursus vor die Hütte auf eine Bank und Manolya begutachtete die Wunde.

„Und?", brummte einer der Männer. Ursus selbst war kurz davor, sein Bewusstsein zu verlieren.

Sie hob die Schultern. „Ich werde tun, was ich kann, aber die Wunde sieht schlimm aus. Sicher hat er viel Blut verloren und das kann ich nun mal nicht ersetzen."

Der Krieger funkelte sie böse an. „Besser, du kannst ihm helfen."

Sie richtete sich auf. Unruhe lief wie ein heißer Strom durch ihren Körper, aber sie versuchte, sie sich nicht anmerken zu lassen. „Ich kenne mich gut in der Heilkunst aus, aber Wunder kann ich nicht vollbringen", sagte sie so ruhig wie möglich und ein wenig erhaben. Sie wollte nicht, dass er ihre Angst bemerkte.

Der Krieger nickte auch prompt. Ja, wenn diese Frau nicht einen so guten Ruf hätte, hätten sie Ursus gar nicht hierhergebracht. Es hieß, sie hilft jedem so gut sie es vermochte. Jedes Menschenleben – ob es einem Freund oder Feind gehörte - war für sie gleich viel wert. Und Blut konnte man in der Tat nicht ersetzen, Ursus hätte viel schneller Hilfe bekommen müssen, aber das war ja nicht möglich gewesen. Sie hatten den Weg hierher erstmal zurücklegen müssen.

„Ich werde die Wunde säubern und vernähen. Dann werde ich ihm einen Salbenumschlag anlegen. Ich zeige euch, wie das geht, denn ihr müsst diesen Umschlag während der nächsten drei Tage zweimal täglich erneuern."

„Kann er nicht hierbleiben und du versorgst ihn?", fragte einer der Krieger deutlich friedlicher als zu Anfang.

Sie machte eine ausholende Handbewegung in Richtung Hütte. „Wo denn? Das ist kein Hospital."

Die Krieger nickten. „Dann komm wenigstens morgen noch einmal zu uns und sieh nach ihm. Wir haben unser Lager in den Bergen."

Manolya schluckte schwer. Sie sollte zu einer Gruppe Kämpfer in die Berge gehen? Wo sie als Frau allein mit ihnen war? Nein, das konnte sie nicht. Das hatte sie schon einmal getan und es war keine gute Idee gewesen. Bilder aus ihrer Vergangenheit blitzten auf. Sie schob sie entschlossen beiseite.

Mit diesen beiden würde Canis spielend fertig werden, wenn sie sie bedrängen würden, aber mit acht, zehn oder zwölf? Sie wusste ja nicht, wie viele zu der Gruppe gehörten.

„Ich mache keine Hausbesuche", erwiderte sie spröde. „Aber ihr könnt den Ritter gerne noch einmal herbringen."

„Kennst du die Legende, dass ein Kind beider Welten das Tor wieder schließen und damit das Übel von unserem Volk nehmen kann?", fragte Arnit leise, als Elodie ihre Erzählung beendet hatte.

Das Mädchen nickte. „Ja, Sabeth hat mir davon erzählt. Sie sagte, es könnten noch Nachfahren von Enoch hier leben, die es zu finden gelte."

„Könntest du selbst dieses Mädchen sein?"

Elodie bekam große Augen. „Was? Nein, wie kommt ihr denn darauf?"

„Wegen deiner Haarfarbe. Wir sind ein sehr naturverbundenes Volk. Selbst unsere Namen gehen auf Pflanzen oder Tiere zurück und unsere Haare haben die Farben von Blumen. Deine Haare sehen aus wie Flieder", erklärte Arnit.

Elodie fühlte sich verwirrt. Ja, ihre Haarfarbe war in ihrer Welt schon ungewöhnlich.

„Ich bin das Kind von Xenja und Ratmar, einem Baumeister in Kimlima, einem Dorf, das wie dieses in der Nähe der Berge liegt. Meine Haarfarbe ist eine Laune der Natur."

Beim Sprechen fiel ihr erst die Ähnlichkeit der Orte auf. Ein Dorf in den Bergen - Felder, die außerhalb bestellt wurden - ein Bach, der aus den Bergen kam und den Ort durchfloss - die gleiche Sprache. Konnte es sein, dass diese Welt ein Spiegel ihrer eigenen war?

„Deine Mutter oder Vater könnten nicht aus dieser Welt kommen?", hakte Tiare nach und klang durchaus etwas enttäuscht.

Doch Elodie schüttelte den Kopf. „Nein."

„Vielleicht deine Großeltern?"

Sie schüttelte wieder heftig den Kopf.

Doch bevor diese Gedanken um Elodies Haarfarbe und ihre Überlegung zu dem Ort weitergesponnen werden konnten, stürmte jemand ohne anzuklopfen durch die niedrige, unverschlossene Haustür. Es war ein junger Mann, der etwa in Elodies Alter war. Tiare stellte ihn als Eik, Sohn des Bauern Oren vor. Eik wirkte aufgewühlt und hektisch.

„Ich war gerade mit einigen Jungs draußen im Wald. Wir haben im Gebüsch eine Leiche gefunden. Eine alte Frau. Vater sagte, du müsstest unbedingt davon wissen, Arnit."

Er sprudelte die Worte hervor, obwohl er wusste, dass die Jugendlichen nicht in den Wald durften, denn das konnte leicht gefährlich werden, weil es immer wieder zu Kampfhandlungen kam. Aber das, was er zu sagen hatte, war wichtiger.

Thyra streifte durch den Wald. Sie wusste genau, wohin sie wollte.

Sie trug ein Kleid aus dem gleichen fließenden Stoff, wie sie es auch als Hohepriesterin trug und wie es die höhergestellten Menschen in Vinginevio taten, allerdings in einem sanften Roséton.

Sie trug ihre Haare zu einem dicken Zopf geflochten und auf dem lilafarbenem Haar einen lose aufgesteckten, hellen Schleier.

Sie lehnte die Hauben, die die Bürgerfrauen trugen, ab. Sie war keine Bürgerin, Kauffrau oder gar Bäuerin. Sie war eine reiche Frau, besaß eine Mine, in der das edle Metall abgebaut wurde und ebenso eine Plantage für die Gewinnung des herrlichen Stoffes.

Der Rohstoff dafür wuchs an Sträuchern, die in endlosen Reihen standen, ähnlich der Baumwolle in ihrer eigenen Welt.

Sie wurde geerntet und in einem Verfahren bearbeitet, das es nur in Vinginevio gab. Thyra hatte einmal versucht, diese Gewächse in ihrer Welt anzupflanzen, aber es war vergebens. Irgendetwas musste in diesem Boden oder diesem Klima sein, das dieser Rohstoff nur hier wuchs.

Nun, es war sowieso besser so. Sie hätte Menschen aus ihrer Welt nach Vinginevio bringen müssen, um das Verfahren zu erlernen. Und wer konnte ahnen, wie sich das alles entwickelt hätte. Am Ende wären andere auf die Idee gekommen, selbst das Erzeugnis herzustellen.

Das einzige, das sie und Cedar nicht besitzen konnten, war der sogenannte magische Stein, der irgendwo tief im Gebirge vorkommen sollte. Das Volk von Vinginevio schrieb ihm Kräfte zu, die in Form von reiner Energie auf den Träger übergingen. Doch darüber wollte sie sich keine Gedanken machen. Sie glaubte sowieso, dass das nur ein Märchen war, eine Legende, wie sie viele Völker besaßen, auch ihr eigenes Volk in ihrer Welt berichtete von magischen Dingen. Und selbst wenn es ihn gab, war er sicher sowieso völlig wertlos. Ein Stein eben, mehr nicht. Diese Naturvölker hatten keinen Bezug zu materiellen Werten.

Es war jetzt an der Zeit, das nächste Stadium ihres Plans einzuleiten, nämlich die Vermarktung dieser Kleidung in ihrer Welt mit einem Monopol, das sie selbst innehatte. Dazu brauchte sie jedoch Zwischenhändler, denn sie selbst konnte in ihrer Welt schließlich nicht als Stoffhändlerin auftreten.

Thyra lächelte vor sich hin, als diese Gedanken durch ihren Kopf gingen. Ja, das wurde wirklich Zeit. Sie war jetzt sechsunddreißig Jahre alt, noch jung genug, um ein neues, wirklich fantastisches Leben in Reichtum zu beginnen anstatt es in diesem Kloster zur Huldigung der Naturgeister zu vergeuden. Das war eine gute Tarnung, noch dazu so nah an der Höhle, aber jetzt war Schluss damit.

In ihrem Plan kam allerdings Elodie vor, aber die drohte ihr jetzt zu entschlüpfen.

Thyra ging an der Abbiegung Richtung Oppidia vorbei. Vor dem Gebirge bog sie links ab und folgte dem Weg am Waldrand entlang. Bald würde sie bei dem Schloss von Prinzeps Cedar ankommen.

Elodie ging gemeinsam mit Tiare, Arnit und Eik, der ihnen die genaue Stelle zeigen musste, in den Wald. Arnit hatte einen Karren mitgenommen, denn wer auch immer die Leiche war, sie konnte ja nicht im Wald liegen bleiben.

Elodie erkannte die Stelle, an der sie das Tor zwischen ihren Welten passiert hatte. Nur notdürftig zwischen Büschen versteckt, sahen sie die alte Frau. Elodie wurde heiß und kalt gleichzeitig. Es war Sabeth. Aber wie war sie hierhergekommen? Sie hatte doch wie tot in der Höhle gelegen. Konnte sie den Übergang noch geschafft haben? Oder hatte Thyra sie hierhergebracht? Sie war die einzige, die außer Sabeth und ihr selbst das Weltentor passieren konnte.

Elodie rannen Tränen die Wange hinunter.

„Es ist Sabeth", schluchzte sie. Tiare nahm sie tröstend in den Arm.

„Eigentlich ist es schön, dass sie jetzt hier ist. Ich meine, sie wollte ja mit mir gemeinsam herkommen. Jetzt findet sie hier ihre… ihre…"

„…letzte Ruhe", ergänzte Tiare.

„Ja." Elodie schniefte.

Sie blickte in den dicken Baum in der Nähe und sah in die Höhle ihrer Heimat hinein. „Dort – das ist das magische Tor", sagte sie.

„Das ist das Tor?" hakte Tiare nach. Elodie nickte. „Ja. Könnt ihr das Bild wirklich nicht sehen?"

Doch Eik, Tiare und Arnit schüttelten den Kopf. Alles, was sie sahen, war die dicke, knorpelige Rinde des Baumes.

„Es ist aber gut, dass wir jetzt die genaue Stelle des Tores kennen", meinte Arnit. Er hob den toten Körper der alten Frau mühelos auf und legte ihn auf den Karren.

Arnit, der über dem Leichnam gekniet hatte, richtete sich auf. „Sie wurde ermordet", erklärte er erschüttert. „Sie hat eine Stichwunde am Hals."

Elodie riss die Augen weit auf. „Was sagst du da? Ermordet? Wir müssen den Gesetzeshütern Bescheid sagen."

Die Stimmen kehrten in ihren Geist zurück. Sie wusste jetzt, wem sie gehörten. Aber konnte es wirklich sein, dass Sabeth von Thyra ermordet worden war?

„Ach Kind, was denkst du, wird hier passieren? Eine alte Frau, die im Wald gefunden wurde – die nicht einmal aus unserer Welt stammt – niemand wird das untersuchen und selbst wenn, gibt es keine Chance, die Schuldigen zu finden. Wo sollte man anfangen?"

„Aber es war Thyra!", schrie Elodie.

„Die Hexe?"

„Ja natürlich. Es kommt niemand sonst infrage. Thyra hat Sabeth in der Höhle erstochen und sie dann hierher transferiert. Nur sie ist dazu in der Lage. Außerdem glaube ich, noch kurz vor meinem Übergang ihre Stimme gehört zu haben."

„Vielleicht hast du sogar recht. Aber auch die Hexe können wir ja nicht finden. Sie lebt in einer Welt, die wir nicht erreichen können. Lass uns die alte Sabeth würdig bestatten. Sie hat es damals nicht gewollt, aber am Ende hat sie uns durch ihre Entdeckung das Verderben gebracht", meinte Arnit.

Elodie blickte ihn verstört an. Sabeth sollte das Verderben über das Land gebracht haben? Aber dann verstand sie. Sabeth hatte das Tor entdeckt und sie hatte Enoch hergeführt. Nicht mit schlechtem Vorsatz, aber sie hatte es getan.

Kapitel 11
Verfolgt

Elodie saß auf der schlichten Holzbank vor dem Haus und starrte vor sich hin. Sie hatte jetzt schon einige Tage bei Tiare und Arnit verbracht. Sie wusste auch, ohne dass ihr das deutlich gesagt wurde, dass es nicht lange so weiter gehen konnte. Ihre Gastgeber waren keine reichen Leute und sie hatte nicht vor, sich von ihnen durchfüttern zu lassen. Aber was sollte sie tun? Es war alles zu schnell gegangen. Sie hatte mit Sabeth herkommen und nach Haymo suchen wollen. Und jetzt war Sabeth tot. Inzwischen war ihr Körper nach hiesigem Brauch verbrannt und die Asche im Wald verstreut worden. Und Elodie wusste nicht, wie es weitergehen sollte. Ach, sie hatte sich viel zu sehr auf die Alte verlassen und jetzt fühlte sie sich hilflos und allein. Was wohl ihre Eltern machten? Xenja und Ratmar würden sicher Nachricht vom Kloster erhalten, dass sie verschwunden war. Die beiden würden sich furchtbare Sorgen machen.

Unbemerkt war Tiare näher gekommen und setzte sich jetzt neben Elodie auf die Bank. „Du wirkst so nachdenklich", meinte sie.

„Ich weiß nicht, wie es weitergehen soll. Ich wollte mit Sabeth herkommen. Ich wollte meinen Bräutigam finden. Und jetzt bin ich allein."

„Allein? Was redest du", erwiderte Tiare mit gespielter Empörung. „Du hast doch uns. Und sicher gibt es noch mehr Menschen, die dir helfen werden. Hier halten die Menschen zusammen. Vielleicht gerade weil wir unterdrückt werden. Erzähl uns nachher beim Essen von deinem Bräutigam. Ist er einer der Krieger, die von der Hexe hergeschickt werden?"

Elodie schüttelte versonnen den Kopf. „Nein, er ist kein Krieger. Aber ich glaube schon, dass er von Thyra hergeschickt wurde. Sie wollte ihn loswerden, weil ich mit ihm gehen wollte, statt ins

Kloster zu gehen. Ach Tiare, ich verstehe so vieles nicht. Eigentlich verstehe ich gar nichts."

Tiare legte ihre Hand auf Elodies. „Lass uns beim Essen darüber sprechen. Wir werden eine Lösung finden."

Elodie nickte, aber sie glaubte es nicht.

Prinzeps Cedar hatte Thyra in seinem Schloss empfangen. Früher war sie einmal seine Geliebte gewesen, aber schon seit vielen Jahren war sie seine Verbündete im Kampf um die Alleinherrschaft in Vinginevio. Sie waren Geschäftspartner, nichts weiter. Wenn Thyra in Vinginevio war, standen ihr Räume in seinem Schloss zur Verfügung sowie zwei Bedienstete. Wenn Thyra einmal hier leben würde, würde sie sich ein eigenes Haus errichten lassen. Diese stille Übereinkunft herrschte schon lange zwischen ihnen.

Als Thyra dieses Mal bei ihm angekommen war, hatte sie getobt und berichtet, dass Elodie von der alten Sabeth beeinflusst worden war und sich hier im Land befand.

„Wir müssen sie herholen!", kreischte sie. „Sonst ist sie für unsere Sache verloren. Aber ich weiß nicht, wo sie sich befindet."

„Ganz ruhig, sie ist sicher nicht weit ins Land gezogen. Ich werde einen Boten zu meinem Ritter Ursus schicken. Ursus soll in der Gegend im Umkreis des magischen Tores nach ihr suchen. Als erstes in dem Dorf Segetem - wenn man dem Pfad durch den Wald folgt, kommt man bei den Feldern an und Segetem ist automatisch der erste Ort, den man erreicht. Wenn Ursus Elodie gefunden hat, soll er sie herbringen."

Cedar befand sich gemeinsam mit Thyra in der Bibliothek, als der Bote zurückkehrte. Er kam auf ihn zu und fiel auf die Knie. Sein Gesichtsausdruck ließ auf schlechte Nachrichten schließen.

„Was bringst du für Nachrichten?", fragte Cedar mit herrischer Stimme. Er erhob sich sogar noch von seinem Stuhl und blickte auf den Mann zu seinen Füßen herab. Sein bohrender Blick war auf ihn gerichtet und der Bote sank noch ein wenig mehr zusammen. Cedar wirkte wie ein Dämon. Er war groß und kräftig, trug die üblichen Hosen und Tuniken der Männer und darüber einen wadenlangen Umhang. Seine fast schwarzen Haare hatten den Schimmer von dunklem rot. Seine Augen waren dunkel und bohrend. Sein kantiges Gesicht wirkte wie gemeißelt.

„Ritter Ursus ist verletzt", stammelte der Bote. „Er wurde von einem Schwert in die Seite getroffen. Er ist in den Bergen und wurde von einer Heilerin behandelt. Jetzt befindet er sich zwar schon auf dem Weg der Besserung, aber fühlt sich noch nicht in der Lage, im Land herumzureisen. Er wird allerdings einige seiner Männer losschicken, um das Mädchen zu finden und zu Euch zu bringen, Prinzeps."

Cedar bölkte wütende Schreie in die Luft. Der Mann, der noch immer auf seinen Knien auf dem Fußboden lag, zitterte.

Cedar trat mit dem Fuß nach ihm, um seiner Wut Luft zu machen. Der Bote kippte um. „Geh mir aus den Augen!", brüllte Cedar.

Das ließ der Mann sich nicht zweimal sagen. Auf allen vieren krabbelte er davon, bevor er sich kurz vor dem Ausgang erhob und durch die Tür davonstürmte.

„Und nun?", fragte Thyra, die bisher dem Drama ruhig zugesehen hatte.

„Nun werden Ursus Männer eben diese Aufgabe übernehmen", brüllte Cedar. „Es kann ja schließlich nicht so schwer sein, ein siebzehnjähriges Mädchen aufzutreiben und herzubringen!"

Thyra hob die Hände. Sie blieb unbeeindruckt von Cedars Geschrei.

„Ich frage mich nur, warum mir niemand von Ursus Verletzung Kunde gebracht hat. Verkriecht sich in den Bergen und lässt sich von einer Dorfheilerin behandeln. Was fällt dem ein? Was, wenn es einen neuen Angriff gegeben hätte?"

„Dann hätten seine Männer ohne ihn gekämpft. Sie haben Angst vor dir, Cedar", erläuterte Thyra.

Der Fürst schaute sie mit seinem durchdringenden Blick an, vor dem sogar Thyra einen Augenblick erschauderte. Doch sie fing sich schnell wieder und lachte. „Wusstest du das nicht? Ursus hat nicht gewagt, dir zu sagen, dass er sich hat verwunden lassen. Von einem unbedeutenden Rebell. Das ist die Wahrheit, Cedar."

Einen Moment lang sah er sie verdutzt an. Dann warf er sich in den Rücken und lachte schallend. Angst? Ja, das war gut. Sollten sie ruhig Angst vor ihm haben. Sogar seine eigenen Männer.

Am Abend hatten Tiare und Arnit auch den Bauern Oren, seine Frau Myrta und deren Sohn Eik zum Essen gebeten. Sie alle waren in diesen Zeiten keine reichen Leute und so bedeutete eine Einladung immer, dass jeder einen Teil zum gemeinsamen Mahl beisteuerte. Oren und Myrta brachten Kartoffeln und Gemüse von ihrem Feld mit, während Tiare Fisch, den Arnit geangelt hatte, briet und dazu selbstgebackenes Brot mit Kräuterrahm auftischte.

Elodie kam sich fast ein bisschen schäbig vor, weil sie nichts beisteuern konnte, aber sie half zumindest eifrig bei der Zubreitung.

Als am Abend alle beisammen saßen, sagte Arnit: „Ich habe eure Familie heute Abend hergebeten, weil wir alle Elodie helfen müssen. Sie wollte ursprünglich mit Sabeth herkommen und nun ist sie allein und weiß nicht, wie es weitergehen soll. Elodie, du hast uns erzählt, dass du glaubst, dein Verlobter sei hier in unserer Welt. Aber wir haben noch nicht ausführlich darüber gesprochen. Bitte, erzähl uns die ganze Geschichte."

Elodie fühlte sich ein wenig befangen, aber sie wusste die Geste zu schätzen, die Arnit hier tat. Wo sollte sie anfangen? Mit ihrem

Eintritt ins Kloster? Noch früher? Einen Augenblick herrschte Schweigen. Keiner trieb sie, keiner drängte. Sie ließen ihr die Zeit, die sie brauchte.

Dann begann sie ganz langsam zu erzählen. Sie begann mit der Vereinbarung, in das Kloster einzutreten und mit ihrer Begegnung mit dem jungen Mann auf der Wanderschaft. Sie erzählte von seinem plötzlichen Verschwinden und von ihrem Eintritt ins Kloster, den sie danach vollzogen hatte.

Die fünf anderen hörten ihr aufmerksam zu.

Dann kam sie zu der Stelle, an der sie die Höhle gefunden und die andere Welt in der Felswand gesehen hatte. „Ich habe kämpfende Männer gesehen und als sich einer umdrehte, erkannte ich Haymo. Meinen Verlobten. Er war in dieser Welt." Sie merkte nicht, dass sie weinte. Die Erinnerung daran war einfach zu schlimm.

„Haymo heißt dein Verlobter?", fragte Arnit nach einem Moment der Stille.

„Ja", schniefte Elodie.

„Hättest du doch nur früher von ihm gesprochen", seufzte Tiare. „Wir haben dich immer nur in Verbindung mit Sabeth gebracht, aber niemals mit Haymo."

Elodie zog die Nase hoch und blickte Arnit direkt an. „Das klingt, als würdet ihr ihn kennen."

„Ja, wir kennen ihn. Es ist schon ein paar Monate her und er war nur eine Nacht bei uns, dann ist er weitergezogen. Er hat uns nicht geglaubt, dass es keinen Weg zurück in seine Welt gibt und wollte danach suchen. Wir haben ihn nicht wieder gesehen."

Elodie wurde ganz aufgeregt. „Aber er muss doch noch hier sein. Er hat gekämpft. Er muss sich einer Truppe angeschlossen haben. Er…"

„Langsam, langsam", lachte Tiare. „Natürlich muss er noch hier sein. Wie sollte er allein zurückkommen. Es wird erzählt, dass ein Mann aus der anderen Welt für Milans Truppe kämpft. Sogar

138

Schwerter soll er geschmiedet haben, bessere, als es sie bei uns gibt. Dieser Mann muss dein Haymo sein. Wer sonst würde mit Milan kämpfen? Einen Ritter, der für die Gerechtigkeit eintritt. Wir werden jetzt mal genau überlegen, wo wir nach ihm suchen können. Milan kämpft mit seiner Gruppe in unserer Gegend, also ist dein Haymo vielleicht gar nicht allzu weit entfernt. Aber wo genau deren Lager im Wald ist, weiß niemand."

Elodie wurde ganz aufgeregt. Nicht allzu weit entfernt. Vielleicht war er ganz in der Nähe.

Die beiden Kämpfer Hawk und Ylan schlichen um das Haus herum. Es war einfach logisch, bei dem Dorfältesten mit der Suche nach diesem Mädchen zu beginnen. Sie hatten keine Ahnung, was Prinzeps Cedar mit der zu tun hatte oder was er von ihr wollte, aber das war auch gleichgültig. Sie standen bei ihm in Lohn und Brot und würden tun, was er ihnen befahl. Sie würden kämpfen, gefangen nehmen und auch töten. Auf Befehl. Sie waren nichts als bezahlte Krieger, sie kämpften nicht für ihr Volk, nicht für ihre eigene Freiheit oder Ehre, nicht einmal für ihren Prinzeps. Es war nichts als ihr Broterwerb.

Hawk, ein vierschrötiger, bulliger Kämpfer mit braungelben, leicht verfilzten Haaren, lachte dunkel auf. „Eine ehrenvolle Aufgabe ist es nicht, ein kleines Mädchen zu kidnappen und zum Prinzeps zu schleifen."

„Das ist es tatsächlich nicht", stimmte Ylan ihm zu. Er war etwas kleiner, mit gedrungener Figur und rostrotem Haar. „Aber wir tun, was uns aufgetragen wurde. Cedar wird schon wissen, warum er die Göre bei sich haben will."

„Vielleicht denkt er, sie ist diejenige, die die Legende erfüllt?", meinte Hawk.

Ylan hob die Schulter. „Was weiß ich, geht uns auch nichts an."

Sie schlichen weiter. Sie hatten nicht vor, den Dorfältesten diplomatisch nach dem Mädchen zu fragen, diese Art lag ihnen nicht. Sie würde ihn packen und ihm Angst machen, so dass er ihre Fragen schon beantworten würde.

„Psst, habt ihr das gehört?", zischte Oren.

„Was?" Arnit hatte nichts gehört.

„Draußen schleicht jemand herum", befürchtete Oren. Er duckte sich, als er zum Fenster schlich, um hinauszuschauen. Doch er konnte nichts erkennen.

Von der hinteren Seite kam jedoch sein Sohn Eik aufgeregt angelaufen. „Draußen sind zwei Kämpfer. Ich weiß natürlich nicht, zu welchem Ritter sie gehören."

„Sicher zu Ursus", presste Oren hervor. „Die Männer von Milan schleichen nicht in der Dunkelheit um die Häuser. Aber was wollen sie von dir, Arnit?"

„Sie wollen Elodie", wisperte Tiare.

„Mich?", rief das Mädchen aus.

„Psst!", machte Tiare.

„Was sonst? Niemand hat sich je für uns interessiert. Wir sind harmlos. Du bist neu hier, aus der anderen Welt, Priesterin im Orden der Hexe. Sicher sucht sie dich, alles deutet darauf hin. Du musst dich verstecken. Schnell. Wenn alles in Ordnung ist, kannst du zurückkommen."

„Aber…."

„Eik, bring sie fort. Bring sie in der Berge zu Manolya", schlug Myrta vor.

Arnit nickte. „Das ist auf die schnelle das Beste. Manolya hat Möglichkeiten, ihr zu helfen."

Eik nickte. Der Siebzehnjährige handelte sofort. Er griff nach Elodies Hand und zog sie zur Hintertür. „Komm! Schnell!"

Elodie reagierte nicht. Weil sie überhaupt nicht begriff, was das sollte.

„Komm!", drängte Eik.

„Geh Mädchen. Eik bringt dich in Sicherheit", Tiare schob die beiden zu der schmalen Hintertür hinaus.

Im selben Augenblick, als die beiden Jugendlichen durch den Garten davon huschten, pochte es an der Tür. Und ohne darauf zu warten, dass geöffnet wurde, wurde sie im nächsten Augenblick mit solcher Wucht eingetreten, dass die Tür der Länge nach in den Raum fiel und die beiden Krieger standen breitbeinig im Haus.

Eik zog Elodie hinter sich her durch die dunklen Straßen. Es gab hier keine Laternen, wie bei ihr zu Hause. Nur der Mond erhellte die Nacht notdürftig.

Die Häuser des kleinen Dorfes ließen sie bald hinter sich.

Doch Elodie hatte ihren ersten Schock überwunden und weigerte sich plötzlich, weiter zu laufen. Wovor floh sie eigentlich? Wer sagte ihr, dass wirklich feindliche Ritter nach ihr suchten?

„Was soll das?", schrie Eik sie an. „Wir müssen weiter."

„Warum?"

„Warum? Warst du eben nicht in Arnits Haus? Ursus' Krieger sind dort."

„Das weißt du doch gar nicht. Ihr habt etwas gehört und dann hast du draußen irgendwas gesehen. Es ist so dunkel, dass du kaum jemanden erkannt haben kannst."

„Hab ich auch nicht. Aber die Gestalten reichen doch, um die Rüstungen zu erkennen."

„Und wenn es eure geliebten Milan-Kämpfer sind?"

„Was soll das, Elodie? Milans Kämpfer schleichen nicht nachts um die Häuser."

„Vielleicht schleichen sie auch gar nicht, sondern kommen ganz normal zu euch. Sie klopfen an und bitten um eine Auskunft oder einen Laib Brot."

„Das glaubst du doch selbst nicht, oder?"

„Ich weiß einfach nicht, was das ganze soll. Plötzlich werden alle hektisch, ihr schiebt und zerrt mich aus dem Haus. Selbst wenn es eure Feinde sind... was sollten sie von mir wollen? Einem einfachen Mädchen? Einer Priesterin?"

„Einer Priesterin der Hexe." Er seufzte. Endlich entspannte er sich ein wenig. Es hatte keinen Sinn, sie hektisch weiter zu ziehen. Das hielt er gegen ihren Widerstand nicht durch.

„Kann es sein, dass du wirklich nicht verstehst, was die Leute in dir sehen? Du kommst aus der anderen Welt, bist eine Priesterin der Hexe und hast... hast diese Haarfarbe."

Demonstrativ griff er in die Fülle ihrer langen Haare.

„Ja, und? Es ist bei uns ungewöhnlich, aber..."

„Du bist ein Kind beider Welten, das steht für alle im Dorf fest. Du könntest diejenige sein, die das Tor schließen kann."

Sie starrte ihn verdattert an. „Das ist doch totaler Unsinn. Ich bin kein Kind beider Welten. Meine Eltern sind ganz normale Menschen. Mein Vater ist Baumeister in Kimlima, einem Dorf wie eurem. Keiner von beiden stammt aus eurer Welt."

„Es könnte schon deine Großmutter oder Großvater sein."

„Nein."

„Nein? Das weißt du so genau?"

„Weder meine Mutter noch mein Vater haben diese Haarfarbe."

Er hob die Schultern. „Und wenn schon, kann doch sein, dass das eine Generation überspringt. Was ist mit deinen Großeltern? Es passiert doch schon so lange, dass Menschen aus eurer Welt herkommen."

Sie schwieg. Die Eltern ihrer Mutter kannte sie praktisch nicht. Sie lebten so weit entfernt, dass sie sie nur einmal gesehen hatte und daran konnte sie sich überhaupt nicht mehr erinnern. Xenja hatte immer behauptet, Elodie würde ihrer inzwischen verstorbenen Großmutter ähnlich sehen.

Eik bemerkte ihre Nachdenklichkeit und glaubte, er hätte sie mit dieser Vermutung völlig überfordert. So oder so mussten sie weiter.

„Und nun komm!", forderte er sie auf. „Ist doch völlig egal, was du glaubst. Aber wenn die Krieger von Ursus dasselbe glauben wie wir, bist du in Gefahr."

Hawk und Ylan polterten rücksichtslos durch das kleine Haus. Arnit und Tiare, Oren und Myrta sahen hilflos und wie versteinert zu, wie sie Stühle umwarfen, Schränke aufrissen, die Decken vom Bett rissen und in hohem Bogen durch den Raum warfen, Truhen durchwühlten und in jede Nische und unter jedes Möbelstück suchten.

„Wo ist sie?", fragte der vierschrötige Hawk schließlich drohend.

„Wer?", entgegnete Arnit und hoffte, wirklich ahnungslos und harmlos zu erscheinen.

„Wer? Wer?", bölkte Hawk und brachte sein Gesicht gefährlich nah an Arnits heran. „Dieses Mädchen aus der fremden Welt natürlich. Prinzeps Cedar wünscht, es zu sehen."

„Ist etwas Besonderes mit ihr?", fragte Arnit.

„Das geht dich gar nichts an. Und uns auch nicht. Hawk zog sein Messer aus dem Gürtel und hielt es Arnit an die Kehle. „Also! Wo ist sie?"

„Ich weiß es nicht."

Hawk drückte das Messer tiefer, Blut tropfte aus einer Wunde. Tiare schrie auf.

„Wir wissen es wirklich nicht", schrie sie panisch. „Ja, es stimmt, sie war hier. Aber inzwischen ist sie wieder fortgegangen."

„Fort? Wohin?" Das Messer schnitt ein Stück weiter.

„Ich weiß es nicht. Wirklich. Sie ist schon zwei Tage lang weg."

Hawks Gesicht war furchterregend, das Messer war noch immer fest an Arnits Kehle gedrückt. Doch er würde nichts sagen. Er fürchtete sich, er wollte nicht sterben, aber er würde das Mädchen nicht ausliefern.

„Sie wollte versuchen, zurück zu gehen. Zurück in ihre Welt. Sie wollte mit einer alten Frau zusammen herkommen, aber die scheint es nicht geschafft zu haben und das Mädchen wollte sehen, was mit ihr passiert ist. Vielleicht war die Anstrengung des Übergangs zuviel für die Alte."

Hawk blickte Tiare direkt in die Augen. „Sagst du die Wahrheit?", fragte er.

„Ich weiß nicht, ob sie wirklich zurückgegangen ist, aber das war zumindest ihr Plan."

Arnit blinzelte zu seiner Frau und bewunderte sie im Stillen für die Lügen, die so reibungslos von ihren Lippen kamen.

„Mm!", machte Hawk und zog das Messer etwas zurück, ohne es jedoch völlig von Arnits Kehle zu nehmen. Blut rann an Arnits Hals herunter, aber die Wunde war nicht lebensbedrohend.

Hawk sah mit fragendem Gesichtsausdruck zu Ylan.

„Lass gut sein. Die wissen nichts", erwiderte der.

„Ursus wird uns lynchen, wenn wir mit so einer Nachricht zurückkehren", orakelte Hawk.

„Aber wir können es nicht ändern."

„Mmm." Hawk nahm jetzt endgültig das Messer von Arnits Kehle und steckte es zurück in seinen Gürtel. Damit wandte er sich um und ging mit polternden Schritten und gefolgt von Ylan wieder aus dem Haus.

Beim Hinausgehen riss er noch die Ofentür in der Küche auf, stocherte mit der eisernen Zange darin herum, beförderte ein brennendes Holzstück auf den Fußboden und warf ein paar Kohlen dazu. Es begann sofort lichterloh zu brennen.

Tiare schrie entsetzt auf.

Hawk und Ylan lachten schallend, bevor sie endgültig das Haus verließen.

Arnit und Oren liefen hinzu und versuchten, das Feuer zu löschen. Sie traten auf die Glut, versuchten sie mit einer Decke zu ersticken.

Schließlich brachten Tiare und Myrta einen großen hölzernen Eimer voller Wasser und schütteten es darüber.

Tiare sah weinend auf den Schaden. Ein Stück verbrannter Fußboden in der Küche, herausgebrochene Schranktüren, zerbrochene Stühle. Doch am Ende hatten sie noch Glück gehabt. Arnit lebte und war auch nicht schwer verletzt.

Myrta nahm Tiare in den Arm. „Ihr könnt heute Nacht bei uns schlafen", lud sie die Freunde ein. Aber das wollten beide nicht. Sie wollten ihr Heim nicht verlassen. „Es ist ja zum Glück noch bewohnbar", meinte Arnit. „Es hätte viel schlimmer kommen können."

„Sie haben wirklich nach Elodie gesucht. Ob sie tatsächlich das Mädchen ist, überlegte Myrta.

Elodie stolperte hinter Eik her durch die Dunkelheit. Sie hatten inzwischen die letzten Häuser des Dorfes hinter sich gelassen und gingen den Wiesenpfad entlang Richtung Gebirge.

Elodie sagte nichts mehr. Sie vertraute sich völlig Eiks Führung an.

Es fiel ihr aber sogar jetzt, in dieser Situation und in der Dunkelheit auf, wie ähnlich diese Gegend der ihres Zuhauses war. Das Dorf Segetem war das Gegenstück ihres Heimatdorfes Kimlima. Was war das hier? Eine Welt, die gleichzeitig und parallel zu ihrer existierte? Konnte es das geben?

Eine Welt, in der vieles noch nicht so weit fortgeschritten war, die über eine andere Ordnung verfügte und deren Bewohner vollkommen andere Menschen waren als in ihrer Welt? Und die über völlig andere Bodenschätze verfügte?

Sie schrie leise auf, als sie gegen einen Stein stieß und stolperte.

Eik wandte sich verärgert um. „Kannst du nicht aufpassen?", raunzte er.

„'Tschuldigung, man sieht halt überhaupt nicht, wo man den Fuß hinsetzt."

„Umso besser musst du eben aufpassen."

„Danke für den Tipp, Herr Besserwisser", maulte sie. „Sind wir bald da?"

Sie war noch immer nicht vollständig von der Notwendigkeit ihrer nächtlichen Flucht überzeugt.

„Ja, es dauert nicht mehr lange", erwiderte er etwas versöhnlicher. „Ich hoffe nur, sie sind nicht hinter uns her."

„Was redest du da? Wieso sollten sie mich suchen? Ich sehe da echt keinen Sinn drin."

Jetzt blieb er stehen und Elodie, die mit diesem plötzlichen Halt nicht gerechnet hatte, stieß gegen ihn.

„Was gibt es daran nicht zu verstehen? Sie könnten eben denken, dass du das Mädchen beider Welten bist, das ihren ganzen Reichtum zunichte machen könnte."

„Bin ich aber nicht."

„Super. Aber das interessiert die vielleicht nicht. Das Thema haben wir jetzt aber wirklich schon genug durchgekaut. Denkst du, sie fragen höflich nach: *Verzeihung, sind Sie hier, um unsere Macht und unseren Reichtum zu zerstören?* Und wenn du dann sagst: *Nein, die bin ich nicht*, entschuldigen sie sich für die Störung und verschwinden wieder? Mensch Elodie!"

Sie sagte darauf nichts. Das, was er sagte, schien ihr einleuchtend. Aber das hieß nicht, dass sie verstand. Sie war nicht dieses Mädchen, das mussten sie sich schon woanders suchen.

Manolya saß auf der Bank vor ihrer Hütte und blickte in die Dunkelheit. Avem schlief bereits auf seinem Lager aus Stroh und Gänsedaunen. Der große Wolfshund Canis lag neben ihr auf dem Boden, den mächtigen Kopf auf seine Pfoten gelegt und döste vor sich hin.

Wenn das es Wetter zuließ, saß die Heilerin am Abend hier vor dem Häuschen bis die Müdigkeit sie übermannte. Oft las sie ein wenig, aber wenn es dafür zu dunkel wurde, saß sie nur hier, betrachtete den Mond und die Sterne und hörte der Stille zu. Sie lächelte vor sich hin, als sie das dachte. Die wenigsten würden verstehen, wenn sie sagte: *Ich höre der Stille zu.* Wie konnte man denn die Stille hören? Aber Manolya wusste, dass dies eine ganz besondere Fähigkeit war, die man nur in der tiefsten inneren Ruhe fand. Es war etwas, dass ihre Vorfahren immer praktiziert hatten und an ihre Kinder weitergaben. Etwas, das es ermöglichte, ganz zu sich selbst zu finden und in seiner Seele zu ruhen.

Da – ein Käuzchen rief durch die Nacht. Sicher ging es jetzt auf die Jagd.

„Nehmt euch in acht, ihr Mäuschen und kleinen Nager", flüsterte Manolya vor sich hin. „Die nächtlichen Jäger sind unterwegs."

Die Vorstellung machte ihr nicht viel aus. Das Jagen der Tiere gehörte zur Natur wie der Austausch der Blätter an den Bäumen. Auch die Menschen aßen Fleisch von Tieren. Auch sie selbst. Doch sie vergaß niemals, sich bei dem Geist der Tiere für diese Tat zu entschuldigen und für das Mahl zu danken, so wie sie es von ihrem Volk gelernt hatte.

Die meisten Menschen vergaßen dieses Ritual inzwischen. Aber am schlimmsten waren die Anhänger des Prinzeps Cedar und die Fremden aus der anderen Welt.

Ihr Gesicht verdüsterte sich, als sie daran dachte, wie wenig den Kriegern ein Leben wert war, ob es nun einem Menschen oder einem Tier gehörte.

Manolya erhob sich. Canis wurde sofort aufmerksam und blinzelte. Er wollte ihr ins Haus folgen. Aber Manolya regte sich gar nicht. Sie starrte angestrengt durch die Dunkelheit. Sie begann zu zittern. „Canis, da kommt doch jemand? Es werden doch nicht etwa Ursus Krieger wiederkommen? Nicht jetzt in der Dunkelheit, nicht wahr?"

Canis verstand kein Wort, aber die Furcht seines Frauchens bemerkte er sehr wohl. Er stellte sich vor sie und fletschte drohend die Zähne.

„Aber es ist die falsche Richtung, Canis", meinte Manolya. „Ich bin ja ganz wirr vor Angst, dass sie wiederkommen. Es ist die falsche Richtung. Diese Leute scheinen aus dem Dorf zu kommen, aber Ursus lagert vor den Bergen."

Die Schattenrisse kamen näher. Jetzt hörte sie auch Stimmen.

„Nun komm schon, Elodie. Gleich sind wir da."

„Und dann?", fragte eine Mädchenstimme.

„Da bist du hoffentlich in Sicherheit. Zumindest für heute Nacht."

Canis beruhigte sich. Er blieb vor seinem Frauchen stehen, aber er entspannte sich zunehmend. Die Stimme kannte er. Der Junge, der dazu gehörte, war ungefährlich.

„Eik, du bist es", grüßte im selben Moment Manolya verwundert und erleichtert zugleich. „Was führt dich zu dieser Stunde noch hier herauf? Ist jemand krank?"

Ihr Blick wanderte zu dem Mädchen und sie begrüßte sie nach der Art ihres Volkes. Dazu legte sie ihre rechte Handfläche über den linken Handrücken, drückte so beide Hände an ihr Herz und neigte leicht ihren Kopf.

Elodie machte es ihr nach. Dabei schielte sie skeptisch auf das große wolfsähnliche Tier, das immer noch vor der Frau stand, als würde es sie beschützen wollen.

„Nein, es ist niemand krank. Das ist Elodie, ein Mädchen aus der anderen Welt und sie musste vor Ursus Kriegern fliehen", erklärte Eik.

Ein Zittern ging durch Manolyas Körper. Sie musste vor Ursus Kriegern fliehen und er brachte sie hierher? Zu ihr?

„Du bist wirklich aus der anderen Welt?", fragte Manolya.

„Ja. Ich…"

„Eine lange Geschichte. Können wir sie dir bitte drinnen in Ruhe erzählen?", unterbrach Eik Elodie.

Manolya nickte. „Natürlich. Aber ich weiß nicht, ob ihr bei mir in Sicherheit seid. Seit ich vor ein paar Tagen Ursus Verletzung versorgt habe, rechne ich ständig damit, dass er und seine Krieger wieder hier auftauchen."

Eik verzog missmutig das Gesicht. Das konnte doch nicht wahr sein.

„Nun gut, kommt erstmal herein. Heute Nacht wird sicher niemand mehr kommen."

Sie führte die beiden in ihr kleines Häuschen. Canis trottete hinter ihnen her.

Im Haus setzte sie Kräutertee auf und schüttete dann drei Holzbecher mit der dampfenden Flüssigkeit voll. Dann erst setzte sie sich zu ihnen an den Tisch und forderte ihre Besucher mit ruhiger Stimme auf, ihre Geschichte zu erzählen.

Haymo und seine Gruppe Kämpfer hatten sich in der Nähe der Stadt Oppidia im Wald verschanzt. Hier hatten sie sich aus Baumstämmen, Moos und Blättern eine Unterkunft gebaut. Die beiden Verletzten mussten sich erst einmal erholen, bevor sie zu neuen Kämpfen aufbrechen konnten.

Die Wunde des Kämpfers Leander war schmerzhaft, aber zum Glück nicht sehr tief. Sie konnten sie selbst mit einer Wundsalbe behandeln und mit Blättern, die verhinderten, dass die Wunde sich entzündete.

Bei Ritter Milan sah das etwas anders aus. In seinem Bein hatte eine Pfeilspitze gesteckt. Es war auf jeden Fall notwendig gewesen, einen Arzt zu holen, der die Spitze herausschneiden konnte.

Der Kämpfer Ren war in die Stadt gelaufen und hatte einen Wundarzt geholt, von dem sie sicher sein konnten, dass er auf ihrer Seite stand, dass er die Wunde so gut und gewissenhaft behandeln würde, wie es ihm nur möglich war und dass er nicht ihren Unterschlupf verraten würde. Der Arzt hatte Milan ein Mittel aus Mohnblumen gegeben, damit er zumindest leicht betäubt war, während er in das Fleisch schnitt, um die Pfeilspitze herauszuschneiden.

Jetzt, einige Tage später, ging es beiden Verletzten schon besser.

Leander trainierte mit dem Schwert, seinen Arm wieder zu benutzen. Immerhin war sein rechter Arm verletzt worden, sein Kampfarm. Es durfte nicht passieren, dass seine Muskeln erschlafften.

Milans Bein war noch immer verbunden und er behandelte es mit derselben Salbe, wie Leander seinen Arm. Aber es würde wohl noch dauern, bis er wirklich vollständig wiederhergestellt war. Noch humpelte er durch das Lager, aber er versuchte bereits, auf seine Krücke aus einem dicken Ast zu verzichten.

Manolya sagte eine Weile nichts, nachdem Eik mit seinem Bericht geendet hatte. Elodie hatte nur dann und wann unterbrochen und widersprochen, wenn Eik die Vermutung aussprach, dass sie ein Kind beider Welten sei.

Die Heilerin trank ihren inzwischen kalt gewordenen Kräutertrank aus, stellte dann den Becher auf den Tisch und blickte Elodie eindringlich an.

„Und du bist sicher, dass keiner deiner Vorfahren aus unserer Welt stammt?" Dabei nahm sie eine Strähne des fliederfarbenen Haares und ließ sie durch ihre Hände gleiten. Es war fast die gleiche Geste, wie von Eik während ihrer Flucht, aber viel sanfter.

„Ja, ich bin sicher", erwiderte Elodie. Allmählich ging ihr diese immer gleiche Fragerei auf die Nerven.

Manolya seufzte tief. Sie glaubte ihr nicht, das fühlte Elodie.

„Ihr könnt heute Nacht hier bleiben, aber morgen früh müsst ihr weiterziehen. Ursus Truppen lagern ein Stück Richtung Wald am Fuß des Berges und ich befürchte, sie kommen noch einmal her. Ich bin schon froh, dass sie nicht darauf bestanden haben, dass ich sie begleite."

„Vielleicht hatten sie Angst vor Canis", meinte Eik.

Manolya lachte. „Ja, das wäre schon möglich. Ich bin sehr froh, dass ich ihn habe." Dabei strich sie liebevoll über den mächtigen Kopf des Wolfshundes.

„Warum lebst du so einsam hier oben?", fragte Elodie plötzlich.

„Ich bin nicht allein. Ich habe Canis und meinen Sohn Avem, er schläft nur schon."

„Im Dorf wäre es sicherer", wandte Elodie ein. Es ging sie nichts an, das wusste sie. Aber die Menschen drangen auch viel zu tief in sie, wenn sie ständig nach ihren Vorfahren fragten, wenn sie ständig hanebüchene Theorien in die Welt setzten. Außerdem wirkte Manolya so freundlich und Elodie fühlte sich leicht und vertraut trotz der drohenden Gefahr.

„Ich gehöre dem Volk der Sub Divo an. Wir können nicht in der Enge eines Dorfes oder gar einer Stadt leben. Wenn wir einge-sperrt werden, sterben wir."

„Im Dorf ist man doch nicht eingesperrt. Man lebt in Häusern wie deinem. Und für die Menschen, die deine Heilkunst brauchen, wäre es einfacher", meinte Eik.

Die Heilerin beugte sich vor und brachte ihr Gesicht ganz nahe an das des Jungen heran. „Wenn du das Leben der Sub Divo kennen würdest, würdest du verstehen, was ich meine." Sie richtete sich auf und lächelte. „Ich schlage vor, wir schlafen jetzt. Ihr könnt hier auf dem Fußboden schlafen, einen anderen Platz habe ich nicht."

„Und warum lebst du dann nicht bei den Sub Divo?", fragte Eik ungeachtet ihrer Worte. Sie drehte sich noch einmal um und lächelte beiden geheimnisvoll zu.

„Gute Nacht", sagte sie und verschwand aus dem Raum.

Manolya verbrachte eine schlaflose Nacht. Es war keine Unruhe, die sie um den Schlaf brachte, sondern die Entscheidung, die sie treffen musste. Die Gedanken kreisten in ihrem Kopf ohne sie wirklich nervös werden zu lassen, aber sie hörten nicht auf, bis sie die Entscheidung getroffen hatte.

Schließlich setzte sie sich im Bett auf und nahm einen runden Stein, der in Regenbogenfarben schimmerte und an einer Kette um ihren Hals hing, in die Hand. Es war das Symbol ihres Volkes. Dieser Stein konnte tief im Berg geschlagen werden und Cedar konnte ihm bisher nicht habhaft werden. Sie war sich nicht einmal sicher, ob er wusste, dass so ein Stein existierte.

Sie hatte ihn vom geistigen Führer der Sub Divo bekommen, als sie damals ihr Volk verließ. Er sollte ihr immer Kraft geben und sie hatte ihn noch nie abgelegt, sondern trug ihn sorgfältig verborgen unter ihrer Kleidung. Es war nicht gewünscht, dass andere diesen Stein sahen.

„Bitte, Ahnen und Weisen meines Volkes und ihr Götter des Schicksals, sagt mir, was ich tun soll. Ist es an der Zeit, diesen Ort zu verlassen? Schon seit Ursus bei mir war, fühle ich mich hier nicht mehr sicher. Ist die Ankunft dieses Mädchens ein Zeichen?"

Ihre Worte waren nur ein sanftes Hauchen. Sie schloss die Augen und versuchte, alle Gedanken an sich vorüberziehen zu lassen. Nicht selbst denken, nicht grübeln. Die richtige Entscheidung kam auf die Menschen zu. Für alles gab es die richtige Zeit. So wie vor einigen Jahren die Zeit gewesen war, ihr Volk zu verlassen und hier zwischen Segetem und den Bergen ihr Kind großzuziehen. War sie jetzt wieder an einem Wendepunkt?

Als sie in der ersten Morgendämmerung die Stube betrat, in der Eik und Elodie geschlafen hatten, wusste sie, was sie zu tun hatte.

Canis, der die ganze Nacht in der Stube vor der Haustür gelegen hatte, erhob sich und trottete auf sein Frauchen zu, die ihn sofort kraulte.

Eik und Elodie lagen noch auf dem Fußboden, erhoben sich aber sofort, als Manolya hereinkam.

„Guten Morgen", murmelte Eik noch verschlafen.

„Guten Morgen", erwiderte die Heilerin sanft.

Sie ging zum Ofen, feuerte ihn schweigend an und stellte Wasser in einem Kessel darauf.

„Ich werde dir helfen, deinen Haymo zu finden", sagte sie dann ganz selbstverständlich.

Elodie war von der unerwarteten Eröffnung so überrascht, dass sie einen Augenblick brauchte, um sich überhaupt angesprochen zu fühlen.

„Du willst mir helfen?", fragte sie dann.

„Sagte ich das nicht gerade?", erwiderte Manolya lächelnd.

„Das musst du nicht tun", sagte Elodie, obwohl sie wirklich froh über das Angebot war.

„Oh doch, das muss ich tun. Nicht, um dir einen Gefallen zu tun oder weil ich mich verantwortlich fühle. Nicht, weil ich jemand bin, der alle Probleme der Menschen lösen will. Nein, es ist auch mein Schicksal, es ist ein Weg, den ich gehen muss."

Sie sah Elodies und Eiks verdutzte Gesichter und begann zu lachen. „Man muss seine Grübeleien loslassen, dann fühlt man, was richtig ist. Und die Entscheidung darf man dann nicht mehr infrage stellen. Das ist das Geheimnis. Es kling einfacher als es ist."

Elodie nickte. Ja, Manolya hatte damit wohl sogar recht. Wieviele Gedanken hatte sie an ihren Eintritt ins Kloster verschwendet und am Ende die falsche Entscheidung getroffen? Sie hatte doch gewusst, dass sie nicht dorthin gehörte.

Avem tappte in dem Augenblick auf nackten Füßen herein. Erstaunt blickte der Achtjährige auf die beiden Besucher. „Guten Morgen, mein Liebling", rief Manolya und nahm ihn in den Arm. „Wir haben gestern Abend noch Besuch bekommen. Eik kennst du ja und das ist Elodie. Sie kommt aus einer anderen Gegend."

Avem rieb sich die Augen. „Gibt es Frühstück?", fragte er statt einer Begrüßung. Manolya lachte. „Ja natürlich. Einen Augenblick noch. Eik, du gehst sicher nach dem Frühstück nach Hause?"

„Ja natürlich. Meine Eltern werden sonst verrückt vor Sorge."

Manolya wandte sich wieder ihrem Sohn zu. „Avem, ich muss mit Elodie eine kurze Reise unternehmen. Ich muss ihr helfen, einen Freund wiederzufinden. Canis werde ich mitnehmen, er kann auf uns aufpassen. Ich weiß, es kommt sehr plötzlich, aber es ist sehr wichtig."

Der Junge nickte. „Soll ich dann bei Eik wohnen?", fragte er.

„Vielleicht wäre es eine Möglichkeit. Eine andere wäre, dass du bei deinen Großeltern bleibst."

„Boh", Avem bekam große Augen vor Begeisterung. „Bei deinem Volk, das in den Höhlen wohnt?"

„Es ist auch dein Volk. Du, Avem, gehörst in die Welt der Dörfer und Städte, aber auch in die Berge. Was möchtest du?" Sie blickte auf zu Eik. „Sicher wäre es möglich, dass du ihn mitnimmst und er ein paar Tage bei euch bleibt?"

„Ja, auf jeden Fall", antwortete Eik ohne zu zögern.

Avem zog sofort einen Schmollmund. „Ich bin gerne hier draußen. Es reicht schon, wenn ich zur Lerngruppe muss. Am liebsten will ich auch mitgehen und durch die Gegend ziehen", maulte er.

Manolya betrachtete liebevoll ihren Sohn. Er hatte die gleichen dunkelgrünen Haare wie sie, trug sie aber in vorwitzigen

Stoppeln. Sein kindliches, rundes Gesicht zeigte tiefe Grübchen, wenn er lachte. Seine Augen waren nicht so grün wie ihre, sondern funkelten wie Bernstein. Oh ja, er war ein Kind ihres Volkes, auch wenn sie ihn hier in der Hütte erzogen hatte, auch wenn er die Lernstube besucht und Freunde im Dorf gefunden hatte, blieb er stets so freiheitsliebend und naturverbunden wie die Sub Divo. Es lag in seiner Seele.

Und sie liebte ihn wie sie noch niemals einen Menschen geliebt hatte. Vielleicht war die Liebe zu seinem Kind die größte und selbstloseste Liebe, die ein Mensch erleben konnte. Wie gerne würde sie ihn mitnehmen. Aber mit einem achtjährigen Kind kämpfende Truppen zu suchen, war sicher keine gute Idee.

„Du wirst mitkommen, bis wir bei den Sub Divo sind. Es wird ganz schnell sein und dann werden wir zusammen überlegen, ob wir gemeinsam auch eine Reise machen, ja?"

„Ja? Bestimmt?"

Manolya nickte. „Bestimmt." Avem vertraute ihr, seine Mutter hatte noch niemals ein Versprechen gebrochen.

„Dann ist es in Ordnung. Dann gehe ich mit zu den Sub Divo."

„Gut. Und jetzt frühstücken wir erst mal kräftig. Und dann brechen wir auf. Elodie, wir werden in die Berge gehen, ich bin sicher, dass mein Volk weiß, wo wir Milan und seine Gruppe finden können. Es ist nicht der einfachste Weg, aber der sicherste."

Wenn Elodie wirklich gesucht wurde, waren sie in den Bergen auf jeden Fall am besten aufgehoben. Dort gab es Unterschlupf in Mengen und niemand kannte sich dort besser aus als die Sub Divo. Die Kämpfer waren noch niemals hoch in die Berge gekommen. Dort gab es nichts zu erobern. Und die fantastischen Steine kannte ja niemand. Und das sollte auch so bleiben.

Elodie dachte voller Vorfreude daran, dass sie offenbar dem Volk begegnen würde, bei dem Sabeth eine Weile gelebt hatte.

Kapitel 12
Sub Divo

Nach dem Frühstück brach Eik auf und lief leichtfüßig den Berg wieder hinunter ins Dorf. Manolya begann, ein paar Dinge einzupacken. Als erstes packte sie Lebensmittel in einen Beutel. „Wir brauchen das nicht wirklich, die Sub Divo haben immer genug zu essen", erklärte sie Elodie. „Aber ich will nicht, dass Nahrung verdirbt, während wir unterwegs sind."

Sie packte ein paar Kleidungsstücke für sich und Avem ein und lieh auch Elodie etwas, da die ja nichts mehr hatte einpacken können.

„Du musst das nicht tun, Manolya", meinte Elodie, die darüber nachdachte, dass Avem nun auch nicht zur Lernstube gehen konnte. „Zeig mir den Weg oder bring mich ein Stück, dann schaffe ich es schon allein, dann kann Avem weiter zur Lernstube gehen und du kannst weiter Kranken helfen."

Die Heilerin blickte ihr fest in die Augen. Sie waren offen und ehrlich. „Ich würde es nicht tun, wenn es nicht sein müsste."

Elodie verstand nicht, was sie damit sagen wollte. Irgendwie wirkte die Heilerin schon sehr geheimnisvoll mit ihrem Gerede.

Zumindest war Avem fröhlich und schien die Aussicht, in den Bergen leben zu können, zu genießen. Für ihn schien das eine Art Abenteuerferien zu sein.

Als letztes packte Manolya noch einige Heilkräuter und Salben in einen Beutel und räumte diesen in ihren Rucksack.

„Es kann losgehen", verkündete sie, schulterte schwungvoll ihren Rucksack, gab Elodie den Beutel mit Lebensmitteln und schon ging die Wanderschaft los.

„Wird es nicht gefährlich sein, allein durch die Berge zu gehen? Was, wenn sich eine von uns verletzt?", fragte Elodie. Sie war immer gerne in der Berglandschaft unterwegs gewesen, aber wirklich hindurch gekraxelt war sie noch nie, das Stück bis zur

156

Höhle hatte ihr schon gereicht. Zu mehr hatte sie nie das Bedürfnis gehabt.

Manolya lächelte. „Wir werden nicht allein sein."

Elodie verdrehte die Augen. Schon wieder so eine geheimnisvolle Aussage. Was hatte das nun wieder zu bedeuten?

Canis lief neben ihnen her, als sie ihren Weg bergauf begannen.

Ursus ärgerte sich noch immer über Manolya. Ihre Weigerung, ihn zu begleiten, um seine Verletzung weiterhin zu pflegen, war an Dreistigkeit nicht zu überbieten. Wäre er bei Kräften gewesen, hätte er ihr niemals so ein Verhalten durchgehen lassen. Allerdings – wäre er bei Kräften gewesen, hätte er sie ja gar nicht aufgesucht. Verflucht, was bildete diese Frau sich ein? Und seine beiden Begleiter hatten ihr das durchgehen lassen. Nicht zu fassen.

Er hatte eine solche Wut im Bauch, dass er sie unbedingt bestrafen wollte. Er musste ihr zeigen, dass er so nicht mit sich umgehen ließ. Dass er zu den Machthabern im Land gehörte, die sich so etwas nicht bieten ließen. So wie sie durfte sich niemand einem von Cedars Rittern gegenüber benehmen.

Er trabte neben seinem Krieger Hawk her. Es fiel ihm jetzt doch noch schwerer, als er gedacht hatte. Das unwegsame Gelände forderte Kraft.

Das schürte seine Wut nur noch mehr. Diesen qualvollen Weg musste er schließlich nur auf sich nehmen, weil die Heilerin sich geweigert hatte, ihn und seine Männer zu begleiten.

Allerdings hatte diese merkwürdige grünhaarige Frau gute Arbeit geleistet und die Salbe, die sie ihm mitgegeben hatte, wirkte hervorragend.

Grüne Haare – die gab es in den Dörfern und Städten eigentlich gar nicht, waren die nicht typisch für dieses primitive und rückständige Naturvolk Sub Divo? Hatte die Heilerin etwas mit denen zu tun? Vielleicht hatte sie ja Vorfahren bei dem Volk, mehr aber sicher nicht. Er wusste ja nicht einmal, ob dieses Volk überhaupt noch existierte. Vermutlich waren sie längst ausgestorben. Diese Heilerin war jedenfalls nicht dumm, sie hatte außerordentliche medizinische Kenntnisse, das sah man schon an ihrer sehr erfolgreichen Behandlung seiner Wunde. Deshalb wollte er auch auf jeden Fall noch etwas von der Salbe bekommen. Es konnte nicht schaden, sie zu besitzen, schließlich befanden sie sich weiterhin im Kampf und es war nur eine Frage der Zeit, wann sich wieder einer seiner Männer verletzen würde.

Ursus biss die Zähne zusammen, aber dort drüben sahen sie schon die Hütte.

Hawk pochte mit der Faust an die Tür, doch nichts geschah. „Sie ist nicht da, sie wird Einkäufe erledigen", meinte der Krieger.

Ursus nickte. „Mir egal! Mach die Tür auf!"

Hawk gehorchte, aber die Tür war verschlossen. Ein kurzer Blick auf seinen Herrn und er wusste, was er zu tun hatte. Er trat die Tür mit einem kräftigen Tritt ein. Sie fiel nach innen – genauso war es am Vortag bei diesem Dorfältesten in Segetem gewesen. Das Haus lag still da. Kein Feuer brannte im Ofen, nur eine schwache Glut war noch zu erkennen. Kein Essen stand herum. Alle Fenster waren geschlossen. Auf dem Tisch lag ein Stück Tuch, ein Holzbrett und ein Messer.

Ursus hob das Tuch. „Das ist ein Beutel. Sie ist fort", presste er wütend hervor.

„Fort? Obwohl der Beutel noch dort liegt? Sie wird Einkäufe erledigen, das ist alles."

„Bist du blöd? Diesen hat sie eben nicht mehr gebraucht, deshalb hat sie ihn zurückgelassen. Wieso sollte sonst ein Beutel auf dem Tisch liegen. Und sieh dich doch mal um. Keine Lebensmittel, keine Heilkräuter oder Salbenkruken stehen herum. Nein, nein, sie hat diese Dinge in Beutel gepackt und diesen hier...", er hielt den Beutel demonstrativ in die Höhe, „… hat sie einfach nicht mehr gebraucht."

„Vielleicht ist sie im Dorf, einen Kranken behandeln", schlug Hawk vor.

Ursus knurrte etwas Unverständliches und lief leicht gekrümmt durch das Haus, um nachzusehen, ob es weitere Indizien dafür gab, dass sie fort war. Er konnte nicht beurteilen, ob Kleidung fehlte, aber dass es keine frischen Lebensmittel gab, reichte ihm eigentlich auch aus. Seine Wut wuchs ins Unermessliche.

Ihr Wort war nichts wert. Kommt wieder her, damit ich nach der Wunde sehen kann, hatte sie gesagt. Aber sie war ja auch eine von denen, die gegen ihn waren. Sie hatte ihn aus Angst behandelt, weil sie keine andere Wahl hatte, das war alles. Ursus drehte sich um und stieg über die am Boden liegende Tür, um das Haus wieder zu verlassen.

Bestrafen konnte er sie jetzt nicht. Er konnte sie nicht schlagen, keine Schmerzen zufügen, er musste sich etwas anderes einfallen lassen.

„Zünde die Hütte an", befahl er. Hawk blickte überrascht hinter seinem Ritter her. Wofür sollte das nun wieder gut sein? Er zuckte gleichgültig die Schultern, er gehorchte Befehlen, wie immer. Er sah sich um, es musste doch etwas geben, womit die Heilerin den Ofen anzündete. Tatsächlich, er fand Feuersteine und Stroh, legte es mitten in die Stube und entzündete es. Das Stroh war trocken und brannte sofort lichterloh.

Er ging aus dem Haus, entfernte sich zusammen mit Ursus ein Stück, dann sahen sie voller grimmiger Schadenfreude zu, wie die Hütte der Heilerin in Flammen aufging.

Elodie stieg inzwischen hinter Manolya her über nacktes Gestein. Die Gegend erinnerte sie an ihren Weg zu der Höhle, in der sie das Tor zu dieser Welt entdeckt hatte. Aber dieser Weg war schroffer und steiler. Manolya ging leichtfüßig, obwohl sie den Rucksack trug und auch nur leichte Leinenschuhe an den Füßen hatte.

Elodie trat ständig in ihren langen Rock, während Manolya ihr einteiliges, lang fließendes Kleid überhaupt nicht zu behindern schien.

Auch Avem fiel der Weg nicht schwer, aber er war ein Kind; hüpften die nicht immer leichtfüßig über Stock und Stein?

Canis trottete zwischen ihnen her. Einmal blieb er auf einem Felsbrocken stehen und schnupperte in die Luft.

Manolya und Avem blickten gleichzeitig zurück in die Richtung, aus der sie gekommen waren. „Schau Mama, dort drüben, wo unsere Hütte steht, ist Rauch", sagte Avem. „Canis muss es gerochen haben."

Manolya umfasste die Schultern ihres Sohnes und drückte das Kind an sich. „Ich sehe es, Avem. Unsere Hütte brennt. Jetzt weiß ich, warum ich fortmusste, warum ich dieses starke Gefühl hatte, das mich dazu trieb."

Inzwischen stand auch Elodie neben den beiden und blickte in den grauen Rauch, der wie dunkle Wolken zum Himmel quoll. „Glaubst du das wirklich, Manolya? Eine Vorhersehung?"

Die Heilerin schüttelte den Kopf. „Keine Vorhersehung, nur das starke innere Gefühl für die richtige Entscheidung."

Elodie war überrascht, wie gelassen sie wirkte, obwohl ihr Zuhause gerade in Flammen aufging. Manolya erkannte die Verwirrung des Mädchens.

„Es ist Zeit für etwas Neues, Elodie. Dort unten – das ist nur die Vergangenheit. Es hat nichts mehr zu bedeuten. Meine und Avems Zukunft liegt dort nicht mehr. Ich bin nur froh, dass ich ihn mitgenommen habe, anstatt ihn im Dorf zu lassen. Dort wäre er nicht sicher gewesen."

Der große Wolfshund Canis setzte sich auf den Felsbrocken, reckte seinen Kopf zum Himmel und jaulte.

„Sieh, auch er verabschiedet das alte Leben", sagte Manolya und wenn es möglich war, verwirrte diese Aussage Elodie noch mehr. Damit nahm die Heilerin die Hand ihres Sohnes und ging mit ihm weiter. Mutter und Sohn – eine Einheit. Elodie blickte ihnen einige Sekunden lang nach, seltsam berührt über das ihrer Meinung nach merkwürdige Verhalten der Heilerin. Aber mehr Erklärung schien es nicht zu geben. Also nahm auch Elodie den Weg wieder auf und lief hinter den beiden her. Sie setzte jeden Schritt sorgsam, damit sie nicht etwa stürzte oder auf einen losen Stein trat. Sie fühlte sich unsicher und es strengte sie an.

Das schlimmste aber war, dass Elodie inzwischen das Gefühl hatte, dass sie verfolgt wurden. Als sie das Manolya gegenüber erwähnte, hatte diese nur gelächelt und ihr gesagt, es sei alles in Ordnung.

Elodie war sich überhaupt nicht mehr sicher, dass sie bei der Frau in guten Händen war. Was, wenn Manolya sie ausliefern würde?

Sie wurde immer nervöser. Der Weg war anstrengend, aber ihr Herz raste nicht, weil sie außer Atem war, sondern aus Furcht.

Unerwartet traten zwei Menschen in ihren Weg. Elodie schrak zusammen, sie hatte keine Ahnung, woher sie kamen. Sie waren einfach plötzlich da, wie aus dem Stein gewachsen.

Die beiden trugen helle Kleidung in den Farben der Felsen. Das Kleid der Frau reichte bis zu den Knöcheln, es war wie ein großes Tuch, das um ihren Körper gewickelt und von einer Art Brosche über der Schulter gehalten wurde. Der Mann trug wie die Männer im Dorf gerade geschnittene Hosen. Sein Oberteil war asymmetrisch um den Körper geschlungen und über einer Schulter geknotet. Beide waren barfuss. Die Frau hatte lange grüne Haare wie Manolya, die allerdings ziemlich verfilzt waren. Die olivfarbenen Haare des Mannes waren ungleichmäßig gekürzt. In der Hand hielt er einen langen Stab.

Ihre Gesichter waren mit irgendeiner Farbe bemalt.

Elodie hatte gar nicht gemerkt, dass sie einen angstvollen Schrei ausgestoßen hatte.

Doch Manolya und Avem lachten. Avem lief den beiden Menschen entgegen. Manolya ließ ihren Rucksack vom Rücken gleiten und breitete ihre Arme aus. „Ich wusste, dass ihr in meiner Nähe seid", sagte sie ganz ruhig. Elodie blieb der Mund offen stehen. Was ging denn hier vor?

„Wir haben immer über dich gewacht, Tochter. Ist es an der Zeit, deinem Leben eine andere Richtung zu geben?"

Manolya nickte. „Ich denke schon."

Haymos Gruppe lebte noch in ihrem Waldlager nahe der Stadt Oppidia. Leanders Arm war inzwischen wieder vollständig verheilt. Außer einer Narbe am Oberarm erinnerte nichts mehr an seine Verletzung. Auch Milans Verwundung heilte sehr gut.

Die Männer gingen auf die Jagd, erbeuteten Hasen oder, wenn sie Glück hatten, auch mal ein Reh. Außerdem suchten sie wilde Beeren und besuchten hin und wieder sogar den Markt in Oppidia. Doch sie mussten vorsichtig sein, Männer von Cedar waren überall.

Obwohl Ritter Milans Bein noch nicht vollständig verheilt war und ihm lange Wegstrecken noch zusetzten, war er gemeinsam mit seinem Kämpfer Ivo aufgebrochen, um sich mit Ritter Silva, in dessen Gefolge sich auch Rabans Bruder Kunal befand, zu treffen.

Milan kannte den Unterschlupf des befreundeten Ritters. Er musste quer durch den Wald laufen, um dorthinzugelangen. Mit ihm zusammen wollte er einen Plan erarbeiten, um zumindest Ursus und seine Truppe auszuschalten. Sie waren mit ihrem Kampf um Gerechtigkeit in der Unterzahl, sie mussten also klug vorgehen und schnell handeln.

Heute hatte Haymos Kampfgefährte Ren sich bereit erklärt, nach Oppidia zu gehen und auf dem Markt frisches Obst, Brot, Milch und Eier zu kaufen. Sie durften sich nicht einseitig ernähren. Dieses Wissen besaß das Volk von Vinginevio seit vielen hundert Jahren. In dieser Hinsicht waren sie sogar besser informiert als die Menschen in Haymos Heimat. Ihm war es auf jeden Fall recht, mal etwas anderes zwischen die Zähne zu bekommen.

Ren war mit einem alten Karren, den sie extra für solche Zwecke zusammengezimmert hatten, losgezogen, um alles transportieren zu können. Vielleicht bekam er sogar etwas Bier, das wäre mal eine nette Abwechselung zu dem ganzen Quellwasser, das sie tranken.

Haymo saß etwas abseits und schaute Richtung Himmel. Doch nur hin und wieder blitzte etwas Blau durch das dichte Blätterdach.

„Worüber denkst du nach?", fragte Raban und setzte sich zu Haymo auf die weiche Erde.

Haymo seufzte. „Ich überlege, wie ich in dieses Schlamassel hineingeraten konnte."

„Das weißt du doch, hast du der Hexe zu verdanken", erwiderte Raban nüchtern.

„Das stimmt schon. Aber es ist eine solche Verstrickung. Wie konnte ich so blöd sein, allein – ohne irgendjemandem Bescheid zu geben – zu Thyra ins Kloster zu gehen? Schon diese Nachricht, dass ich auf jeden Fall allein und auf der Stelle kommen sollte, war doch mehr als suspekt. Ich war so dumm, Raban."

Sein Freund lachte. „Du konntest wirklich nicht mit so etwas rechnen." Dabei machte er eine ausholende Geste, die den ganzen Wald, ihre ganze Welt umschloss.

„Das nicht. Aber damit, dass sie mich reinlegt, schon. Verdammt. Ich bin jetzt schon seit Monaten hier. Was tut Elodie wohl? Sicher ist sie ins Kloster gegangen, sie hatte ja keine Wahl. Wieso war sie für Thyra so verdammt wichtig? Was denken meine Eltern, wenn sie so lange nichts von mir hören? Niemand weiß, wo ich bin." Er blickte verzweifelt zu Raban. „Deine Eltern wissen zwar, dass du dich in Gefahr befindest, aber zumindest wissen sie, wo du bist."

„Na ja, nicht genau", erwiderte Raban. Aber er konnte Haymo schon verstehen. Er wusste, was der Freund meinte. „Vielleicht findest du doch noch einen Weg, zurückzukommen."

„Ich wüsste nicht wie", erwiderte Haymo resigniert.

„Man muss der Hexe folgen und beobachten, was sie tut. Es muss möglich sein, Haymo. Es muss!"

Rabans Worte ließen einen kleinen Hoffnungsschimmer aufglimmen. Der Hexe folgen. Ja, man musste sie beobachten, vielleicht sogar zwingen, ihn zurückzuschicken. Nicht heute und nicht morgen, aber es würde eine Möglichkeit geben. Ganz bestimmt. Er nickte.

„Danke, Raban. Du hast recht. Nicht die Hoffnung verlieren."

„Dann komm jetzt mit, trinken wir zusammen ein Glas frisches Quellwasser."

Manolya stellte die beiden Menschen als Naoki und Yara vor, ihre Eltern.

Elodie blieb vor Staunen der Mund offen stehen.

„Ich sagte doch, ich stamme vom Volk der Sub Divo", sagte Manolya.

Elodie kamen ihre Worte vom Abend wieder in den Sinn: *„Ich gehöre dem Volk der Sub Divo an. Wir können nicht in der Enge einer Stadt leben. Wenn wir eingesperrt werden, sterben wir."*

So ganz verstand Elodie diesen Einwand noch immer nicht völlig. Und sie wusste auch nicht, was sie hier sollte. Manolya hatte doch versprochen, ihr bei der Suche nach Haymo zu helfen. Wollte sie nur Avem zu ihren Eltern bringen? Aber im Augenblick hatte

Elodie sowieso keine andere Wahl, als den beiden Fremden zu folgen.

Sie kletterten noch eine Weile über Gestein, bevor sie bei kleinen Höhlen ankamen, in denen die Menschen lagerten. Elodie staunte immer mehr. Es war eine Vielzahl kleiner Höhlenmulden, jede bot Platz für mehrere Personen, beispielsweise für eine Familie. Insgesamt lagerten hier sicher fünfzig Frauen, Männer und Kinder.

Sie gingen immer näher. Sie erkannte, dass Manolya sich freute. Die Menschen kamen auf sie zu, begrüßten sie, berührten sie, zogen sie in ihre Arme.

Avem war etwas zurückhaltender, aber auch er wurde freudig begrüßt. Elodie erkannte, dass der Junge zwar Naoki und Yara als seine Großeltern kannte, aber offenbar nicht das ganze Volk.

Sie stand etwas verloren daneben. Es machte ihr nichts aus. Die Menschen waren ihr fremd. Fremder noch als die Bewohner des Dorfes es gewesen waren. Ihre Art zu Leben trennte sie noch weiter voneinander als das Weltentor sie von dem Dorf Segetem getrennt hatte.

Überraschenderweise waren die Höhlen einigermaßen gemütlich eingerichtet. Es schien weiche Unterlagen als Betten zu geben. Vermutlich waren sie aus Blättern und Moos hergerichtet worden, die sie im Wald gesammelt hatten. Sogar Decken besaßen sie.

Alle waren in ähnliche Gewänder gehüllt wie Yara und Naoki. Alle hatten die hellen Farben der Natur, sie waren grau wie das Gestein oder braun wie die Erde. Es waren schöne, sanft fließende Stoffe, aber es waren nicht die schönen kräftigen Farben, die Elodie im Ort gesehen hatte. Aber sicher konnten die Sub Divo sich dadurch besser vor Feinden verbergen. Alle im Volk waren barfuss. Elodie war es schleierhaft, wie sie sich barfuss über die Steine bewegen konnten. Aber sie wurde aus diesen Überlegungen gerissen, als Manolya zu ihr kam und sie sanft mit sich zog.

165

„Ich will euch ein Mädchen aus der anderen Welt vorstellen. Das ist Elodie. Sie sucht ihren Bräutigam Haymo, der sich offenbar einer von Yarrows Gruppen angeschlossen hat", verkündete Manolya der ganzen Gruppe.

Jetzt wurde auch Elodie begrüßt, als wäre sie eine von ihnen. Eine lang verschollene Tochter wie Manolya. Yara zog sie schließlich mit sich. Sie kletterten über die Wohnhöhlen hinweg bis zu einem Wiesenplatz. Dort bot sie Elodie einen Platz an. Die Kinder setzten sich sofort um sie herum, als würden sie eine spannende Geschichte erwarten. Avem saß mitten zwischen ihnen, als gehöre er schon immer dazu. Einer der Männer entzündete in der Mitte ein Feuer. Unter den Frauen entstand eine ruhige Betriebsamkeit. Jede wusste, was zu tun war. Einige verteilten kleine, ausgehöhlte Gefäße aus Stein und reichten dann einen Krug mit Wasser herum, aus dem jeder sein Gefäß füllen konnte.

Andere wickelten Teigstückchen auf lange Stöcke und verteilten sie. Als jeder einen der Stöcke in der Hand hielt, wurden die Teiglinge in die Flammen gehalten. Elodie sah sich verwundert um. So etwas hatte sie noch niemals erlebt.

Das ganze Volk saß inzwischen um sie herum. Elodie war etwas beklommen zumute, aber Manolya nickte ihr aufmunternd zu.

„Sie erwarten, deine Geschichte zu hören. Erzähl. Sie können dir helfen. Sie sind das unbeachtete, fast vergessene Volk aus den Bergen. Niemand nimmt Notiz von ihnen. Die sogenannten Zivilisierten denken, sie seien verloren gegangen in der Weiterentwicklung der Welt. Aber das stimmt nicht. Sie haben sich nur für ein anderes Leben entschieden. Aber gerade, weil sie so vergessen sind, wissen sie mehr als sonst jemand. Sie beobachten, sehen, erleben... Sie wissen, was vor sich geht. Erzähl deine Geschichte, sie können dir helfen."

„Wo bleibt eigentlich Ren?", fragte Raban in die Runde.

Niemand verstand, warum der Ausgesandte so lange fortblieb.

„Hoffentlich ist ihm nichts zugestoßen", meinte einer der Kämpfer besorgt.

„Wir sollten nach ihm sehen", schlug Raban vor. „Wir wissen, welchen Weg er gegangen ist und könnten den bis zur Stadt verfolgen. Sollte er in der Zwischenzeit zurückkommen, begegnen wir ihm. Die Gefahr ist gering. Wir können uns besser verbergen als Ren mit dem Karren."

Sie fanden alle, dass das ein guter Vorschlag war und so wurde Raban ausgeschickt, nach Ren zu sehen. Haymo hätte ihn gerne begleitet, aber man entschied, dass Raban allein gehen sollte. Auch Ren war ja allein gegangen, um nicht mehr Kämpfer als es notwendig war, in die Stadt zu schicken. Sie kannten alle die Gefahr, ihnen war klar, dass sie entdeckt werden könnten. Bisher war es immer gut gegangen, aber jetzt, da Ren nicht zurückkehrte, wollten sie doch wenigstens wissen, was geschehen war.

Raban trug Pfeil und Bogen auf dem Rücken und eilte durchs Unterholz. Er achtete sorgsam darauf, dass er gut zwischen den Bäumen verborgen war. Ren hatte das mit dem Karren nicht gekonnt, aber für ihn war es besser. Falls Ren wirklich in Gefangenschaft geraten war, würde es ihm auch nichts helfen, wenn Raban ebenfalls entdeckt würde. So hielt er sich im Gebüsch nahe am Weg, damit er Ren wenigstens nicht verpassen konnte.

Er ging schnell und leise, ohne im Laub zu rascheln. Das hatte er gelernt während seiner Zeit bei den Kämpfern.

Er lauschte aufmerksam den Geräuschen, aber er hörte nichts als Vögel und kleine Tiere, die durch das Moos huschten.

Seine Augen waren überall gleichzeitig. Man konnte nicht sagen, dass er wirklich Angst hatte – man gewöhnte sich sogar an die allgegenwärtige Gefahr – aber wirklich wohl fühlte er sich auch nicht so allein hier unterwegs zu sein. Und auf die Erfahrung einer Gefangennahme durch Ursus' Truppen konnte er weiß Gott verzichten.

Er schaute sich weiter aufmerksam um. Am liebsten hätte er nach Ren gerufen, aber das wäre wirklich zu gefährlich und bringen würde es gar nichts. Wenn Ren in der Nähe war, würde er ihn bald sehen. Und wenn nicht, konnte der ihn sowieso nicht hören. Plötzlich hörte er Stimmen.

Er verbarg sich noch etwas mehr, duckte sich hinter einen dicken Baum und linste vorsichtig um die Ecke – in die Richtung, aus der die Stimmen kamen.

Aus dem Unterholz auf der anderen Seite des Weges tauchten zwei Jungen auf, etwa vierzehn oder fünfzehn Jahre alt. Sie schafften einen alten Karren heraus.

„Jetzt sag mir mal, wer so etwas einfach fortwirft", sagte der eine ganz deutlich. „Vater wird sehr froh sein, wenn wir den mit nach Hause bringen. Komm, wir laden ihn voll mit Feuerholz."

„Die Speiche ist gebrochen", meinte der andere. „Er wird schwer zu ziehen sein, wenn er voll beladen ist."

„Dann ist es ja kein Wunder, dass er einfach so weggeworfen wurde. Aber das können wir reparieren."

Die beiden Jungen begannen damit, den Wagen zu beladen. Gleichzeitig zogen sie immer weiter den Weg entlang. Der Karren rumpelte hinter ihnen her.

Raban bekam große Augen. Er erkannte ganz deutlich den Wagen, den sie zusammengezimmert hatten. Warum lag der einfach im Unterholz? War Ren also wirklich überfallen worden? Als die beiden Jungen fort waren, schlich er hinüber. Was, wenn der Gefährte immer noch verletzt dort lag? Oder gar tot? Aber dann hätten die Jungen ihn doch auch gefunden? Oder wäre ihnen das gleichgültig gewesen? Dass die Jungen Ren überfallen hatten, glaubte Raban nicht. Inzwischen wäre der ja auf dem Rückweg gewesen mit allerlei Lebensmitteln im Wagen. Die hätten die Jungen dann auch mitgenommen. Außerdem hätten sie den

Wagen nicht zerstört. Nein, das wirkte doch eher so, als wäre Ren schon auf dem Weg in die Stadt überfallen und entführt und der Wagen einfach ins Unterholz geworfen worden.

Raban sah sich aufmerksam um, suchte im Unterholz, rief jetzt doch den Namen seines Kampfgefährten. Doch es kam keine Antwort. Ren war nicht hier.

Raban musste schnellstens zurück und den anderen davon berichten.

Elodie erzählte einmal mehr von ihrer großen Liebe Haymo und von dessen plötzlichem Verschwinden. Sie erzählte von ihrem Eintritt ins Kloster und von ihrem Entdecken des Tores zu dieser Welt.

Auch von Sabeth berichtete sie und von ihrem Tod.

Das löste zum ersten Mal Unruhe aus.

„Sabeth ist tot? Ermordet?", fragte schließlich eine sehr alte Frau, die ihr als Ulula, Hüterin der Legenden des Volkes, vorgestellt wurde. Ihre Haare waren nicht grau wie Sabeths, hatten aber auch nicht die kräftigen Farben der anderen. Sie waren matt und gelblich, wie die Blätter, die im Herbst ihre Farbe verloren.

„Ja. Sie wollte gemeinsam mit mir herkommen."

Ulula, war das nicht der Name jenen Mädchens, das Sabeth schon bei ihrem ersten Besuch in dieser Welt kennen gelernt hatte? Die sie mitgenommen hatte, zu ihrem Volk?

„Ich sah Sabeth noch von dieser Welt aus in der Höhle liegen. Später wurde ihr Leichnam im Wald gefunden. Dort, wo sich das Weltentor befindet. Wir haben sie nach hiesigem Brauch bestattet", berichtete Elodie.

Die alte Frau namens Ulula weinte. „Ich habe sie gekannt, seit wir junge Mädchen waren, sie hat eine Weile bei uns gelebt. Ich wusste immer, dass sie im Alter herkommen würde, aber das Schicksal hat wohl doch anders entschieden."

Eine junge Frau neben ihr legte ihre Arme um ihre Schulter und tröstete sie.

Einer der Männer stimmte einen eigentümlichen, klagenden Gesang an. Niemand musste Elodie erklären, dass es ein Abschiedslied für Sabeth war.

„Der Mann ist Nabor. Er ist der geistige Führer des Volkes. Nicht der Anführer, sondern eine Art Weiser", flüsterte Manolya ihr zu. Elodie nickte. Sie verstand das schon. So etwas wie ein Priester in ihrer Welt.

Ren hatte bereits bei seinem letzten Besuch in der Stadt, als er für Milan den Arzt geholt hatte, darüber nachgedacht, Cedar den Aufenthalt der Gruppe zu verraten. Milan war verletzt, die Zeit für einen Überfall war günstig. Aber er hatte sich nicht dazu durchringen können.

Doch nun, da Milan bei Silva war, um das weitere Vorgehen zu besprechen, hatte er sich doch zu dem Schritt entschieden. Natürlich erwartete er eine Bezahlung, er wollte nicht zu den Verlierern dieser Kämpfe gehören. Cedar war reich, seine Männer hatten noch Geld im Gegensatz zu dem allmählich verarmten Fürsten Yarrow.

Thyra, die ebenfalls anwesend war, hatte sich natürlich erfreut gezeigt, als er vor wenigen Augenblicken mit diesem Anliegen in Cedars Residenz erschienen war.

Thyra grinste vor sich hin. Was wollte der junge Mann eigentlich machen, wenn sie nicht bereit waren, zu bezahlen? Einfach umentscheiden konnte er sich nicht, nachdem er bei ihnen aufgetaucht war. Sie würden ihn nicht gehen lassen, das musste ihm doch klar sein.

Aber sei es drum. Der Bursche leistete ihnen gute Dienste und sollte sein Geld bekommen. Damit konnte er mit seiner Familie eine Weile leben. Danach würde man weitersehen. Vielleicht konnte er sich Ursus' Truppen anschließen.

„Wir werden Ursus hinschicken und die Gruppe vernichten!", entschied Cedar mit laut tönender Stimme.

„Das kannst du machen, aber Haymo gehört mir. Der Bursche hat mir genug Ärger bereitet", verkündete Thyra.

„Was hast du vor?", fragte Cedar.

Die Frau lächelte gemein vor sich hin. „Gift", sagte sie. „Ich will, dass er langsam stirbt und ich will, dass er weiß, wem er das zu verdanken hat und warum."

Elodie lernte an diesem Tag die Menschen der Sub Divo kennen, aber die Namen würde sie sich kaum alle merken können. Natürlich wusste sie noch Yara und Naoki, die Namen von Manolyas Eltern.

Sie behielt den Namen des geistigen Führers in Erinnerung – Nabor, Prophet des Lichts. Diesen Namen bekam der Inhaber erst, wenn er diese wichtige Stellung innerhalb des Volkes von seinem Vorgänger übernahm.

Ebenso war es bei dem Anführer. Er trug den Namen Aaran, Berg der Stärke, so wie das Volk auch den Berg selbst nannte, in dessen Schutz und Sicherheit sie meistens lebten.

Aaran war kein allmächtiger Anführer, aber er war derjenige, der entschied, wenn Umbrüche oder Gefahren bevorstanden oder der Versammlungen einberief.

Die jüngste Schwester von Manolya hieß Leilani. Zu ihr empfand Elodie eine spontane, direkte Verbindung. Vielleicht, weil sie kaum älter war als sie selbst, also viele Jahre jünger als Manolya.

Leilani war noch nicht verheiratet, so eilig hatte das Volk der Sub Divo das nicht mit dieser Verbindung. Außerdem war sie Ululas Schülerin, also eine wichtige Person bei ihrem Volk. Diese Ausbildung musste zuerst abgeschlossen werden und damit war ebenfalls klar, dass sie nicht fortgehen konnte, wie es eine weitere Schwester getan hatte, die mit ihrem Ehemann bei einem anderen Volk lebte.

Also wird auch hier dein Leben fremdbestimmt, dachte Elodie etwas griesgrämig. *Leilani kann nicht mehr tun, was sie will. Sie ist die nächste Hüterin der Legenden.*

Außerdem hatte Elodie die beiden Brüder von Manolya kennengelernt.

„Elodie, wir heißen dich im Kreis der Sub Divo herzlich willkommen", verkündete Aaran jetzt mit hoheitsvoller Stimme. „Wir können dir helfen, deinen Haymo zu finden. Wir wissen, dass ein junger Mann aus der anderen Welt in diesem Land lebt, der nicht zu den Kämpfern von Cedar und der Hexe gehört. Einer unseres Volkes hat ihn einst auf einem Markt in der Stadt Kivita gesehen und konnte ihn vor Reitern aus deiner Welt retten, die ihn für ihr vernichtendes Werk gewinnen wollten. Danach hat er sich Prinzeps Yarrows Bewegung angeschlossen. Er hat wohl erkannt, wie furchtbar in diesem Land gewütet wird. Keiner weiß, wo das Lager der Ritter in den Wäldern ist, doch die Männer tauchen hin und wieder auf den Märkten der Städte auf.

Wir haben auch schon die Hexe bei ihrer Ankunft beobachtet. Wir kommen weit herum, Elodie. Und niemand nimmt Anstoß daran, weil wir zu keiner Stadt und zu keiner Gemeinde gehören. Wir sind ein Volk am Rande der Gesellschaft und das ist gut so. Es gibt uns eine unglaubliche Freiheit, was die Menschen innerhalb der Städte und Dörfer wohl gar nicht verstehen können."

Elodie nickte, obwohl auch sie es nicht vollständig verstand. In Berghöhlen zu leben und ignoriert zu werden, war doch keine Freiheit.

Aber das war egal. Das war ihre Art zu leben und sie wollte nicht darüber urteilen. Sie hörte nur: *Wir können dir helfen, deinen Haymo zu finden.*

Nach dieser offiziellen Begrüßung nahm die alte Ulula Elodie beiseite, weil sie gerne mit ihr über Sabeth sprechen wollte. Sie hatte die Freundin, die einst bei ihrem Volk gelebt hatte, lange nicht gesehen und hatte sich danach gesehnt, sie noch einmal zu sehen, bevor sie selbst sterben würde. Nun war das nicht mehr möglich. Nur Elodie konnte ihr von den letzten Wochen in Sabeths Leben berichten. Aber da war noch etwas anderes, Was Ulula herausfinden wollte.

„Sie hat dich also gelehrt, das magische Tor zu überwinden", sinnierte die Alte, nachdem Elodie ihre ausführliche Erzählung beendet hatte. Sie berichtete ausführlicher als vorhin im Kreis, wie sie die Höhle entdeckt und darin das Bild der Kämpfenden gesehen hatte, wie sie Haymo unter den Männern erkannt hatte, wie sie geglaubt hatte, in der Höhlenwand sei eine Scheibe und wie genau in dem Moment die alte Sabeth zu ihr getreten war und sie mit ihren schwachen Armen umfangen hielt. Sie erzählte von ihren Treffen mit Sabeth und wie die Alte sie gelehrt hatte, in Trance zu versinken.

Ulula hörte aufmerksam zu, als würde sie diese letzten Wochen in Sabeths Leben selbst miterleben und die alte Freundin auf diese Art wieder sehen.

„Sabeth hat dich erwartet", sagte sie schließlich, als Elodie geendet hatte. „Sie musste dich sprechen. Sie hat schon vorher zumindest geahnt, dass du das Tor sehen konntest so wie du es auch wieder schließen kannst."

„Wieso glaubt das nur jeder? Nur, weil ich lilafarbene Haare habe?"

Elodies Ton war ungehalten. Sie wollte das einfach nicht mehr hören.

„Was hat Sabeth dir erzählt über Vinginevio? Dass sie einst das Tor entdeckt hat und hergekommen ist?"

„Ja. Und von dir. Und dass auch du das Tor sehen kannst."

„Oh ja, ich habe die andere Welt in dem alten Baum gesehen."

„Aber du hast das Tor niemals benutzt?"

Die Alte schüttelte den Kopf. „Nein. Was konnte mich dort erwarten, das es nicht hier auch gibt? Sabeth war neugieriger. Vielleicht sind die Menschen in deiner Welt so."

Elodie nickte. Ja, wahrscheinlich war das so.

Ulula sah sie aufmerksam an und wartete, bis sie wieder bereit war, weiter zuzuhören. „Hat Sabeth von ihrem Vater erzählt, der gütig und gerecht war? Und von ihrem Bruder, der aus unerfindlichen Gründen grausam und ausbeuterisch war? Der nur auf Reichtum aus war?"

„Ja."

„Von einer jungen Frau, die sie nach vielen Jahren gelehrt hat, das Tor zu durchschreiten?"

„Ja, das war Thyra. Sabeth hatte gedacht, dass sie das Tor schließen kann."

„Das war jedoch nicht Thyras Interesse."

„Das weiß ich alles."

„Und du bist Priesterin in Thyras Kloster?"

„Ja."

Allmählich wurde es Elodie zuviel. Sie wollte ruhig und geduldig bleiben aus Respekt vor der Alten, die ja freundlich zu ihr war, aber sie hatte keine Lust mehr auf dieses Frage-Antwort Spiel.

„Und? Sonst noch etwas?"

„Nein."

„Was weißt du über dich?"

Was sollte das denn nun wieder? Elodie musste sich zusammenreißen, nicht patzig zu werden.

„Meine Eltern heißen Xenja und Ratmar und wohnen in dem Dorf Kimlima. Mein Vater ist Baumeister dort. Und sie machen sich vermutlich wahnsinnig große Sorgen, weil ich einfach verschwunden bin."

Die Alte nickte. Also hatte Sabeth ihr nicht die ganze Wahrheit gesagt. Vermutlich hatte sie geglaubt, es war sonst zuviel auf einmal. Vermutlich wollte sie dem Mädchen später alles Weitere erzählen, aber das Schicksal hatte das verhindert.

„Sabeth hat dir nicht alles erzählt. Es gibt noch mehr.“

„Mehr? Ewas, das du weißt?“

„Oh ja, Sabeth kam noch einige Male zu uns. Aber sie ist jetzt seit vielen Jahren nicht hier gewesen. Erst wenn du alt genug warst und sie mit letzter Sicherheit wusste, dass du das Tor sehen konntest, wollte sie wieder herkommen.“

Jetzt konnte Elodie sich doch nicht mehr zusammenreißen. „So ein Unsinn!“, begehrte sie auf. „Sabeth hat mich doch gar nicht gekannt.“

„Sabeth wusste, wer du bist und welche Rolle dir in diesem Kampf der Welten zukommt. Sie wusste es seit deiner Geburt.“ Die Alte griff feierlich nach Elodies Händen und blickte ihr tief in die Augen. Sie hatte gute Augen, die sanft und gerecht waren und die Weisheit des Alters widerspiegelten. „Diese beiden Menschen in Kimlima waren dir sicher immer gute Eltern.“

„Ja, das waren sie“, erwiderte Elodie leise. Was würde jetzt kommen? Ihr Herz begann wild zu klopfen, sie wurde richtig nervös.

„Doch geboren hat die Frau namens Xenja dich nicht. Geboren hat dich Thyra.“

Die Welt blieb stehen. Selbst der Wind wehte nicht mehr. Geräusche, die sie eben noch vernommen hatte – leise Unterhaltungen, Laufen über Steine, Zwitschern von Vögeln – waren verstummt. Oder schien es ihr nur so? Sie schüttelte sich.

„Was?“, fragte Elodie ungläubig.

„Thyra ist deine leibliche Mutter, Elodie.“

„Das geht nicht. Thyra war zu dem Zeitpunkt schon eine Priesterin.“

„Ja, deshalb ging sie fort, bekam ihr Kind und gab es in die Hände der Menschen, die dich großgezogen haben. Thyra blieb in dem Kloster, weil es nahe der Höhle war. Sie wollte nicht in Vinginevio bleiben – noch nicht, weil sie nicht im Krieg leben wollte und weil sie in der Nähe ihrer Tochter sein wollte, die im Alter von siebzehn Jahren zu ihr kommen würde. Das war schon bei deiner Geburt abgemacht. Mit dir zusammen wollte sie über dieses Land herrschen."

Elodie saß sprachlos da. Das hatte Sabeth ihr verschwiegen? Warum? Wollte sie ihr das später erzählen, wenn sie hier in Vinginevio waren? Sie hatte ja nicht ahnen können, dass sie getötet wurde. Von Thyra, ihrer Nichte.

„Das weißt du alles von Sabeth?"

„Ja, sie hat es mir anvertraut, als sie bei uns lebte."

„Dann ist ja Sabeth meine Tante."

„Deine Urgroßtante, ja. Sie war ein guter Mensch. Sie hat bei uns die Verehrung der Naturgeister gelernt und wollte dieses Wissen in ihre Welt bringen."

„Das hat sie getan", sagte Elodie. „Aber sie hat nicht mehr im Kloster gelebt, sondern allein in einer Hütte in den Bergen."

„Man kann die Geister überall verehren", sagte Ulula. „Sabeth hat ihre Aufgabe erfüllt. Es ist gut, dass sie in unserer Erde begraben wurde. Das hätte sie sich gewünscht."

Elodie war noch immer völlig durcheinander.

„Wer ist mein Vater?", fragte sie.

Ulula zögerte einen Augenblick, als wisse sie nicht, ob sie auch diese Information preisgeben sollte.

„Fürst Cedar", erwiderte sie dann leise.

Elodie schrie auf und sprang hoch.

Auch hinter sich hörte sie einen leisen Aufschrei und als sie sich umwandte, sah sie dort Leilani stehen.

„Hast du alles mitbekommen?", fragte Elodie.

Leilani nickte. „Ich bin Ululas Schülerin, ich muss die Geschichten kennen."

Nur, dass dies keine Geschichte ist, sondern mein Leben, dachte Elodie.

„Fürst Cedar? Derjenige, der das Land unterdrückt?", fragte sie und setzte sich langsam wieder hin.

Die Alte nickte. „Ja, aber das heißt nicht, dass du so ein Mensch bist. Das heißt nur, dass das Blut von edlen Familien aus beiden Welten in dir fließt. Deshalb hast du vielleicht wirklich die Macht, das alles - den Krieg, das Ringen um Macht und Reichtum - zu beenden und das Tor wieder zu verschließen. Die Magie dazu ist ein Blutsiegel aus dem Blut eines Wesens beider Welten."

„Nein! Das kann ich nicht. Wie sollte ich? Ich bin nur hier, um Haymo zu holen. Nur das. Ich weiß nicht einmal, ob ich stark genug bin, das Tor selbst wieder zu durchschreiten und Haymo hindurchzuschicken. Sabeth hat mir dabei geholfen."

Ulula lächelte. „Das wirst du auch tun. Und dann entscheide weiter. Alles wird zur richtigen Zeit zu dir kommen."

Nach diesen Worten erhob sich Ulula etwas schwerfällig. „Ich bin alt, ich muss mich etwas ausruhen. Es tut mir leid, wenn ich dir Leid zugefügt habe, aber du musstest das alles wissen."

Elodie nickte. Ja, wahrscheinlich. Aber sie wollte es nicht. Sie wollte weiter Xenja und Ratmar als ihre Eltern ansehen.

Leilani kam zu ihr und ließ sich neben ihr nieder. Sie griff nach Elodies Hand und hielt sie schweigend in ihrer. Es tat gut, es wirkte beruhigend.

Kapitel 13
Verrat

Elodie schlief wider Erwarten gut in der Höhlenkammer, in der sie, Manolya und Avem untergebracht waren. Und das, obwohl die Gedanken ständig um alles kreisten, was Ulula ihr erzählt hatte. Manolya hatte ihr am Abend noch einen Kräutertrank gebracht, vermutlich wirkte der beruhigend.

Am nächsten Tag wurde alles für den Aufbruch vorbereitet.

Manolya und Elodie erhielten Kleidung in den hellen Farben der Sub Divo, damit sie nicht schon von weitem in den Bergen zu sehen waren. Auch im Wald würde ihnen diese Farbe nützen. Sie würden zwischen Baumstämmen und Gestrüpp beinahe unsichtbar sein.

Ihre eigene Kleidung konnten sie hier in den Höhlen zurücklassen und wieder abholen, wenn sie ihre Aufgabe erledigt hatten.

So standen sie wieder alle in einem großen Kreis beisammen. Avem stand zwischen seiner Mutter und Großmutter, auch er war in den hellen Naturfarben gekleidet.

Nabor, der geistige Führer, stimmte wieder einen Gesang an, in den das ganze Volk einstimmte. Es war ein fröhlicher Gesang, anders als gestern, als sie von Sabeth Abschied genommen hatten. Elodie verstand die Worte nicht, aber die Melodie machte ihr Mut und Hoffnung.

„Das Lied kündet von einem Weg, den man gehen muss. Ein Aufbruch in etwas Neues, Unbekanntes. Wir Sub Divo sehen darin immer etwas Positives. Wenn der Weg uns nicht weiterbringt, ist er auf jeden Fall eine Erfahrung gewesen. Und man kann ja immer an den Ursprung zurückkehren. Niemals ist ein Sub Divo verloren. So wie ich. Auch ich hatte für eine Weile einen anderen Weg gewählt. Aber es ist niemals ein Problem, wieder zurückzukommen", erzählte Manolya.

„Was ist das für eine Sprache?", fragte Elodie.

„Es ist die uralte Sprache unseres Volkes. Sie wird heute nur noch in rituellen Liedern benutzt. So wie jetzt bei dem Aufbruch. Die guten Wünsche des ganzen Volkes werden uns begleiten."

Nabor kam direkt zu Elodie und hängte ihr einen Stein an einem Band um den Hals. Es war ein wunderschöner Stein, der in allen möglichen Farbschattierungen schimmerte. „Dieser Stein kommt nur sehr tief im Berg vor. Nicht einmal die Ausbeuter aus der anderen Welt kennen ihn, nur wir. Du sollst einen bekommen. Er soll dich beschützen und dir die Kraft verleihen, die du für deinen Weg brauchst", sagte Nabor. Dann legte er ihr die Hand auf den Kopf und sprach weiter: „Geh auf deinem Weg immer mutig voran, selbstbewusst und standhaft. Glaube an dich und dein Ziel. Und wenn du es gefunden hast, sei dankbar. Und wenn du es nicht findest, hadere nicht, dann ist es dir nicht bestimmt. Kehre zu deinen Wurzeln zurück und setze dein Leben fort."

Elodie schluckte schwer. *Und wenn du es nicht findest...* Oh, sie hoffte so sehr, dass der Fall nicht eintreten würde.

Danach legte Nabor Manolya die Hand auf den Kopf. „Begleite dieses Mädchen auf ihrem Weg. Steh ihr immer mutig zur Seite, selbstbewusst und standhaft. Glaube an dich und euer gemeinsames Ziel. Und wenn du es gefunden hast, sei dankbar. Und wenn du es nicht findest, hadere nicht, dann ist es dir nicht bestimmt. Kehre zu deinen Wurzeln zurück und setze dein Leben fort."

„Es ist ein alter Segen der Sub Divo. Du merkst, er wird individuell etwas gewandelt", flüsterte Manolya Elodie zu, als der Weise sich von ihr abwandte.

Elodie sah verwundert, dass er jetzt Leilani die Hand auf den Kopf legte.

„Wird sie uns denn auch begleiten?", fragte sie Manolya.

„Oh ja. Leilani ist ganz wild darauf. Für sie ist es ein großes Abenteuer. Zwar ist sie es gewohnt, mit der Gruppe auf Wanderschaft zu gehen, aber das ist doch etwas anderes."

Auch ein Mann namens Koray würde sie begleiten. Er war etwa so alt wie Manolya, hatte Haare von der Farbe von Kornblumen, war groß und muskulös. Obwohl – das waren sie eigentlich alle, vermutlich entwickelte man automatisch gute Muskeln, wenn man ein solches Leben führte.

„Warum geht er mit?", fragte Elodie.

„Aaran ist der Meinung, dass wir männlichen Schutz brauchen. Es ist unüblich, dass Frauen allein unterwegs sind. Wilde Tiere könnten sie angreifen oder feindliche Krieger, obwohl die Sub Divo gar nicht aktiv an den Kämpfen beteiligt sind. Sie führen ihr zurückgezogenes Leben unbehelligt, wie seit Jahrhunderten. Außerdem ist es Frauen nicht erlaubt, zu jagen. Nun ja, ich hoffe nicht, dass es nötig sein wird, sondern dass wir mit unserem eingepackten Proviant auskommen, außerdem können wir später im Wald wilde Beeren sammeln. In sieben Tagen will ich wieder bei Avem sein."

Elodie nickte. Sie hoffte, dass die Worte keine Art Ultimatum bedeuteten - entweder wir schaffen es bis dahin oder du musst sehen, wie du allein klarkommst - sondern dass aus den Worten Optimismus sprach, dass Haymo innerhalb kürzester Zeit gefunden wurde.

Haymo und seine Kampfgefährten lagen noch immer in ihrem Waldlager und warteten auf die Rückkehr von Milan. Lange wollte er nicht fortbleiben, zwei oder drei Tage hatte er gesagt. Also müsste er heute zurückkommen.

Doch zuerst erlebten sie eine Überraschung.

Ganz langsam und schleppend kam eine Gestalt in das Lager und die entpuppte sich als Ren.

„Ren, wo kommst du denn her?"

„Wo warst du so lange?"

„Was ist mit dir passiert?", fragten sie alle durcheinander.

Ein blaues Auge zeugte davon, dass er geschlagen wurde. Oder konnte es ein Unfall gewesen sein?

„Ich wurde überfallen und eingesperrt. Sie wollten wissen, wo unser Lager ist", berichtete er. „Aber ich habe es geschafft, zu entkommen. Oh mein Gott, ich habe es wirklich geschafft."

Er taumelte genau auf Haymo zu, stolperte. Haymo fing ihn auf.

Im nächsten Moment spürte er einen stechenden Schmerz.

„Au", schrie er.

„Was ist?", fragte Raban.

„Ich glaube, mich hat etwas gestochen."

„Oh ja, das hat es." Ren stand auf einmal aufrecht da und lachte. Nichts von seiner Abgeschlagenheit war noch zu spüren. Demonstrativ hielt er einen überlangen Dorn hoch.

„Was ist das?", fragte Haymo.

„Das ist ein Medizindorn", hörte er plötzlich eine bekannte Stimme. Aus dem Dickicht des Waldes trat Thyra ins Lager.

Die Männer blickten sich verwirrt an. Wo kam die Frau her?

Nur ganz allmählich bahnte sich das Verstehen in ihre Köpfe.

„Ren, du hast Thyra hergeführt?", fragte Haymo verständnislos.

„Das habe ich. Dachtet ihr, ich will ewig so leben?" Er machte eine ausholende Geste, die das primitive Lager umschloss. Seine Stimme triefte vor Abscheu und Geringschätzung.

Die Männer verstanden allmählich, wer die Frau war. Die Hexe! Die meisten von ihnen hatten bisher nur von ihr gehört, aber ihr niemals von Angesicht zu Angesicht gegenüber gestanden.

„Und du glaubst, du wirst es jetzt besser haben? Wie kannst du so jemandem vertrauen! Sie haben dich ja sogar geschlagen", rief Raban aus.

„Das?", Ren fuhr mit dem Ärmel über sein Gesicht, verwischte die Schminke, die sein blaues Auge darstellte und grinste gemein.

„Was habt ihr mir gegeben?", fragte Haymo endlich, der sich daran erinnerte, dass Thyra von einem Medizindorn gesprochen hatte.

„Keine Medizin", sagte Thyra bissig. „Ich wollte, dass du weißt, dass ich es war, die dich hierher nach Vinginevio gebracht hat."

„Das weiß ich doch!", entgegnete Haymo.

„Und dass ich es bin, die dich noch einmal in eine andere Welt befördert. Nämlich in die Welt des jenseitigen Lebens. Die dich vom Leben zum Tod befördert."

Haymo starrte sie ungläubig an. Was war sie nur für eine Frau? War sie verrückt? War sie größenwahnsinnig? Warum wollte sie ihn töten?

„Das ist das Gift der gelben Bergspinne. Es tötet sehr langsam. Du sollst ja etwas davon haben. Und falls du dich fragst, warum ich das tue, dann lass dir sagen: Ich will einfach nicht, dass du mir noch öfter in die Quere kommst. Erst in Kimlima bei Elodie, und dann, als ich dachte, dich aus dem Weg geschafft zu haben, nocheinmal, wenn auch völlig unbewusst. Aber aus irgendeinem Grund ist Elodie dir hierher gefolgt. Und dann fängst du auch noch an, dich in die Angelegenheiten des Landes einzumischen. Du schmiedest bessere Waffen für diese Rebellen und denkst, du kannst ihnen so helfen, zu siegen. Aber damit ist jetzt Schluss. Jetzt werdet ihr alle sterben. Nur du darfst weiterleben. Ein paar Tage noch und in dieser Zeit wirst du laaangsam sterben. Einsam und in dem Wissen, dass Elodie hier ist und dich niemals wieder sehen wird, niemals etwas über dein Schicksal erfahren wird."

Thyra lachte laut und gemein. Weidete sich an ihrem perfiden Plan und an Haymos Leid.

Ren hörte dem Ganzen zu und erkannte erst jetzt, dass es Thyra um nichts anderes als eine gemeine, persönliche Rache ging. Hatte er dafür Haymo getötet? Einen Kampfgefährten? Ja, er wollte in das andere Lager wechseln, aber als Krieger, nicht als gemeiner Mörder. Er hatte sich bereit erklärt, Haymo mit dem Dorn zu stechen, weil Thyra ihm berichtet hatte, dass gerade der durch seine Waffenschmiederei zum Vorteil der Rebellen beitrug, dass ihn das Gift nur schwächen würde, damit sie ihn zurück in seine Welt transferieren konnte. Denn gegen seinen Widerstand sei dies sehr viel schwieriger zu vollbringen.

Es war Ren schwerer gefallen, diese Tat zu vollbringen, als das Lager zu verraten, aber er hatte es dennoch getan, um Thyra und Cedar seine Treue zu beweisen. Und nun erfuhr er, dass er missbraucht wurde für eine persönliche Rache der Hexe. Aber das war jetzt auch gleichgültig. Nichts Getanes konnte rückgängig gemacht werden.

Haymo spürte nichts von dem Gift. Hatte er es wirklich im Körper?

Plötzlich sprangen aus dem Dickicht Männer hervor, Schwerter sowie Pfeile und Bögen im Anschlag. Kämpfer des Prinzeps Cedar. Auch Haymo und seine Gefährten griffen nach ihren Waffen.

Die Gegner preschten vor und griffen an. Haymo und seine Freunde wehrten sich nach Kräften. Doch sie würden sich nicht lange halten können, das war klar. Nachdem Ren zu den Feinden übergelaufen war, waren sie nur noch zu viert. Milan und Ivo waren ja noch nicht zurückgekehrt.

„Lasst Haymo leben!", kreischte Thyra, die Hexe. „Lasst den Jungen mit den braunen Haaren leben! Er darf nicht im Kampf fallen!"

In dem Augenblick kamen von hinten weitere Männer auf sie zu. Haymo erschrak einen Augenblick. Panik um seine Freunde durchflutete ihn. Doch schon im nächsten Moment erkannte er, dass es Ritter Milan, ihr Gefährte Ivo sowie Ritter Silva mit seinen Männern waren, die ihnen zu Hilfe kamen.

„Neiiiin!", schrie Thyra. „Neiiin!" Sie erkannte, dass sie verlieren würden. Wieso kamen diese Männer ausgerechnet in diesem Augenblick? Aber Haymo würde dennoch sterben. Für ihn gab es keine Rettung. Zuerst würde seine Kraft schwinden, er würde immer schwächer werden, würde nichts mehr essen können, würde kurzatmig werden und dann würde er sterben. Und so lange würde er an sie denken und sich an Gedanken an Elodie verzehren, die hier war, die er aber dennoch niemals wieder sehen würde.

Ihre Rache war geglückt. Nun würde sie fürs erste in ihre Welt zurückkehren und das Kloster noch eine Weile weiter führen. Das Problem Elodie konnte sie getrost Cedar überlassen. Lange plante sie sowieso nicht fortzubleiben. Aber sie würde sich der Rache von Haymos Freunden fürs erste entziehen.

3. Teil

Kapitel 14
Unterwegs im Gebirge

Koray ging mit großen Schritten voran und führte die drei Frauen über die Berge. Sie alle trugen ihre Beutel wie Rucksäcke auf den Rücken, die verschiedene Lebensmittel enthielten. Wasser, so hieß es, würden sie auf dem Weg finden. Die Quelle des Berges Aaran würde für sie sorgen. Wasser war viel zu schwer, um es mit sich zu tragen.

Canis, der die Gruppe natürlich auch begleitete, hielt sich immer an der Seite seines Frauchens. Seine Ohren waren aufmerksam gespitzt und er schien ständig die Umgebung zu beobachten.

Wir haben zwei Aufpasser, dachte Elodie. *Koray und Canis.*

Der Weg wurde immer steiler. Leilani kletterte leichtfüßig über die Felsen, als wäre sie eine Gämse. Auch Manolya schien es nicht allzu schwer zu fallen, nur hin und wieder stützte sie sich mit der Hand ab.

Sie ist es wohl nicht mehr gewohnt durch die Berge zu streifen wie Koray und Leilani, aber man merkt, dass sie geübt darin ist, über Felsen zu klettern, registrierte Elodie für sich. Für sie selbst war es nicht so leicht.

Der einzige Weg, den sie früher über Felsen gegangen war, war vom Kloster bis zur Höhle und den war sie auch nur ein paar Mal geklettert.

„Koray!", rief Manolya. „Geh nicht so schnell. Elodie ist nicht an solche Kletterpartien gewöhnt."

Koray blieb sofort stehen und drehte sich um.

Elodie beobachtete ihn genau. Sie erwartete, ein Augenrollen zu sehen, einen kleinen Seufzer zu vernehmen. Aber nichts dergleichen geschah. Er blickte sich suchend um und sagte dann: „Nur noch ein paar Meter, dort drüben ist eine Einbuchtung. Dort können wir uns hinsetzen und eine Pause machen."

„Ihr seid nicht sauer?", fragte Elodie Manolya.

186

Die Heilerin blickte sie erstaunt an. „Nein, natürlich nicht. Du bist nicht an das Klettern über Felsen gewöhnt, es ist natürlich, dass der Weg dich mehr anstrengt als uns. Wären die Menschen in deiner Welt sauer darüber, wenn sie warten müssten?"

Elodie hob die Schultern. „Viele schon, ja."

„Für die Sub Divo ist das völlig normal. Sie nehmen Rücksicht aufeinander. Auch die Menschen innerhalb der Gruppe sind nicht alle gleich stark. Alte und Schwächere sind darunter, auch auf sie muss man warten."

„Wohnt ihr denn nicht immer in den Höhlen?"

„Die Höhlen sind unser Zuhause, aber hin und wieder gehen wir auf Wanderschaft. Nicht unbedingt alle gleichzeitig, manchmal fünf Personen, manchmal zehn oder sogar zwanzig. Wir lernen gerne unser Land kennen und wir sind gerne informiert über alles, was im Land vorgeht. Doch bei uns muss niemand Angst haben, dass er unterwegs eine Last wird. Wer für sich glaubt, es ist an der Zeit, eine Reise zu unternehmen, kann mitgehen."

„Das klingt sehr schön", meinte Elodie.

Manolya nickte. „Komm, lass uns das kurze Stück noch gehen. Leilani ist wahrscheinlich schon dort."

Es war wirklich nicht mehr weit und sie standen an einem Platz, an dem der Berg eine richtige Kuhle bildete. Als würden sie ein paar Stufen hinuntergehen, um zu einem Rastplatz zu gelangen, stiegen sie die Felsen hinunter. Elodie war froh, als sie sich setzen konnte. Leilani hatte bereits ihren Rucksack ausgepackt und getrocknetes Fleisch und Früchte auf einen Stein gelegt.

„Wo ist Koray?", fragte Elodie.

„Wasser holen", erklärte Leilani.

Sie müssen sich hier gut auskennen, dachte Elodie. *Sonst könnte man sich doch niemals darauf verlassen, immer und überall Wasser zu finden.*

Aber in dem Moment kam er schon zurück mit einem gefüllten Schlauch. Sie würden ihn austrinken und für die Weiterreise nicht wieder füllen.

Thyra war der Weg durch das Tor dieses Mal sehr schwer gefallen. Es schien ihr so falsch zu sein. Sie gehörte nicht mehr in diese Welt. Sie wäre lieber in Vinginevio geblieben und das würde bald auch möglich sein. Sie hatte genug Geld und war sie nicht die Hexe, die die Menschen dort ängstigte? Sie konnte abseits der Kämpfe leben so wie Cedar. Niemand würde ihr zu nahe kommen und sie persönlich bekämpfen.

Aber jetzt hatte sie ersteinmal zurückgemusst. Sie wollte sich um das Kloster kümmern, auch das war schließlich ihr Werk. Sie hatte zweimal getötet, darüber sollte jetzt erstmal etwas Gras wachsen, bevor sich doch noch jemand rächte. Ach, es war ein so furchtbares Durcheinander entstanden.

Sabeth war tot. Aber sie lag auch nicht mehr im Wald nahe dem Weltentor. Thyra hoffte, dass die wilden Tiere sie gefunden hatten und nichts mehr von ihr übrig war. Sie fürchtete durchaus, mit dem Mord an der Alten in Verbindung gebracht zu werden. Sie hatte keine Ahnung, wie viel Elodie damals in ihrer Trance mitbekommen hatte.

Haymo würde allmählich dahinsiechen, so, wie sie es vorgesehen hatte. Aber er konnte noch immer erzählen, wer ihm das angetan hatte. Ebenso Ren und Haymos Kampfgenossen. Die hätten eigentlich tot sein sollen – gemeuchelt von Cedars Kämpfern, aber diese beiden Ritter Milan und Silva waren ihnen buchstäblich in letzter Sekunde zu Hilfe gekommen. Und nun wussten sie alle von ihrem heimtückischen Anschlag auf Haymo. Ach, und Ren hätte sie auch töten sollen. Er war nützlich gewesen, aber ein widerlicher Verräter, dem man nicht trauen konnte.

Und dann war da noch immer Elodie. Die ausgesandten Krieger hatten sie nicht gefunden und Thyra wusste wirklich nicht, wo sie nach ihr suchen sollten.

Cedar würde jetzt andere Seiten aufziehen. Er würde Elodie sicher finden und zu sich holen. Er würde ihr klarmachen, wo ihr Platz war. Thyra wäre gerne dort, um alles mitzuerleben, aber sie wusste auch, dass sie solche Kämpfe getrost Cedar überlassen konnte.

Cedar fluchte, als er hörte, dass seine kleine Kämpfergruppe unterlegen gewesen war. Wie hatte das passieren können!?

Zwei Krieger waren tot, die anderen sechs hatten den Rückzug antreten müssen.

Ren stand vor ihm und bekam seine geballte Wut ab. „Wie konnte das geschehen? Sag es! Ich hatte dich mit sieben weiteren Männern ausgeschickt und ihr habt verloren? Gegen vier von diesen armseligen Rebellen, die noch dazu von euch überrascht wurden?"

„Es tut mir leid, Herr, ich konnte nicht wissen, dass Milan zurückkehrt."

„Nicht?", donnerte Cedar. „Oder hast du das absichtlich verschwiegen? Bist du nicht ganz und gar auf meiner Seite?"

„Doch, oh doch, Herr, das bin ich. Habe ich das nicht bewiesen, indem ich Haymo den Dorn in den Arm gestoßen habe", stammelte Ren und fiel auf die Knie.

„Du hättest mir sagen müssen, dass die Möglichkeit bestand, dass Milan zurückkehrte."

„Ich hätte nie damit gerechnet, dass Milan gemeinsam mit Silva und weiteren Männern zurückkehrt."

„So ist es aber geschehen!", bölke Cedar. „Und warum? Warum haben sie sich zusammengetan? Die rebellischen Ritter von

Yarrow? Doch nur, weil sie uns geballt bekämpfen wollen. Was haben sie vor?"

„Ich weiß es nicht, Herr. Ich weiß es wirklich nicht."

Cedar streifte mit großen Schritten durch den Raum, sein Umhang bauschte sich auf und wallte hinter ihm her. Schließlich schlug er ihn zur Seite und setzte sich auf einen mächtigen, reich verzierten Stuhl.

„Ich werde dir weitere Männer mitgeben und ihr sucht zusammen Ritter Ursus im Gebirge auf. Dann wirst du und ein paar der Männer nach dem Mädchen Elodie suchen, herausfinden, wo sie ist, sie jagen, gefangen nehmen und zu mir bringen, lebendig. Bring sie von mir aus gefesselt wie ein Paket, aber bring sie lebend. Die anderen stehen unter Ursus' Befehl und vernichten endlich diese Rebellen. Hast du das verstanden?"

Ren war nicht erfreut über diesen Plan. „Ich bin ein Kämpfer, Herr, kein Jäger von kleinen Mädchen", murrte er. „Ich kann dir sicher im Kampf nützlicher sein."

„Und ich bin dein Herr und Befehlshaber. Und wenn ich dir einen solchen Befehl gebe, wird der widerspruchslos befolgt. Hast du das Mädchen einmal gesehen, Ren? Sie hat lila Haare, sie ist ein Kind beider Welten."

Er ließ nicht durchblicken, dass er selbst das Mädchen, seine Tochter, noch niemals gesehen hatte, sondern sich nur auf Thyras Erzählungen stützte.

Die Aussage verfehlte jedenfalls nicht seine Wirkung. Ren bekam große Augen. „Du meinst, Herr, sie könnte diejenige sein, die…"

„Genau. Und jetzt geh und tu, was ich dir befohlen habe."

Ren verneigte sich als Zeichen, dass er verstanden hatte und gehorchen würde.

Cedar sah ihm nach. Ja, er würde das Mädchen jagen. Ren würde sich seine Gunst erkaufen wollen. Und dass sie das Wesen sein könnte, das ihre Welten wieder trennte, das den Frieden wieder herstellen würde, das möglicherweise die Machtverhältnisse im Land wieder vollkommen verändern würde, war genug Anreiz.

Das konnte auch dieser jämmerliche Wurm nach seinem Verrat nicht brauchen. Dass noch viel mehr dahinter steckte, brauchte der nicht zu wissen.

Es war bereits der dritte Tag, den sie durch das Gebirge wanderten.

„Wie lange dauert es noch, bis wir wieder flaches Land erreichen?", fragte Elodie in einem etwas leidenden Tonfall. Sie war dieses Wandern durch die Berge gründlich leid, obendrein schlich sich der böse Gedanke ein, dass die Gruppe es gar nicht so gut mit ihr meinte, sondern sie in die Irre führte.

„Es ist ein weiter Weg", erwiderte Leilani. „Aber heute werden wir das Gebirge hinter uns lassen und ein Waldstück vor uns haben. Dann wird der Weg leichter."

„Es hätte sicher von Anfang an einen leichteren Weg gegeben", maulte Elodie.

„Natürlich. Der Weg durchs Gebirge ist beschwerlicher und dauert dadurch etwas länger, aber er ist für uns auch sicherer. Wir Sub Divo kennen uns hier ausgezeichnet aus, wir können uns überall schützen. Die Kämpfer von Cedar halten sich hier nicht auf. Und was macht schon ein Tag."

Elodie wäre fast geplatzt. Seit sie in Vinginevio war, erlebte sie Gefühle, die sie zuvor nicht gekannt hatte. Sie war immer ein Mädchen gewesen, das sich gefügt hatte. In die Beschlüsse der Eltern, die Anweisungen von Thyra, die Lehre von Sabeth. Doch halt, das stimmte auch nicht so ganz. Zum ersten Mal hatte sie aufbegehrt, nachdem sie Haymo kennen gelernt hatte. Sie wollte nicht mehr ins Kloster gehen. Sie hatte sich auch aufgelehnt, als Thyra ihr ihre einsamen Wanderungen verbieten wollte. Da schien doch mehr in ihr zu stecken, als sie selbst früher gewusst hatte, etwas, das so tief in ihr geschlummert hatte und erst vor kurzer Zeit zum Vorschein gekommen war. Sie schrie förmlich nach dem Recht, ihre eigene Entscheidung zu treffen.

Hier in Vinginevio war nur alles noch viel deutlicher. Es brodelte nicht länger unter der Oberfläche, es platzte aus ihr heraus. „Ein Tag? Ein Tag macht viel aus! Ich halte es kaum noch aus, die Suche, die Gefahr, von der ihr alle redet, die Ungewissheit, was mit Haymo geschehen ist, den schweren Weg. Ich kann nicht mehr. Kann - nicht - mehr!" Sie betonte die letzten Worte besonders.

Leilani nahm sie in den Arm. „Alles wird gut, Elodie", sagte sie nur. Elodie wehrte sich anfangs gegen die Umarmung. Es war kein Trost, eher hatte sie das Gefühl, ihre Bewegungsfreiheit würde eingeengt, was sie noch mehr beunruhigte. Ihr ganzer Körper kribbelte. Doch Leilani ließ sich davon nicht beeindrucken. Sie hielt die neue Freundin fest. Elodies Körper erschlaffte allmählich. Eine große Ruhe schien von Leilani auszuströmen und schließlich sogar auf Elodie überzugehen. Das Mädchen entspannte immer mehr. Ihr Herz öffnete sich und ein Lichtstrahl fiel hinein und breitete sich in ihrem Körper aus.

Leilani fühlte es. Sie löste sich von Elodie, ohne sie jedoch vollkommen loszulassen. „Ist es besser?", fragte sie.

Elodie nickte. „Ja. Was hast du getan?"

Leilani lächelte, sagte aber nichts. *Was hat dieses Volk für Fähigkeiten*, dachte Elodie bewundernd. Sie fühlte sich tatsächlich ruhiger. Leilani hatte recht, was machte schon ein Tag.

Koray und Manolya hatten der kleinen Szene schweigend zugesehen. Sie kannten diese Art der Hilfe und der Heilung. Eigene Kraft und Ruhe abzugeben an jemanden, der sie zurzeit bei sich selbst nicht finden konnte, war für die Sub Divo völlig normal.

Der Weg ging weiter und bald konnten sie über das Tal blicken. Der Wald lag grün und dicht unter ihnen. Es war ein wundervoller Anblick.

„Dort hinten siehst du schon die Stadt Oppidia", sagte Koray.

Elodie schniefte. *Schon? Was soll das denn heißen,* dachte sie. Aber die Nervosität stellte sich nicht wieder ein.

„Wir gehen jetzt diesen schmalen Weg hinunter bis in den Wald. Es ist ein guter Weg. Niemand kann uns dort auflauern. Dazu fehlt ganz einfach der Platz. Und wir können weit blicken. Wir könnten bis zur Stadt gehen und warten, bis einer von ihnen dort auftaucht, aber ich denke, das wird nicht nötig sein. Wir werden sie im Wald finden. Hab noch ein wenig Geduld."

Geduld. Warten. Die Worte hallten düster in Elodies Kopf wider. Sie wollte nicht mehr warten.

Auf einmal flatterte eine Eule über ihren Köpfen hinweg.

„Schnell, wir müssen ein Versteck finden", wies Koray sofort alle an.

„Warum? Es ist doch nur eine Eule", wandte Elodie ein.

„Eine Eule am Tag ist ein Bote von Unheil", erklärte Leilani.

Elodie blickte sie verwirrt an. „Was ist das denn wieder für ein Unsinn? Eine Eule ist eine Eule. Nicht mehr."

„Los!", kommandierte Koray. Niemand ging auf Elodies Einwand ein. Manolya schritt mit Canis voran, dann folgten Elodie und Leilani und die Nachhut bildete Koray, der sich für die Frauen verantwortlich fühlte. Sie kletterten den Berg noch etwas höher bis zu einem Mauerspalt, in den sie alle hineinkrochen. Der Spalt war von außen kaum zu erkennen. Niemand, der sich hier nicht auskannte, würde ihn entdecken. Ringsherum waren Felsen.

Dort saßen sie in Sicherheit und Manolya nahm Elodies Frage wieder auf.

„Ich dachte, ihr verehrt auch die Naturgeister. Wieso siehst du dann kein Zeichen darin, dass eine Eule am hellen Tag so dicht über eine Gruppe Menschen fliegt?"

Die Frage erstaunte Elodie nur noch mehr. „Weil eine Eule kein Naturgeist ist, sondern ein Tier. Wanjama ist der Gott der Tiere."

Die drei Sub Divo blickten sich verständnislos an.

„Es gibt keinen Gott der Tiere", erwiderte dann Manolya. Die Natur ist eine große Einheit. Und es gibt einen großen Geist, der das alles lenkt. Und ein Teil dieses Geistes lebt in jedem von uns. In jedem Menschen, jedem Tier, sogar in jeder Pflanze. Ich glaube, ihr nennt das Seele. Und wenn wir in Einheit und Respekt mit der Natur leben, erkennen wir auch die Zeichen. Die Eule hat ihren natürlichen Rhythmus und ihre Scheu vor Menschen verlassen, um uns vor einer Gefahr zu warnen."

„Wir beten vier große Naturgötter an. Den der Tiere, der Pflanzen, des Regens und der Sonne", erzählte Elodie.

„Das ist merkwürdig. Deine Lehrerin Sabeth soll als junges Mädchen von unserem Leben in und mit der Natur sehr beeindruckt gewesen sein. Von unserem Glauben an die Wunder der Natur. Sie wollte in ihrer Welt dieses mystische Wissen und diesen Respekt und das Erleben der Wunder in jeder Kleinigkeit lehren. Hat sie das nicht geschafft?"

Eine große Traurigkeit überkam Elodie plötzlich. Sabeths Worte klangen in ihrem Inneren: *Doch Thyras Art der Naturverehrung, war nicht mehr dieselbe wie meine Art. Du wirst selbst entscheiden können, was für dich gut ist, wenn du die Art der Sub Divo kennen gelernt hast.* „Doch, soviel ich weiß, schon. Aber Sabeth lebte schon lange nicht mehr in dem Kloster, das sie gegründet hatte. Thyra war die Hohepriesterin. Sie hat eine neue Art der Verehrung eingeführt."

„Die Hexe", spie Manolya aus.

Während der ganzen Zeit beobachtete Koray angespannt die Umgebung.

„Sie kommen!", raunte er dann allen zu. „Eine Gruppe von vier Kriegern. Bewaffnet bis an die Zähne."

Elodie riss die Augen weit auf. „Warum? Ihr habt doch gesagt, dass die Kämpfer nicht durchs Gebirge streifen. Was wollen sie von uns?"

„Dich", erwiderte Manolya kurz.

Haymos Gruppe hatte den Überfall von Cedars Kämpfern zum Glück mit Hilfe von Milan und Silvan abwehren können. Nur einer ihrer Männer war leicht verletzt worden. Die Wunde hatten sie verbunden und sie schien gut zu heilen.

Rabans Bruder Kunal gehörte zu Silvas Männern und die beiden Brüder hatten sich sehr über ihr Zusammentreffen gefreut.

Milan und Silva hatten geplant, einzelne Gruppen von Cedars Kämpfern von zwei Seiten einzukesseln und anzugreifen. Doch dazu mussten sie deren Aufenthaltsorte ausfindig machen. Sie nahmen an, dass Ursus und seine Männer ihnen am nächsten lagerten.

Zuerst mussten sie aber nach Rens Verrat ein neues Lager errichten. Das war nicht einfach. Das alte Lager bot einen gewissen Komfort, sie hatten sich eingerichtet: ihre Schlafplätze, Lager für Lebensmittel, sogar Sitzplätze zum Essen und für Beratungen. In der Nähe floss ein Bach, so dass sie stets frisches Wasser hatten.

Nun mussten sie alles neu errichten.

Außerdem brauchten sie für Haymo einen Arzt.

Ritter Milan hatte oberhalb des Stichs mit dem Medizindorn auf Haymos Arm einen Schnitt angesetzt in der Hoffnung, dass das Gift herausblutete und nicht weiter durch den Körper zog. Doch vermutlich war es zu spät gewesen, denn er hatte ja erst nach dem Kampf reagieren können, oder es half einfach nicht gegen das Gift der gelben Bergspinne. Niemand wusste es. Aber Haymo wurde immer schwächer. Er konnte sein Schwert kaum noch selbst heben, seine Beine wurden kraftlos und er war ständig müde.

Einer von Silvas Männern, die in dieser Gegend nicht ganz so bekannt waren, holten einen Arzt her. Der Wundarzt, der Milan behandelt hatte, kam dafür nicht infrage. Der Arzt musste sich auf Vergiftungen und Krankheiten der Organe verstehen. Sie mussten also das Risiko eingehen, einen weiteren Menschen herzuholen. Die meisten der einfachen Bevölkerung waren zwar sowieso auf Seiten von Prinzeps Yarrow, doch nach der jüngsten Erfahrung mit Ren war Vorsicht geboten. Milan und Raban brachten Haymo ein Stück weit fort von ihrem Lager, sodass der Arzt niemanden hinführen könnte, nicht einmal, wenn er gefoltert würde. Doch er konnte nicht helfen. Er kannte keine Behandlung und kein Gegengift.

„Wenn sofort nach dem Biss der Arm abgebunden worden wäre oder der Schnitt angesetzt worden wäre, hätte ich ihn vielleicht retten können, aber nun nicht mehr. Ich kann das Gift nicht aus seinem Körper ziehen."

Der Arzt sagte es durchaus bedauernd, aber die Aussage blieb hart. Haymo lag im Gras und bekam vor Schreck große Augen.

„Ich werde sterben", flüsterte er schaudernd.

„Ja. Sie werden sterben. Ein paar Tage noch, vielleicht eine Woche." Die Worte kamen dem Arzt schwer über die Lippen, es war ein grausames Todesurteil für einen so jungen Mann.

Haymo bekam ein Medikament gegen Schmerzen, die er bisher allerdings noch nicht hatte.

Als der Arzt fort war sagte er: „Sie hat mich zweimal getötet."

„Was meinst du damit?", fragte Raban.

„Thyra hat mir mein Leben genommen, als sie mich herschickte. Sie hat mich von allem getrennt, was mir lieb und teuer war. Von meiner Familie und Freunden, meinem Beruf, von Elodie. Von meiner ganzen Welt. Und jetzt hat sie mich wirklich getötet. Jetzt hat sie auch noch das Leben aus meinem Körper gezogen."

Raban seufzte. Seine Familie hatte Haymo aufgenommen, als er noch völlig verstört nach einem Weg aus dieser Welt suchte. Er war sein Freund gewesen und er fühlte wohl am meisten mit ihm. Kunal dagegen hatte Haymo erst hier im Lager kennen gelernt, er hatte sich ja bereits im Kampf befunden, als der junge Mann aus der fremden Welt zu ihnen kam.

„Noch hat sie das nicht getan. Du lebst doch noch", erwiderte Raban zuversichtlicher als er sich fühlte.

Haymo stieß einen verbitterten Laut aus. „Hast du den Arzt nicht gehört, Raban? Ich bin schon tot." Er griff nach Rabans Arm und zog den Freund zu sich herunter. „Bitte, finde Elodie und erzähl ihr alles. Sag ihr, dass ich sie nie verlassen habe, dass ich sie liebe. Erzähl ihr, was geschehen ist und such nach einer Lösung, Thyra von dieser Welt fernzuhalten."

„Das verspreche ich", sagte Raban inbrünstig.

Aber die Hexe ist nicht das einzige Problem. Selbst wenn sie fort ist, gibt es immer noch Prinzeps Cedar und seine Anhänger, sie haben inzwischen gelernt, welche Reichtümer wir besitzen und sie haben gelernt, das Volk auszubluten, dachte Raban. Aber das sagte er nicht. Er wollte seinem Freund die letzten Tage nicht noch schwerer machen.

Er würde sein Versprechen halten. Er würde Elodie finden.

Milan stand daneben und hörte dem Gespräch zu. Er war seltsam berührt von Haymos Schicksal, aber er mischte sich nicht ein. Er hatte das Gefühl, es war eine Sache zwischen den beiden jungen Männern. Erst, als das Gespräch beendet war, forderte er sie auf, ins Lager zurückzukehren.

Koray duckte sich zu den anderen unter die Felsen. Elodie hielt den Atem an. Jetzt hörte sie tatsächlich Männerstimmen, die sich ihrem Versteck näherten.

„Wenn wir das Mädchen nicht bald finden, werde ich meinen Dienst quittieren", maulte einer. „Ich bin doch nicht in Cedars Kampftruppen eingetreten, um kleine Mädchen zu jagen."

Ein anderer lachte. „Das sind fast dieselben Worte, die ich zu Cedar gesagt habe. Und er sagte: Ich bin dein Befehlshaber, tu, was ich dir sage. Na ja, nicht wortwörtlich, sinngemäß eben."

„Warum ist das Gör so wichtig für Cedar?"

Schweigen. Vermutlich kannte keiner die Antwort.

„Er vermutet in ihr das Wesen beider Welten, das das Tor verschließen kann und das will er nicht. Obwohl ich nicht so ganz verstehe, warum. Das würde doch nur bedeuten, dass die Hexe nicht mehr herkommen kann. Cedar würde der Reichtum allein gehören", erwiderte eine der Stimmen.

Die Männer grölten. „Das könnte ihm doch nur recht sein!"

Elodie blieb der Mund offen stehen. Manolya sah sie an mit einem Blick, der tausend Bände sprach. Siehst du. Ich hab es dir doch gesagt. Aber du wolltest nicht daran glauben. Doch die Worte kamen nicht über ihre Lippen. Sie waren alle mucksmäuschen still.

Doch dann – völlig unerwartet – rannte Canis aus dem Versteck heraus. Manolya streckte den Arm nach ihm aus, öffnete den Mund, um ihn zu rufen, aber da legte sich Korays Hand auf ihren Mund und hinderte sie daran.

„Sei still. Du bringst uns in Gefahr."

„Aber Canis…", stammelte sie ergriffen.

„Canis versucht, die Männer in eine andere Richtung zu locken", flüsterte Koray.

„Wenn ihm etwas passiert…"

„Dann werden wir ihn mit großer Dankbarkeit bestatten", raunte Koray ihr zu.

Tränen rannen über Manolyas Gesicht. Canis und Avem waren die wichtigsten Wesen in ihrem Leben. Und jetzt würde sie den riesigen Wolfshund verlieren.

Leilani legte einen Arm um ihre Schwester und Elodie drückte ihre Hand.

Die Verfolger sahen den Wolfshund über das Gestein laufen.

„Seht, dort! Ein Wolf", rief einer.

„Ach was, das ist bestimmt der Köter der Heilerin. Manolya hat jedenfalls so ein Riesenvieh in ihrer Hütte. Los, er läuft sicher zu seinem Frauchen", vermutete Ren, der ja aus der Gegend kam und auch schon Manolyas Heilkunst genutzt hatte.

Die Männer rannten dem Tier hinterher. Falls Ren recht hatte, würden sie gleich die verschwundene Heilerin finden. Sie konnten sie gefangen nehmen und zu Ursus bringen. Der würde sich sicher über das Geschenk freuen und sie mit Wonne persönlich für ihre Weigerung, ihn damals zu begleiten, bestrafen. Vielleicht war sogar dieses Mädchen, hinter dem Cedar her war, bei ihr. War ja schon komisch, dass die beiden gleichzeitig verschwunden waren. Und wenn Ren falsch lag, waren sie eben umsonst einem Wolf hinterher gerannt. Soviel hatten sie nicht zu verlieren.

Canis blieb auf einem Felsen stehen und beobachtete die Männer. Folgten sie ihm? Dann lief er ein Stück weiter. In einer blitzschnellen Bewegung duckte er sich in eine Felsnische. Aber das erkannten die Männer nicht. Sie liefen ihm hinterher. „Sie sind bestimmt hinter dem Felsvorsprung. Ein guter Ort, um sich zu verstecken!", rief Ren und rannte vor.

Doch er lag falsch. Dahinter gab es keine tieferliegenden Felsen, dahinter war der Abgrund. Er war zu ungestüm, konnte sich nicht mehr halten, rutschte auf dem glatten Stein aus und stürzte in die Tiefe. „Aaaahhh!", schrie er.

Die anderen drei waren vorsichtiger. Sie standen oben auf dem Stein und blickten fassungslos in die Tiefe. Hinter ihnen war ein lautes Knurren zu hören. Mit banger Vorahnung drehten sie sich um und blickten in die furchterregenden Augen des riesigen Wolfshundes. Geduckt und mit gefletschten Zähnen ging Canis auf die Männer zu. Die griffen nach ihren Schwertern, aber Canis war schneller. Er schnellte vor, sprang einen der Männer an und landete wieder gekonnt auf den Füßen. Der Mann jedoch schwankte nach dem heftigen Stoß. Die beiden anderen griffen nach ihm, doch der Mann rutschte ab und stürzte über die Fels-kante. Die zwei anderen hielten ihn, versuchten, ihn hochziehen.

„Helft mir!", flehte der über dem Abgrund Hängende angstvoll.

„Tun wir."

Ein weiterer Stoß von Canis stürzte einen der Helfer über den Abgrund. Er fiel an dem Hängenden vorbei. Die beiden Männer sahen ihm entsetzt nach.

„Das Gör ist mit einem Fluch im Bunde", meinte derjenige, der noch oben auf dem Berg war. „Das ist Magie. Niemand ist so mächtig, uns immer wieder zu entkommen. Sogar die Tiere helfen ihr."

Allmählich schaffte es der Abgerutschte mit Hilfe seines Kumpans wieder auf festen Grund zu kraxeln. Dort lag er auf dem Bauch und konnte sein eigenes Glück kaum fassen, noch zu leben. Die beiden wagten einen Blick zurück, aber der riesenhafte Hund war fort. Er hatte seinen Dienst getan. Er hatte zwei Verfolger getötet. Die Männer warfen einen letzten Blick in die Tiefe, in der ihre beiden Kumpane lagen.

„Um Ren ist es nicht schade. Ein Verräter war er, sonst nichts. Wer weiß, ob er uns nicht auch irgendwann verraten hätte", meinte der Abgerutschte. „Aber…"

„Ich weiß. Es hätte auch uns treffen können. Uns beide. Warum hat er uns nicht beide getötet?"

„Vielleicht sollen wir von ihm erzählen."

„Meinst du?"

„Ja. Ren hat sich geirrt. Er ist nicht der Hund der Heilerin, er ist der Geisterwolf dieses Gebirges. Der Beschützer der Sub Divo und dieses Mädchens. Und der ist viel mächtiger als wir und sogar als Cedar. Lass uns fortgehen. Weit weg, in das Land eines anderen Prinzeps, der mit diesen Kämpfen nichts zu tun hat."

„Fliehen? Sie werden uns jagen."

„Quatsch. Bis die mitbekommen, dass wir weg sind… Lass uns etwas von uns unten am Berg zurücklassen, dann denken sie vielleicht, die wilden Tiere hätten uns gefressen. Und selbst, wenn sie denken, wir sind abgehauen – wo sollten sie uns suchen? Ne, die Mühe macht Cedar sich nicht. Außerdem braucht er seine Leute hier."

„Etwas von uns? Wie meinst du das?"

„Unsere Waffen. Zumindest einen Teil. Wir behalten Pfeil und Bogen zum Jagen und lassen die Schwerter zurück, dann sieht es so aus, als wären wir mit den Schwertern in der Hand gestorben. Komm, was geht uns dieser ganze Mist überhaupt an? Wir haben nichts davon. Den Reichtum streichen sowieso Cedar und die Hexe ein."

„Ja, da hast du recht. Wir haben nichts zu verlieren und nichts, das wir vermissen werden. Lass uns weiter über das Gebirge ziehen und in ein anderes Land gehen. Ja, ich bin dabei."

Die beiden Kämpfer warfen ihre Schwerter den Abgrund hinunter, Messer und Bogen behielten sie. Dann nahmen sie ihren Weg über das Gebirge wieder auf. Es würde anstrengend werden und sie hofften, dass sie sich nicht verlaufen würden. Aber alles war besser, als mit ihrem Versagen Ursus oder gar Cedar unter die Augen zu treten. Das Mädchen würden sie jedenfalls nicht weiter suchen, das war mit den Geistern der Berge im Bunde. Und die würden sie am Ende auch noch töten.

Canis war in das Versteck zu seinen Menschen zurückgekehrt.

Manolya war außer sich vor Glück. „Canis!", rief sie gedämpft. „Mein Gott, bin ich froh, dass es dir gut geht."

Canis lief auf sein Frauchen zu, Manolya schlang beide Arme um seinen mächtigen Kopf und drückte ihr Gesicht in sein Fell. „Wie konntest du so etwas nur tun, einfach fortlaufen! Du hast mich zu Tode geängstigt."

Sie weinte vor Glück und Erleichterung, dass der Wolfshund unversehrt zurückgekehrt war. Elodie und Leilani fassten sich an

den Händen und strahlten. Auch sie waren froh über Canis' Rückkehr.

„Was ist mit den Kriegern?", fragte Koray nüchtern.

Er erhob sich ganz vorsichtig, spähte über den Rand ihres Ver-
stecks.

Canis jaulte.

„Er hat sie vertrieben", sagte Manolya.

„Bist du sicher?"

„Ich kenne doch Canis." Jetzt lächelte sie.

Koray war vorsichtig. Er fühlte die Verantwortung für die kleine
Gruppe in jeder Faser. „Ihr bleibt hier!", befahl er. Dann robbte er
selbst aus dem Versteck heraus, bewegte sich bäuchlings voran,
wie eine Schlange, die über den Fels gleitet. Er spitzte die Ohren,
konnte aber nichs hören.

Plötzlich war wieder Canis neben ihm. Er stupste ihn an, lief
weiter, drehte sich um und kam zu ihm zurück. Koray erkannte,
dass er Canis folgen sollte. Er tat es. Ganz vorsichtig. Ständig sah
er sich nach allen Seiten um und versuchte dabei, das Versteck
mit den Frauen im Auge zu behalten. Nicht, dass er beobachtet
wurde und die Frauen überfallen wurden, kaum dass er fort war.

Aber Canis würde ihn nicht fortführen, wenn es nicht wichtig
wäre.

Er folgte ihm bis zu einer Anhöhe. Was dahinter war, konnte er
von hier nicht erkennen, aber Canis lief dort hinauf und erwartete,
dass er ihm dorthin folgte. Koray kletterte hinterher. Abrupt blieb
er stehen. Direkt vor ihm gähnte ein tiefer Abgrund. Er schaute
hinunter und erstarrte. Unten lagen zwei Personen. Es waren ganz
klar Kämpfer. Schwerter lagen neben ihnen.

„Sie sind abgestürzt", murmelte Koray vor sich hin.

Canis antwortete mit einem unwilligen Laut.

„Du hast das getan?"

Canis senkte den Kopf. Koray hockte sich hin und kraulte den Hund. „Das hast du verdammt gut gemacht. Du hast uns wahrscheinlich gerettet."

Noch einmal ließ er seinen Blick über den Horizont gleiten. Ein gutes Stück entfernt sah er zwei weitere Gestalten über die Felsen kraxeln. Er grinste vor sich hin. „Sie hauen ab", murmelte er. „Was soll's, zwei finstere Gestalten weniger in unserer Gegend."

Er ging gemeinsam mit Canis zu dem Versteck zurück. Dieses Mal aufrecht und ohne den hektischen Blick eines Verfolgten. Die Männer waren fort.

„Wir können weitergehen. Zwei der Männer sind tot, Canis hat dafür gesorgt, dass sie über den Abgrund stürzten. Zwei weitere sind geflohen. Ich konnte sie noch in der Ferne erkennen."

Als sie ihr Versteck verließen, sahen sie die Eule auf einem Felsen hocken. Koray war sicher, es war dieselbe, die sie vorhin gewarnt hatte. Er nahm sich einen Moment Zeit, wie es sich gehörte, blieb stehen und sagte: „Vielen Dank, Eule. Du hast uns gewarnt, wir verdanken dir unsere Freiheit und vielleicht sogar unser Leben. Dir und Canis."

Die Eule neigte leicht ihren Kopf. Koray, Manolya und Leilani verbeugten sich vor ihr. Dann breitete die Eule ihre Schwingen aus und flog davon.

Elodie beobachtete die kleine Szene mit Staunen. Diese Art Dankbarkeit und Respekt vor Tieren waren ihr völlig fremd. Auch der Glaube daran, dass sie ihnen bewusst geholfen hatte, war ihr fremd. Aber er gefiel ihr.

Sie blickte der Eule nach, die in den Himmel aufstieg und flüsterte ihr nach: „Vielen Dank, liebe Eule."

Kapitel 15
Überlebenskampf

Haymo lag in dem Waldlager der Gruppe auf weichem Moos. Er fieberte. Seine Arme konnte er kaum noch gebrauchen, er schaffte es gerade noch, einen Becher Wasser zum Mund zu führen. Meistens stützte Raban ihn und half ihm dabei.

„Warum hasst Thyra mich nur so sehr?", fragte Haymo.

Er wäre so gerne noch in dieser Welt geblieben. Besonders jetzt, da er wusste, dass Elodie auch hier war. Er hätte sie so gerne noch einmal wiedergesehen. Nur ein einziges Mal. Hätte ihr erklärt, dass er sie liebte, dass er sie nicht einfach ohne ein Wort verlassen hatte.

Er nahm Raban immer und immer wieder das Versprechen ab, Elodie zu finden und ihr seine Nachricht zu übermitteln. Und Raban versprach es täglich neu. Sein Freund sollte in dem Bewusstsein sterben, dass Elodie seine Nachricht bekam. Sobald … sobald Haymo es hinter sich hatte, würde er losgehen. Er würde seinen Abschied von der Truppe nehmen und Elodie suchen. Das hatte absoluten Vorrang.

Wie gut, dass sein Bruder Kunal da war. Er war Raban in seiner Sorge wirklich eine Stütze, während er selbst für Haymo stark sein musste.

Wenigstens ging es Ritter Milan inzwischen wieder gut, sein Bein behinderte ihn überhaupt nicht mehr.

Raban säuberte das Lager seines kranken Freundes von Raupen, die immer wieder auftauchten. „Verdammte Viecher!", schimpfte er. „Wo kommen die nur immer her?"

„Lass sie, es macht mir nichts aus", stammelte Haymo.

Raban wischte schweigend weiter, als hätte Haymo nichts gesagt.

„Was glaubst du, wie lange ich noch habe?"

Raban fuhr herum. Am liebsten hätte er geschrien: Noch ewig, noch ein Leben lang. Du wirst wieder gesund. Aber er wusste, dass das nicht so sein würde. Und er wusste, dass Haymo das wusste. Er würde ihn nicht mit Lügen beleidigen, auch wenn sie barmherzig sein sollten.

„Ein paar Tage vielleicht", meinte er. „Genau weiß ich es nicht. Hat Thyra nicht gesagt, höchstens eine Woche?"

Haymo nickte. Dann fiel sein Kopf zur Seite und er fiel in einen Schlaf. Sein Körper war schon so schwach, er konnte sich nicht wach halten, obwohl er Angst hatte, einzuschlafen und nicht wieder zu erwachen.

Er wollte so gerne noch leben!

Der Baumeister Quill saß in einem Kellergewölbe eines leerstehenden Gebäudes fest. Eine gemischte Truppe aus Cedars und Thyras Männern war in Oppida aufgetaucht, hatte gehaust wie die Vandalen, Scheiben der Häuser zerschlagen, Marktstände abgebrannt, ihren Versammlungsraum verwüstet.

Sie trugen die seltsamen Schießhölzer der fremden Welt, die Gewehre genannt wurden.

Und sie hatten sogar die wilden Pferde, die in Vinginevio ausschließlich frei in der Wildnis lebten, gefangen genommen, gezähmt und ließen sich nun von ihnen tragen. Quill hatte schon gehört, dass so etwas möglich war. Raban und Haymo hatten berichtet, dass sie auf dem Markt in Kivita von Reitern bedrängt worden waren, aber Quill hatte noch niemals Reiter gesehen. In Vinginevio gab es so etwas nicht, Tiere wurden weder für das eigene Vergnügen noch für die Fortbewegung oder gar den Kampf genutzt. Tiere waren Lebewesen, Mitglieder der Gesellschaft. Sie lebten ihr eigenes Leben und waren nicht den Menschen untertan. Ausnahmen waren Ochsen, die den Pflug zogen oder auch mal einen Karren zogen, aber das wurde stets als deren Aufgabe in der Gesellschaft betrachtet. Nach ihrer Arbeit lebten sie in ihren Herden auf den Weiden.

Hunde lebten in einer Gemeinschaft mit dem Menschen, sie waren ihre Freunde, nicht deren Besitz. Doch Reittiere gab es nicht. Wieder eine Gewohnheit, die die Menschen aus der fremden Welt hierher brachten.

Bei Quill und seiner Familie waren die Vandalen eingefallen, hatten Geschirr zerschlagen, Möbel umgeworfen und ihn selbst, seine Frau Linde sowie die Töchter Lilja und Dorkas bedrängt, ihnen zu sagen, wo dieses Mädchen aus der fremden Welt stecke.

„Wir wissen es nicht!", schrie Linde verzweifelt. Sie wussten es doch wirklich nicht.

„Dieser Haymo hat bei euch gelebt, das wissen wir!", brüllte der Anführer der Krieger. „Und dieses Mädchen scheint unterwegs zu sein, um ihn zu suchen."

„Es ist lange her, dass Haymo hier war…", erwiderte Quill möglichst ruhig. Seine Stimme bebte, das merkte er selbst. Vor Wut und vor Angst gleichzeitig. Aber die Angst verspürte er mehr um seine Frau und seine Töchter als um sich selbst. „…und ein fremdes Mädchen war nie hier, um nach ihm zu fragen."

„Sie muss doch seiner Spur gefolgt sein!", schrie der Fremde.

Er umfasste schmerzhaft Quills Arm, um ihn mit sich zu zerren. Linde, Lilja und Dorkas schrien verzweifelt, doch Quill bedeutete ihnen mit Blicken, still zu sein. Sie sollten diesen Bestien von Menschen ihre Verzweiflung nicht zeigen. Es brachte ja nichts.

„Wir werden die Kunde verbreiten, dass du gefangen genommen wurdest, das Lösegeld sind Haymo und das Mädchen aus der fremden Welt."

Quill hoffte, dass Linde auf die Idee kommen würde, Milans Kampfgruppe eine Nachricht zukommen zu lassen. Natürlich wussten sie wirklich nicht genau, wo sich ihr Lager befand, aber es gab diesen hohlen Baum an der Waldgrenze, der schon seit Jahren als Übermittlungsort für Botschaften galt. Dorthinein wurden Briefe gelegt, die einer der Männer abholte und in ihr verborgenes Lager brachte. Aber niemand wusste, wie lange die

Briefe dort lagen. Wenn die Männer unterwegs waren, im Kampf verstrickt, konnte es lange dauern, bis die Nachrichten abgeholt wurden. Und natürlich bestand immer die Gefahr, dass jemand anderes sie fand. Vielleicht sogar ein Feind.

Trotzdem wäre es gut, wenn es irgendjemand versuchen würde. Es war doch die einzige Möglichkeit, Hilfe zu erhalten. Quill überlegte fieberhaft, wie er Linde diese Idee irgendwie verschlüsselt zurufen konnte, ohne dass diese Männer ihn verstanden. Aber ihm fiel nichts ein, bevor sie ihn aus dem Haus stießen und durch die Straßen zu dem Gewölbe brachten, in das sie ihn einschlossen.

Der Abstieg war anstrengender gewesen, als Elodie gedacht hatte. Merkwürdig, dass es hinunter über das Gestein überhaupt nicht einfacher war als bergauf.

„In diese Richtung liegt die Stadt Oppidia", erklärte Koray. „Aber vielleicht müssen wir gar nicht bis dorthin. Vermutlich lagern Milans Kämpfer irgendwo dort im Wald."

„Aber wie sollen wir sie finden? Sie werden sicher ein gutes Versteck haben, damit ihre Feinde sie nicht finden", vermutete Elodie.

„Sicher. Aber wir haben Canis. Und vielleicht ein paar Waldbewohner, die uns helfen. Die Tiere wissen, dass wir nichts Böses wollen." Koray lachte über Elodies skeptischen Gesichtsausdruck und ging dann ohne weitere Erklärungen weiter. Die drei Frauen kletterten hinterher. Canis sprang behände von einem Felsbrocken auf den nächsten.

Endlich kamen sie am Fuß des Berges an. Nur eine kurze Reihe lockeres Gestein trennte sie von dem Wald, der in sattem Grün vor ihnen lag.

Elodie atmete tief ein und schloss einen Augenblick die Augen. Wie gut das tat.

Wieder unten zu stehen, die Kraxelei hinter sich zu haben, das Grün des Waldes zu sehen und zu riechen. Jetzt konnte sie auch Vögel zwitschern hören. Einen kurzen Moment, nur den Bruchteil einer Sekunde, fühlte sie Ruhe und Frieden in ihrem Herzen. Dann bahnte sich wieder der Gedanke an die Gefahr von ihrem Kopf zu ihrem Herzen, die bange Frage, wie es wohl Haymo ging und sie riss angstvoll die Augen wieder auf.

„Wie sollen wir in diesem unendlichen Wald Haymo finden?", fragte sie erneut. Ihre Stimme klang leicht hysterisch vor Angst.

Leilani und Manolya lächelten. Koray schüttelte ungläubig den Kopf.

„Elodie, es war so schön, zu sehen, dass du für einen Augenblick in der Welt des Friedens warst. Bleib dort", beruhigte sie Manolya.

„Wie könnte ich?"

„Weil alles geschehen wird, wie es soll. Wir tun, was wir können. Canis wird uns helfen, er wird Menschen wittern. Wir bitten die Tiere des Waldes um Hilfe...", Manolya machte eine große Bewegung mit dem Arm, die alles umfasste, die Tiere auf dem Boden und die Tiere in den Lüften. „...die Vögel sehen mehr als wir, Füchse, Dachse, Eichhörnchen, Igel rascheln fast unbemerkt durchs Moos. Sie können uns Antwort geben."

Elodie blickte sie skeptisch an. So recht glaubte sie noch nicht daran. Die Sache mit der Eule war doch sicher nur als Zufall gewesen und dass Canis ihnen geholfen hatte, war nicht so ungewöhnlich. Er war ein Hund, der bei einem Menschen lebte. Hunde taten so etwas.

„Hab doch etwas Vertrauen", redete Manolya weiter.

„Und wenn das alles nicht hilft? Vielleicht ist Haymo gar nicht in diesem Wald. Vielleicht lebt er nicht einmal mehr."

Manolya nahm sie sanft in ihre Arme. „Dann liegt es nicht in unserer Hand."

Das tröstete Elodie nicht. Aber sie wusste, dass Manolya recht hatte. Sie beneidete diese Menschen, die mit einer solchen Ruhe und Vertrauen an diese Aufgabe gingen. Aber sie konnte es nicht, ihre Angst war zu groß. Vielleicht lag es einfach daran, dass Haymo nur ihr persönlich nahe stand. Die anderen kannten ihn ja nicht einmal. Doch da täuschte sie sich.

„Ich habe den Kämpfer aus der fremden Welt und seinen Freund schon einmal gerettet. Ich war es, der ihnen bei einem Überfall auf dem Marktplatz in der Stadt Kivita einen Fluchtweg gewiesen hat. Kivita ist normalerweise zu weit von unseren Bergen entfernt, aber ich war zu dem Zeitpunkt auf Wanderschaft und wollte die Städte der Bevölkerung kennen lernen. Was ich sah, hat mich nicht erfreut."

Elodie hörte nur: *Ich war es, der ihnen bei einem Überfall einen Fluchtweg gewiesen hat.* Koray kannte Haymo. Sie erinnerte sich auch daran, dass die Sub Divo ihr berichtet hatten, dass einer von ihrem Volk Haymo einst gerettet hatte. Aber sie hatte nie darüber nachgedacht, wer es wohl gewesen sein mochte.

„Du warst das?", hauchte sie.

„Ja, ich war das. Das ist einer der Gründe, warum ich euch begleite. Wir glauben, es ist meine Verantwortung, ihm noch einmal zu helfen."

„Du warst es, warum hast du das nicht schon längst gesagt?", fragte Elodie.

„War das wichtig?", hielt Koray dagegen. „Ich erwähne es jetzt nur, damit du erkennst, wie sehr alles, was geschieht, miteinander verflochten ist. Alles, was geschieht, hat seinen Sinn. Alles passiert so, wie es längst im Buch des Lebens festgelegt wurde. Wenn es uns bestimmt ist, ihn zu finden, wird das geschehen. Alles, was wir dazu beitragen können, tun wir. Also bleib ruhig. Deine Unruhe führt dich nicht schneller oder besser ans Ziel."

Damit erhob sich Koray und entfernte sich ein paar Schritte. Dort stand er vor einem schmalen Wiesenweg und hob die Arme zum

Himmel. „Geister des Waldes", rief er, „wir betreten den Wald in guten Absichten. Nehmt uns auf und haltet eure schützende Hand über uns."

Dann legte er seine Hände so zusammen wie Manolya es bei Elodies Begrüßung getan hat. Die rechte Hand auf den linken Handrücken, diese führte er dann an seine Brust und verneigte sich vor dem Wald. Elodie fand diese Verbeugung vor dem Wald merkwürdig, aber sie sagte nichts. Es war die Sitte dieses Volkes, das wirklich eine vollkommen andere Einstellung zu den Geistern der Natur hatte als sie im Kloster gelernt hatte.

Manolya und Leilani taten es Koray gleich.

Leilani bemerkte, dass Elodie sich nicht verneigte und stupste sie etwas verdrießlich an. Also legte auch Elodie ihre Hände zusammen und verneigte sich, bevor sie mit den anderen den Weg in den Wald wieder aufnahm.

Der Weg durch den Wald war weniger beschwerlich als über das Gebirge und sie kamen entsprechend gut voran. Unterwegs pflückten sie wilde Beeren, aber den Magen füllte das wenige Obst nicht. Noch hatten sie etwas getrocknetes Fleisch, Früchte, gekochte Eier und haltbares Gebäck in ihren Rucksäcken verteilt. Erst, wenn sie nichts mehr hatten, würde Koray ein Tier jagen.

Leilani erzählte Elodie, dass sie sich, wenn sie ein Tier töten mussten, vor diesem verneigten und um Vergebung baten, weil sie sein Leben nahmen, um selbst zu überleben. Aus Respekt vor dem verlorenen Leben nutzten sie alles von dem Tier. Sein Fleisch aßen sie, auf seinem Fell schliefen sie oder es wärmte sie im Winter und die Knochen wurden zu Werkzeug verarbeitet. Hier auf der Wanderschaft würden sie das nicht tun können. Sie konnten die Hinterlassenschaft nicht mitnehmen und würden es den wilden Tieren überlassen, die ja ebenfalls für ihr eigenes Überleben töteten.

„Irgendwie ist das grausam", meinte Elodie versonnen.

„Esst ihr denn in eurer Welt kein Fleisch?", fragte Leilani vollkommen ernsthaft.

„Doch, das tun wir", erwiderte Elodie.

„Dann tötet ihr das Tier doch auch."

Ja, das tun wir, dachte Elodie. Und vermutlich mit sehr viel weniger Respekt. Wir danken Wanjama, dem Gott der Tiere, dass er uns die Tiere als Nahrung überlässt. Aber wir verschwenden keinen Gedanken an das Tier selbst. Die Naturverehrung der Sub Divo ist so viel direkter und naturnaher als unsere. Zum ersten Mal zweifelte Elodie an ihrer Art der Verehrung, die sie im Kloster gelernt hatte. Wenn sie jemals zurückkehren würde, würde sie die Lehre der Sub Divo weitergeben. Sie würde Sabeths Traum wieder auferstehen lassen.

Haymo war eingeschlafen. Raban schaufelte mit bloßen Händen die Raupen um seinen Freund herum fort. Die anderen der beiden Gruppen waren mit Milan und Silva nach Oppidia gezogen, von dort kam die Nachricht von einem Überfall.

Aber auch wenn Raban an seine Eltern und Schwestern in Oppidia dachte, die womöglich in Gefahr waren, hätte er niemals Haymo allein sterben lassen und Milan hätte das auch nicht erwartet.

„Verdammt, was ist das für eine Suppe, die ihr hier verstreut!", fluchte er.

Wollten diese verfluchten Tierchen sich an seinem Freund satt nagen bevor er gestorben war? Das würde er nicht zulassen. Auf keinen Fall. Da mussten sie schon warten, bis er unter der Erde lag. Solange er darüber war, stand Haymo unter seinem Schutz.

Er blickte nach oben und sah Vögel kreisen. „Ja, kommt herunter. Kommt, hier unten gibt es leckere Würmchen für euch."

Doch die Vögel stoben in einem Schwarm wieder davon.

Raban seufzte. Ach, es war so schwer, seinen Freund in seinen letzten Tagen zu begleiten.

Milan hatte inzwischen nur noch drei Männer in seinem Gefolge. Ren war zum Verräter geworden, Haymo lag sterbenskrank im Lager und Raban war bei ihm zurückgeblieben. Doch Silvas Gruppe, die immer schon etwas größer gewesen war als Milans, zählte zehn Männer. Hinzu kamen die beiden Ritter selbst. So waren sie mit insgesamt fünfzehn Kämpfern nach Oppidia gezogen.

Mehr Männer hatten den Ort sicher nicht überfallen, vermuteten Milan und Silva. Trotzdem waren sie vorsichtig. Sie lagerten in einiger Entfernung im Wald, während Kunal, der ja aus dieser Stadt stammte, hineinging, um die Lage auszukundschaften. Er allein fiel nicht weiter auf, zumal er natürlich seine leichte Rüstung abgelegt hatte und nur in Hosen und Wams das unverschlossene Stadttor passierte.

Er kam mit beunruhigenden Nachrichten zurück.

Zwanzig Kämpfer von Cedar hatten den Ort überfallen. Kunals Vater Quill saß im Gefängnis, weil sie von ihm den Aufenthaltsort von Haymo und dadurch wiederum von dem Mädchen aus der fremden Welt erfahren wollten.

„Zwanzig Männer", überlegte Milan. „Das ist mehr, als wir gedacht haben, aber auch wieder nicht so schlimm, dass wir es nicht mit ihnen aufnehmen könnten. Wir sind immerhin auch schon fünfzehn und die Männer aus Oppidia werden uns sicher unterstützen?" Bei den letzten Worten sah er Kunal direkt an.

„Ja natürlich. Wenn sie mit uns angreifen können, sind sie dabei. Allein hätten sie das niemals getan. Schon, weil sie überhaupt keine Schwerter, Pfeil und Bogen besitzen. Die Kämpfer in der Stadt haben die Schießhölzer aus der fremden Welt."

Milan war darüber nicht allzu erstaunt. Aber auch ihre Pfeil und Bogen waren schnell und konnten aus der Ferne zielsicher treffen.

„Waffen können wir den Bürgern nicht abgeben, aber mit uns in vorderster Front können auch Knüppel zu Waffen werden. Wir müssen das ganze nur heimlich in aller Stille organisieren, Cedars Männer dürfen nichts davon mitbekommen."

„Cedars Männer haben das Weinlager des Gemeindehauses geplündert. Sie sprechen dem Wein und Kräuterbier gut zu. Dort haben sie auch ihr Lager eingerichtet. Zurzeit halten sich dort acht Männer auf. Sicher sind auch die Betrunkenen kampffähig, aber eben doch nicht so aufmerksam. Sie rechnen auch nicht damit, dass von der Bevölkerung eine Gefahr ausgeht, womit sie recht haben, die sind viel zu eingeschüchtert. Sie glauben auch nicht, dass sie die Möglichkeit hatten, Hilfe zu holen."

„Womit sie total daneben lagen", ergänzte Leander grinsend.

Milan und Silva wechselten einen Blick, sie dachten beide das gleiche. „Gut, dann lasst uns einen Plan entwerfen. Und du, Kunal, musst dann noch einmal in die Stadt gehen, um ihn den Männern zu unterbreiten", äußerte Milan.

Im Dorf war die Freude groß über die Ankunft von Milan und Silva mit ihren Männern. Sie wähnten sich schon gerettet. Nicht der geringste Zweifel regte sich. Deshalb waren natürlich sofort alle dabei, als Kunal durch den Ort streifte, um den Plan vorzustellen. Die Frauen kümmerten sich um die kleineren Kinder, aber viele wollten sich auch an der Befreiung der Stadt beteiligen.

Wichtig war, dass sie nicht zu früh auffielen, deshalb mussten die Kämpfer ihre leichte Rüstung im Wald zurücklassen und nur mit Hose und Wams in die Stadt gehen. Dadurch war ihre Brust nicht mehr geschützt, aber wenn ihr Plan funktionierte, brauchten sie diesen Schutz auch nicht.

Am Stadttor befanden sich nur zwei Wachen, die obendrein nicht allzu aufmerksam waren. Kunal hatten sie als einzelnen Mann sogar völlig unbehelligt hineingelassen. Es war kein Problem, sich an die Wachhabenden anzuschleichen und sie zu überwältigen. Milan fesselte sie und ließ die beiden vor dem Tor zurück. Er tötete sie nicht. Es war nicht nötig und er tötete nicht aus Freude daran.

Mehrere Stadtbewohner zogen mit Knüppeln und großen Werkzeugen, die sie als Waffen benutzen konnten, zum Gemeindehaus. Sie wollten den Teil der Kämpfer überwältigen, die mit Wein- und Biertrinken ihre freie Zeit verbrachten. Sie hofften, das würde nicht allzu schwer werden.

Drei von Silvas Männern folgten ihnen im Verborgenen.

Die Stadtbewohner stürmten das Gemeindehaus. Ohne zu zögern stürzten sie sich auf Cedars Gruppe und schlugen auf sie ein. Einige konnten noch ihre Schwerter ziehen, aber dafür standen die drei Kämpfer von Silva bereit und schossen ihre Pfeile ab.

„Die Hälfte der Männer ist erledigt", meinte einer von Silvas Männern. „Zwei am Wachturm und hier zähle ich acht. Der Rest dürfte nicht wirklich ein Problem werden."

Kunal war mit Leander zum Gefängnis gelaufen. Sie gingen davon aus, dass Quill nicht allzu stark bewacht wurde. Wofür auch? Er war eingesperrt hinter dicken Mauern und konnte dort nicht fliehen. Aber sie würden ihn befreien.

Sie fanden tatsächlich keinen Wachposten vor. Aber auch keinen Schlüssel für die dicke Holztür mit dem Vorhängeschloss.

Kunal und Leander wechselten einen Blick. Es musste doch zu schaffen sein, dieses Schloss zu zerstören. Während Leander aufmerksam Wache hielt und darauf achtete, dass nicht doch jemand auftauchte und sie bei ihrem Tun überraschte, hob Kunal sein Schwert und schlug mit einem mächtigen Hieb auf das Schloss ein, das sofort zersprang.

Er zog die schwere Tür auf, die gespenstisch knarrte. Dahinter saß tatsächlich sein Vater auf einem Ballen Stroh. Er hatte ein geschwollenes Gesicht und sein Arm schien auch verletzt zu sein, sicher war er geschlagen worden.

„Kunal?", fragte Quill zögernd, als könnte er nicht glauben, dass sein Sohn vor ihm stand.

„Ja, ich bin es. Eure Nachricht hat uns erreicht. Und da unsere Gruppe auch gerade bei Milan war, habt ihr eine ziemlich stattliche Befreiungstruppe im Ort. Alles wird gut, Vater. Komm nur schnell mit. Kannst du laufen?"

Quill nickte. „Wie geht es deiner Mutter und Schwestern?"

„Es geht ihnen gut."

„Und Raban? Wie geht es Raban, ist er auch hier?" Er wurde plötzlich ganz aufgeregt.

„Er ist nicht mitgekommen. Haymo ist sehr krank und Raban ist bei ihm im Lager geblieben."

Quill erhob sich und ließ sich von seinem Sohn stützen, als sie diesen düsteren Ort verließen. Er fühlte sich etwas geschwächt, aber er hatte noch keine sehr lange Zeit in dem Gefängnis verbracht. Es würde schon gehen.

„Haymo ist krank? Dann müsst ihr ihn herbringen. Hier in der Stadt kann er besser behandelt werden als im Wald."

Kunal erwiderte nichts darauf. Es war nicht der richtige Zeitpunkt, seinen Vater mit noch mehr Hiobsbotschaften zu belasten. Er stützte Quill, als sie das Gefängnis verließen. Leander ging vor ihnen her und beobachtete aufmerksam die Umgebung, damit sie nicht noch von ihren Gegnern aufgehalten wurden.

Aber alles lief gut. Draußen wurden sie schon von Milan und Silva erwartet, die die gegnerischen Krieger gefangen genommen hatten, die sich überall in der Stadt aufhielten.

„Alles unter Kontrolle", verkündete Milan.

Kapitel 16

Wiedersehen

„Dort!", rief Koray und zeigte aufgeregt auf einen Vogelschwarm am Himmel.

„Na und? Ein Vogelschwarm. Ist das so ungewöhnlich in euren Wäldern?", fragte Elodie.

„Aber ja. Schwirren die bei euch ständig in Schwärmen herum?", hielt Koray leicht ungehalten dagegen.

Elodie überlegte. Nein, wenn sie genau darüber nachdachte, passierte das nur, wenn die Vögel im Winter zu ihrem Sommerquartier aufbrachen. Dann sammelten sie sich, um gemeinsam fortzufliegen. Aber sonst?

Die Vögel ließen sich auf verschiedenen Zweigen nieder und stoben nach einem kurzen Moment wieder auf, um in die Richtung davonzufliegen, aus der sie gekommen waren.

„He, da seid ihr ja wieder", rief Raban, als er den Vogelschwarm wieder entdeckte. „Kommt ihr doch, um euch die Mägen zu füllen?" Doch die Vögel ließen sich nur kurz auf Zweigen nieder und flogen im nächsten Moment wieder davon.

Als die Vögel ein weiteres Mal auftauchten und sich wieder in den Bäumen niederließen, wurde es Elodie ganz unheimlich zumute. Das war wirklich mehr als seltsam.

„Das hat etwas zu bedeuten, nicht wahr?", fragte sie.

„Aber natürlich hat es das", erwiderte Koray schmunzelnd. Er freute sich, dass das Mädchen allmählich zu verstehen begann.

Als die Vögel sich erneut erhoben, gingen sie ihnen nach, um zu sehen, wohin sie flogen.

Raban hörte ein Rascheln. Konnte es sein, dass seine Leute schon zurückkehrten oder zumindest einer von ihnen? Oder konnte es einer ihrer Gegner sein, die ihr neues Lager ausfindig gemacht hatten?

Als die Büsche zur Seite geschoben wurden, trat ein Mann von Anfang dreißig daraus hervor, gefolgt von drei Frauen und einem Wolf.

Die Vögel begannen plötzlich zu zwitschern.

Nein, ein Wolf war das wohl doch nicht, eher ein riesiger Hund. Er blieb ganz ruhig neben dem Mann stehen, während eines der Mädchen vorstürmte und zu dem kranken Haymo auf seinem Mooslager rannte.

Raban fühlte sich völlig überrumpelt und hatte nicht die geringste Ahnung, was er von diesem Besuch halten sollte.

„Sei gegrüßt", sagte der Mann und verneigte sich leicht. Der Kleidung nach zu urteilen, gehörte er dem Volk an, das in den Bergen lebte.

„Seid gegrüßt", erwiderte Raban verhalten. Dann erkannte er plötzlich den Mann. „Wir sind uns schon einmal begegnet – auf dem Marktplatz, als wir von den Reitern aus der anderen Welt bedrängt wurden", erinnerte er sich.

Der Mann neigte zur Bestätigung seinen Kopf. „Ja."

„Was tust du heute hier? Wie habt ihr uns gefunden?"

Doch er wurde von einem panischen Schrei unterbrochen.

„Manolya!", rief das Mädchen, das bei Haymo kniete. „Manolya, komm schnell her, Haymo ist krank. Kannst du ihm helfen?"

Die ältere der beiden Frauen ging zu ihr und kniete sich ebenfalls neben das Lager. Sie war ruhiger als das Mädchen. Raban beobachtete sie ohne etwas zu unternehmen oder auch nur zu sagen.

„Erinnerst du dich auch noch an meinen Namen?", fragte der Mann und riss Raban damit aus seinen Gedanken. Der überlegte einen Moment, aber der Name fiel ihm nicht ein.

„Ich bin Koray", erwiderte der Sub Divo, als er erkannte, dass Raban sich nur an sein Gesicht erinnerte. „Mir wurde der Schutz der Frauen anvertraut. Dieses Mädchen heißt Elodie und ist auf der Suche nach ihrem Bräutigam..." Koray lächelte ganz leicht. „...den sie offenbar gefunden hat. Die andere Frau ist Manolya, eine Heilerin unseres Volkes und das Mädchen neben mir ist Leilani, Manolyas Schwester. Und das ist Canis." Er zeigte auf den Wolfshund, der noch immer ganz ruhig neben ihm stand.

„Das ist Elodie?", fragte Raban völlig verdattert.

„Ja."

„Das ist mein Freund Haymo. Er hat sich so sehr gewünscht, sie nocheinmal zu sehen, bevor... bevor er stirbt. Aber ich habe nicht gewusst, wie das zu bewerkstelligen war. Ich konnte ihn doch nicht allein hier lassen und sie suchen."

„Was ist mit ihm geschehen?", fragte Manolya.

„Das Gift der gelben Bergspinne vergiftet sein Blut bereits seit einigen Tagen", antwortete Raban mit trauriger Stimme.

„Was heißt das? Muss er... muss er sterben", schrie Elodie panisch auf.

Haymo öffnete die Augen.

Er blickte sie an, starrte in ihr Gesicht, glaubte nicht, was er sah. Träumte er? „Haymo, Haymo, was ist mit dir?", rief Elodie und streichelte sein Gesicht.

„Du bist hier? Du bist wirklich hier?", stammelte er schwach.

Er hob mühsam seinen Arm und streichelte über ihre Wange.

Sie schmiegte ihre Wange in seine Handfläche. „Ja, ja, ich bin wirklich hier. Oh, ich habe dich gefunden!" Sie streichelte sein Gesicht, küsste es, hielt seine Hand.

Manolya überließ sie einen kurzen Moment lang ihren überschäumenden Gefühlen. Aber sie musste erfahren, was geschehen war, wenn sie Haymo helfen wollte.

„Wie kommt die Spinne hierher? Sie lebt doch im Gebirge", wandte sie sich an Raban.

„Es war die Hexe. Sie hat ihm das Gift mit einem Medizindorn injiziert. Sie hat ihn ermordet."

„Er ist noch nicht tot", erwiderte Manolya scharf, weil sie solche Reden nicht mochte.

Ungeachtet ihrer Worte stürzte Raban zu dem Lager und versuchte erneut die unmögliche Aufgabe, die Raupen von seinem Freund fernzuhalten.

„Was tust du da!", fuhr Manolya ihn wütend an.

„Sie sollen ihn in Ruhe lassen. Sie bekommen seinen Körper nicht bevor er tot ist!", schrie Raban.

Elodie bemerkte überhaupt nicht, was um sie herum geschah. Sie begriff allmählich, dass sie Haymo nur wiedergefunden hatte, um ihm beim Sterben zu begleiten. Ihr Kopf ruhte auf seiner Brust, Tränen rannen aus ihren Augen.

„Die Raupen wollen ihn retten!", maßregelte Manolya mit hartem Ton. „Diese weiße Lösung, die sie aussondern, ist das einzige Heilmittel gegen das Gift."

„Leilani, hilf mir!", forderte Manolya ihre jüngere Schwester auf.

Koray würde ihr auch helfen, wenn es nötig sein würde, jedoch war das Heilen traditionsgemäß die Aufgabe der Frauen.

Elodie war zurzeit nicht zu gebrauchen und das war sogar verständlich. Sie hatte Haymo totkrank wiedergefunden. Das hatte sie in einen solchen Abgrund gestoßen, dass sie kaum wahrnehmen konnte, dass es Hoffnung gab.

Mehr war es allerdings auch nicht. Manolya wusste nicht, ob das Gift nicht schon zu lange in Haymos Blut kreiste, sodass es nicht mal durch die Milch dieser Raupen aufzuhalten war.

Leilani versuchte in einer kleinen Röhre, die Manolya in ihrem Gepäck hatte, die Milch der Raupen einzusammeln.

Als die Tierchen das merkten, kletterten sie sogar auf ihren Arm und drückten ihre Absonderung direkt in die Röhre hinein.

„Sie wollten wirklich helfen", meinte Leilani. „Wenn Raban das erkannt hätte, anstatt sie zu vertreiben, hätte Haymo weniger leiden müssen."

„Raban wusste es nicht besser", erwiderte Manolya, die Mühe hatte, ihren eigenen Ärger zu unterdrücken. Einst hatten alle Bewohner von Vinginevio das Wissen um diese uralten Heilmethoden gehabt, doch sie schienen vollkommen in Vergessenheit geraten zu sein.

„Wir sind ein Volk der Berge, Leilani, wir leben mit diesen Gefahren, auch mit der gelben Bergspinne, deshalb müssen wir auch Heilmittel dagegen kennen. Doch Raban ist ein Kind der Städte."

Sie arbeiteten konzentriert weiter.

„Raban oder Koray, kann mir bitte einer von euch frisches Wasser besorgen? Ist hier in der Nähe ein Bach?", fragte Manolya. „Ich muss die Milch der Raupe verdünnen und dann muss Haymo sie trinken."

„Ja, natürlich. Wir bauen Lager immer in der Nähe von Wasser. Aber ich habe auch noch etwas in unserem Wasserschlauch, geht das?", fragte Raban.

„Ja natürlich", erwiderte Manolya freundlich.

Raban brachte ihr den Schlauch und sie machte sich ans Werk. Es war ganz einfach, man musste die Milch nur verdünnen. Dann schüttete sie etwas davon in einen Becher und reichte ihn Elodie.

„Bitte, kannst du ihm die Mischung geben? Er muss sie trinken. Vielleicht wird er wieder gesund."

Elodie hockte noch immer neben Haymo. Jetzt blickte sie aus verweinten Augen zu Manolya auf. „Wirklich?"

„Wenn das Gift nicht schon zu lange kreist, dann schon", erwiderte Manolya verhalten. Sie hätte ihr gerne ein Versprechen gegeben, aber sie wollte keine falschen Hoffnungen wecken.

Raban hockte sich ebenfalls zu Haymo und half Elodie, den Kranken etwas aufzurichten, damit er von der heilenden Lösung trinken konnte.

Raban haderte schwer mit sich. Hätte er doch nur gewusst, dass die Raupen seinem Freund das Leben retten konnten.

Währenddessen bedankten sich Koray, Manolya und Leilani bei den Vögeln für ihr rechtzeitiges Auftauchen und ihre Führung und bei den Raupen, die ihr lebensrettendes Elixier gegeben hatten, um den kranken Haymo zu heilen. Vieles davon war in den Tagen zuvor im Boden versickert, weil Raban es nicht zu nutzen verstanden hatte. Ob es jetzt zu spät war oder nicht, war nicht die Verantwortung der Raupen, auch nicht Manolyas, nicht einmal Rabans.

Keiner von ihnen schlief in dieser Nacht wirklich gut. Elodie lag neben Haymo im Gras und hielt seine Hand. Sie fühlte sein Zittern und sein Fieber. Ihre Angst war übermächtig. Vor lauter Unruhe wäre sie am liebsten die ganze Nacht durch das Lager gelaufen, aber sie wollte die anderen nicht stören und sie wollte Haymo nahe sein.

Manolya wachte sehr bewusst neben Haymo. Er war ihr Patient und sie fühlte sich für ihn verantwortlich. Sie hatte Raban und Koray gebeten, genug Wasser für alle zu holen. Besonders Haymo musste viel trinken und sie musste seine Stirn und seine Waden kühlen, was sie jetzt mit Fetzen ihrer Kleider tat.

In der Nacht verabreichte sie ihm ein weiteres Mal verdünnte Raupenmilch. Sie kannte die Wirkung dieser Medizin gut, aber Haymos Vergiftung war weit fortgeschritten, deshalb wusste sie nicht, ob die übliche Dosis, die man nach dem Biss der gelben Bergspinne verabreichte, genügte. Sie wusste allerdings auch nicht, ob es schädlich sein konnte, eine so hohe Dosis zu verabreichen. Sie sprach mit niemandem darüber, es war ihre Entscheidung und ihre Verantwortung. Sie allein war schließlich die Heilerin.

Auf Haymos Stirn standen Schweißperlen. Er kämpfte gegen das Gift. Das war ein gutes Zeichen. Sein Körper hatte den Kampf aufgenommen.

Manolya zog ihre Kette mit dem Regenbogenstein unter ihrem Gewand hervor und legte den Stein Haymo auf die Brust. „Möge er dir Kraft geben bei dem Kampf, den du gerade führst", flüsterte sie.

Elodie bemerkte die Geste und zog auch ihren Stein unter ihrer Kleidung hervor. „Du hast denselben Stein?", fragte sie Manolya.

„Ja. Ich habe in erhalten, als ich vor Jahren mein Volk verließ."

Elodie legte ihre Kette ebenfalls auf Haymos Brust. „Du glaubst, das hilft?", fragte sie.

„Dieser Stein verfügt über Magie. Er verleiht uns Kraft und Energie bei unseren Kämpfen, die wir auf unserem Lebensweg führen müssen. Lass ihn nur nie Cedar oder Thyra sehen. Diesen Stein besitzen sie noch nicht, aber sie werden ihn besitzen wollen. Und dann nehmen sie auch noch das Gebirge ein."

Elodie nickte. Ja, Magie hin oder her, das würde wohl so kommen. Mit diesen schimmernden Farben war er sicher wertvoll und Thyra würde sogar die Legende zu Geld machen.

Auch Raban schlief nicht vor Sorge um den Freund.

Einzig Koray und Leilani fanden zumindest etwas Ruhe.

Als die ersten Lichtstrahlen des neuen Morgens in den Wald drangen, war Elodie doch ein wenig eingenickt. Manolya bemerkte Haymos Bewegung. Er räkelte sich sacht. Er sah sich um.

Manolya befühlte seine Stirn und sie seufzte erleichtert. „Das Fieber ist gesunken!", verkündete sie.

„Was ist passiert? Wer bist du?" Haymo blickte in Manolyas Gesicht. „Bin ich tot?", fragte er.

Sie lachte. „Nein, nein, das bist du nicht. Und du wirst auch nicht sterben. Wir haben es geschafft."

Elodie war aufgewacht und blickte sich einen Moment lang verwirrt um. Dann erinnerte sie sich: Haymo lag sterbenskrank neben ihr. Aber was hatte Manolya gerufen? Du wirst nicht sterben?

„Elodie?", hörte sie Haymos Stimme. Er versuchte, sich aufzurichten, aber dazu war er noch zu schwach. „Bist du es wirklich?"

„Ja, ja, ich bin es. Oh Haymo, du lebst."

„Ich dachte, ich habe von dir geträumt", stöhnte er.

„Nein, ich bin hier. Wirklich und wahrhaftig."

„Oh, ist das schön. Da war etwas – ein Gift. Thyra wollte mich vergiften."

„Ja, aber wir haben dich gefunden. Und Manolya hat dich gerettet. Oh Haymo, du wirst nicht sterben. Was ist nur alles geschehen?"

„Oh, so viel. So viel…"

„Das kannst du später erzählen. Vielleicht morgen, vielleicht in zwei Tagen. Du musst dich noch etwas erholen und zu Kräften kommen. Vielleicht gebe ich dir noch einmal die Medizin, aber lass uns erst warten, wie es an diesem Tag wird. Haymo, es war sehr knapp. Danke den Tieren des Waldes", meinte Manolya.

„Den Tieren?"

„Ja. Den Vögeln, die uns den Weg gewiesen haben und besonders den Raupen, die ihr Milchelixier gespendet haben, eine wirksame Medizin gegen das Gift."

„Und ich wollte die Raupen vertreiben, damit sie dich nicht belästigen", meinte Raban zerknirscht. „Ich wusste es doch nicht. Oh mein Gott, beinahe wärst du gestorben und die Heilung war so nah."

Haymo sagte nichts. Er verstand noch nicht vollkommen alle Zusammenhänge. Er blickte in die Runde der Menschen, Elodie und Raban, die direkt neben ihm hockten. Die Heilerin, die ebenfalls an seinem Lager saß. Etwas entfernt stand ein fremder Mann. Er kniff die Augen zusammen. Der Mann kam ihm vage bekannt vor, aber im Augenblick wusste er nicht, woher. Aber er musste ja ein Freund sein, wenn er hier bei ihnen im Lager stand. Ein weiteres Mädchen stand neben ihm und ein großer, wolfsähnlicher Hund.

Aber er war doch hier in einem Feldlager gewesen mit anderen Kämpfern. Wo waren sie alle? Ach, es war gleichgültig. Raban würde ihm alles berichten. Er sah das Licht durch die Bäume fallen und das leuchtende Grün der Bäume und der Gräser. Er fühlte sich schwach, aber er fühlte auch das Leben in seinen Körper zurückkehren. Ein gutes Gefühl. Und Elodie war da. Er tastete nach ihrer Hand, um sich dessen zu vergewissern. Wirklich, ja sie war wirklich da. Er konnte es nicht fassen. Ein Wunder.

Als Manolya sicher war, dass ihr Patient ihre Fürsorge nicht mehr brauchte, wollte sie nach Hause. Zurück zu Avem, den sie schmerzlich vermisste. Sie musste eine Entscheidung für ihr weiteres Leben treffen. Würde sie zurück in die Berge zu ihrem Volk gehen? Sollte Avem weiter die Schule der Dorfkinder besuchen oder die Naturschule der Sub Divo? Welches Leben war für seine Zukunft richtig? Sie wusste, dass sie diese Entscheidung erst treffen konnte, wenn sie ihn wiedersah und erkannte, wie es ihm während dieser Tage ergangen war.

Ihre Hütte war zerstört, wenn sie sich dazu entschied, das Leben weiterzuführen, das sie bisher geführt hatte, müsste sie die wieder aufbauen. Aber das wäre möglich, sie würde Hilfe bekommen. Sowohl bei ihrem Volk als auch bei den Dorfbewohnern. Sie hatte so Vielen bei Krankheit oder Verletzungen geholfen.

Doch sie ahnte, was Avem sich wünschte. Auch wenn er in der Hütte aufgewachsen war, auch wenn er lesen, schreiben und rechnen gelernt hatte, auch wenn er ein Kind beider Welten war, gehörte sein Herz immer dem Volk in den Bergen.

Manolya würde aus der Ferne für Elodie beten, die noch eine weitere Mission zu erfüllen hatte. Sie musste herausfinden, ob sie es wirklich war, die das Tor schließen konnte. Elodie konnte es sich noch immer nicht vorstellen, obwohl sie inzwischen wusste, dass sie tatsächlich ein Kind beider Welten war.

Koray wollte Manolya zurück begleiten. Die junge Frau konnte schließlich nicht ganz allein gehen. Er wünschte sich sehr, dass sie bei ihm blieb, mit ihm eine Familie gründete. Noch waren sie jung genug. Doch er wusste, dass sie zuerst entscheiden musste, in welcher Welt sie und Avem in Zukunft leben würden.

Elodie war den beiden unendlich dankbar. Allein hätte sie das alles niemals geschafft. Auch Haymo war Manolya dankbar. Für seine Rettung in letzter Sekunde natürlich, aber auch für die mühevolle Reise, die sie, Koray und Leilani auf sich genommen hatten, um Elodie zu ihm zu führen. Er versprach ihnen, das Geheimnis des Tores zu ergründen. Jetzt, da Elodie wieder bei ihm war, würde ihn die Trennung von seiner Welt nicht mehr so schmerzen. Nur, dass seine Eltern sicher betrübt waren, weil sie nichts über sein Schicksal wussten, machte ihn traurig.

Elodie senkte dabei den Blick. Auch ihr wurde mit einem Schlag bewusst, dass es ihren Eltern ebenso gehen musste und auch den Priesterinnen im Kloster, mit Ausnahme von Thyra natürlich.

„Wir werden zurückkehren, Haymo. Ich kann den Übergang allein schaffen. Eine alte Frau hat mich das gelehrt. Ich weiß nur nicht, ob ich das Tor schließen kann."

Sie wusste auch nicht, ob sie stark genug war, Haymo hindurch zu tragen. Sie wusste, sie hatte selbst Hilfe von Sabeth gehabt, als sie das Tor durchschritten hatte. Aber immerhin wusste sie, wie es funktionierte und sie konnte die Trance noch ein wenig üben, bevor sie sich auf den Weg machten.

Auf keinen Fall würde sie ohne Haymo gehen, das war ihr bewusst. Wenn sie es nicht schaffen würde, sie beide hinüberzubringen, würden sie beide hier bleiben.

Leilani kehrte nicht mit Koray und Manolya zurück, sie wollte bei Elodie bleiben und die Freundin bei der Aufgabe, die vor ihr lag, unterstützen. Sie fühlte sich ihr verbunden und wollte ihr mit Rat und Tat zur Seite stehen. Wer kannte schließlich die Legenden und Mythen besser als eine Sub Divo? Noch dazu war Leilani die Schülerin von Ulula, der Hüterin der Legendes ihres Volkes.

Manolya umarmte Elodie zum Abschied. „Vergiss nicht, die Tiere des Waldes immer zu beobachten, zolle ihnen Respekt und vergiss niemals, ihnen zu danken", beschwor sie das Mädchen.

Elodie versprach es und sie meinte es ernst. Das, was sie in dieser kurzen Zeit mit den Sub Divo gelernt hatte, würde sie niemals wieder vergessen.

Die nächsten zwei Tage verbrachten sie zu Viert in dem Waldlager, bis Haymo genug Kräfte gesammelt hatte, um die anstehende Wanderung durchzustehen.

Elodie und Haymo erzählten sich während dieser Stunden ausführlich, was sie erlebt hatten.

Haymo berichtete von Thyras Nachricht, von seinem heimlichen Besuch bei ihr in den Bergen, ihrer Besprechung in der Höhle und seinem plötzlichen Aufwachen in der fremden Welt. Er berichtete von seiner Suche, von den Menschen, die ihm geholfen hatten und wie er sich nach dem Überfall auf dem Markt entschlossen hatte, dem Ritter Milan zu folgen.

Elodie war schwer erschüttert.

Sie berichtete von dem Fenster in die fremde Welt, das sie entdeckt hatte und dass sie Haymo darin kämpfen gesehen hatte. Sie erzählte von ihrer weisen Lehrerin Sabeth, von ihrer Ermordung und von ihrem Leben in Vinginevio.

„Dann haben wir also beide bei Arnit gelebt, auch wenn es bei mir nur eine einzige Nacht war."

„Sieht so aus", erwiderte Elodie.

„Weißt du", begann Haymo etwas zögerlich, „als ich in diesen Kampf in der Nähe des Tores verstrickt war, hatte ich plötzlich das Gefühl, du würdest direkt hinter mir stehen. Deshalb habe ich mich umgedreht. Aber das kann doch nicht sein? Oder doch? Ist es möglich, dass ich deine Nähe durch das Tor hinweg gespürt habe?"

Sie hob die Schultern. „Ich weiß nicht." Eine einzelne Träne kullerte über ihre Wangen. Er hob die Hand und strich sie unendlich zärtlich fort.

„Ich habe so etwas später noch einmal gefühlt", redete er weiter. „Auch da war ich im Kampf. Plötzlich hatte ich das Gefühl, eine Energiewelle würde mich regelrecht überfluten. An dem Tag hatten wir gegen Ritter Ursus' Männer gekämpft, Ursus wurde schwer verletzt und noch ein weiterer seiner Männer."

Elodie fiel es wie Schuppen von den Augen. „An dem Tag hatte ich das Weltentor durchschritten", hauchte sie. „Ich erinnere mich genau. Auch ich habe ein Zittern gespürt. Und ich bin auf meinem Weg ins Dorf einer Gruppe Kämpfer begegnet. Einer hatte eine leichte Verletzung, aber der Anführer war schwer verletzt und musste gestützt werden."

„Das war sicher Ursus. Oh mein Gott, wie gut, dass er verletzt war, sonst hätten sie dich vielleicht… nein, darüber will ich gar nicht nachdenken." Er schüttelte den Gedanken an das, was hätte geschehen können, ab.

Sie waren beide beeindruckt von der Verbundenheit, die offensichtlich zwischen ihnen bestand. Wie sonst hätten sie diese tiefen Gefühle entwickeln können?

Aber es gab noch etwas, dass Elodie erzählen musste. Sie wollte nicht, dass irgendwelche Geheimnisse oder Halbwahrheiten zwischen ihnen standen. Und so schwer es ihr auch fiel, berichtete sie auch das, was Ulula ihr erzählt hatte.

Haymo konnte es nicht fassen. „Ist das wirklich wahr? Kann es sein, dass die Sub Divo sich irrt?", fragte er. Elodie hob die

Schultern. Möglich wäre es vielleicht. Schließlich hatte Ulula sie, niemals persönlich kennen gelernt, sondern kannte nur Sabeths Erzählungen. Konnte es eine Verwechslung geben?

„Ich möchte nicht gerne Thyras und Cedars Tochter sein", sagte Elodie zögernd. „Ich wünschte, ich könnte Sabeth fragen. Oder meine Mutter Xenja. Sie muss doch wissen, ob es stimmt. Und wenn es stimmt, war es ein gemeiner Handel. Zieh mein Kind auf und wenn es siebzehn Jahre alt ist, bekomme ich es wieder."

Haymo schüttelte den Kopf, als er Elodies Verbitterung wahrnahm.

„Xenja und Ratmar lieben dich, Elo. Ich konnte das sehen, ich habe doch bei euch gelebt."

„Und warum haben sie mich dann trotzdem regelrecht verkauft?"

4. Teil

Kapitel 17
Wanderung durch den Wald

Es war erstaunlich, wie schnell Haymo sich erholte. Früh am Morgen des dritten Tages brachen er, Elodie, Raban und Leilani auf. Auch Elodie hatten die zwei Tage Rast gut getan. Im Gegensatz zu Leilani war sie an diese langen Märsche nicht gewöhnt. Ganz anders als Leilani, die immer mal wieder gemeinsam mit anderen ihres Volkes Wanderungen durch das Land unternahm.

Unterwegs merkte Haymo jedoch, dass er noch nicht ganz so stark war, wie er sich im Lager gefühlt hatte, aber immerhin ging es weiter, wenn auch nicht so schnell. Im Grunde gab ihnen das Zeit, über ihr Vorgehen nachzudenken. Elodie wollte als erstes die Stelle aufsuchen, in der sie aus dem Tor herausgetreten waren. Wenn es um das Schließen des Tores ging, war das das einzige Ziel, das Elodie sich zurzeit vorstellen konnte. Sie erinnerte sich an Ululas Worte: *Die Magie dazu ist ein Blutsiegel aus dem Blut eines Wesens beider Welten.*

Aber was bedeutete das? Musste sie ihr Blut vergießen? Musste sie sogar sterben? Wenn sie überhaupt die Auserwählte war. Auch wenn die Sub Divo und einige andere in dieser Welt offenbar davon ausgingen, dass Elodie die Auserwählte war, glaubte sie selbst noch lange nicht daran. Selbst wenn sie Thyras Tochter war, selbst wenn das Blut beider Welten in ihr floss... Auch Thyra trug das Blut beider Welten in sich und war nicht dazu bestimmt. Allerdings hatte sie auch nie die Absicht gehabt, das Tor zu schließen.

Aber hatte Sabeth nicht selbst gesagt, es könnten weitere Nachfahren von Enoch in Vinginevio leben?

Oder auch Kinder der Krieger, die Thyra hierher brachte?

Die nächste Frage war, wie der Friede wieder im Land einkehren konnte. Wenn sie nur das Tor schlossen, war zwar Thyra ausgesperrt, aber Cedar konnte weiter wüten.

Ach, ihr Kopf würde noch zerspringen bei all diesen Grübeleien.

Thyra hatte niemals zuvor so eine Unruhe verspürt. Dieses verfluchte Mädchen brachte alles durcheinander. Und schuld daran war Haymo, der hatte ihr diese Flausen in den Kopf gesetzt, dass sie selbst über ihr Leben und ihre Zukunft entscheiden konnte.

Sie hätte ihn damals sofort töten sollen statt nach Vinginevio zu verbannen. Ach, verdammt. Und dann war da noch diese Alte. Sabeth. War doch eigentlich klar gewesen, dass die ihr noch mal in ihre Pläne pfuschen würde. Die Alte wusste einfach zuviel, aber sie hatte sich die ganzen Jahre so ruhig verhalten, dass Thyra, schon geglaubt hatte, sie sei tot. Na ja, jetzt war sie es ja wirklich. Und Haymo inzwischen auch. Gegen das Gift der gelben Bergspinne war nichts zu machen.

Blieb noch Elodie – die musste sie selbst finden. Entgegen ihres ursprünglichen Plans wollte sie das nicht Cedar überlassen, obwohl auch er sie jagen würde. Er hatte schließlich durchaus ein eigenes Interesse daran, das Mädchen zu fangen.

Thyra zog sich um, kleidete sich in das Gewand von Vinginevio, verbarg ihr Haar sorgfältig unter einem Tuch und verließ das Kloster.

„Machst du einen Spaziergang, Thyra?", fragte Wilrun, die ihr im Gang des Klosters begegnete.

„Ich muss für ein paar Tage fort, neue Stoffe kaufen."

„So plötzlich?"

„Hatte ich das noch nicht erwähnt? Oh, das tut mir leid, Wilrun, ich muss es vergessen haben."

Die ältere Priesterin lächelte nachsichtig. „Du hast so viel zu tun, Thyra. Das macht nichts. Ich wünsche dir eine gute Reise und gute Geschäfte."

Thyra lächelte ihr zu und ging weiter.

Wie einfach es doch ist, gute, vertrauensvolle Menschen zu belügen, dachte sie zynisch.

„Hier ist die Stelle", meinte Haymo. „Ich erkenne sie genau. Ich habe mich schließlich sehr aufmerksam umgesehen, weil ich so vollkommen desorientiert war."

„Ja, du hast recht. Ich wusste zwar, wo ich lande, aber dennoch war es auch für mich äußerst merkwürdig und fremd."

Elodie sah sich aufmerksam um. Sie ging zu dem besonders dicken Baum und blickte in die Höhle in ihrer Welt.

„Du siehst etwas, nicht wahr?", fragte Leilani, die Elodies Gesichtsausdruck bemerkt hatte.

„Ja", hauchte Elodie. Es kam ihr fast ein wenig gespenstisch vor.

„Seht ihr denn gar nichts?"

„Nein." Sie schüttelten alle drei die Köpfe.

„Und jetzt? Was können wir tun?", fragte Haymo.

Elodie hob die Schultern. „Ich weiß es nicht. Ich habe absolut keine Ahnung. Gibt es eine Art Magie? Ein Ritual? Aber angeblich ist es doch auch nur einer bestimmten Person möglich, das Tor zu schließen?"

„Ja, so ist es. Einem Wesen, das das Blut beider Welten in sich trägt", erklärte Leilani.

„Wie geht die Legende weiter? Wird dort nicht erklärt, wie die Schließung vonstatten geht? Ulula sagte, es muss mit Blut versiegelt werden."

Leilani und Raban wussten es nicht. Sie kannten beide nur das Orakel, das es einem Wesen beider Welten gelingen würde.

„Vermutlich weiß der- oder diejenige dann, was zu tun ist", überlegte Haymo.

„Dann kann ich es aber auf keinen Fall sein, denn ich habe absolut keine Ahnung", erwiderte Elodie mit verzweifeltem Tonfall.

„Vielleicht weiß Ulula ja doch mehr?"

Doch Leilani schüttelte den Kopf. „Das glaube ich nicht. Sie hätte es dir gesagt, denn es würde keinen Sinn machen, dich ohne alles Wissen, das du brauchst, ziehen zu lassen."

„Blutsiegel – wie könnte das vonstatten gehen?", überlegte Elodie leise vor sich hin.

Sie sah erneut zu dem Baum hinüber, der den Blick in ihre Welt gestattete und erstarrte. Sie sprang zur Seite. Sie wusste, ihr Gegenüber würde auch sie sehen können.

„Was siehst du?", fragte Leilani schnell.

„Thyra ist in der Höhle. Sie sitzt ganz ruhig auf dem Fußboden, als würde sie meditieren."

„Das kann doch nur eins bedeuten…", meinte Haymo.

„Ja, sie will das Tor durchschreiten. Sie kommt schon wieder her."

Thyra war in tiefer Trance. Sie hatte das Tor schon fest vor ihrem geistigen Auge. Sie war den Weg schon so oft gegangen, dass es nichts Besonderes mehr für sie war, auf diese Art zu reisen.

Einen Augenblick hatte sie geglaubt, Elodie dort im Wald gesehen zu haben, aber offenbar war das ein Irrtum. Ein Trugbild. Auf jeden Fall war sie wieder fort.

Thyra durchschwebte das Tor und erwachte fast im selben Moment, als sie den Moosboden des Waldes berührte, aus ihrer Trance. Sie war wieder in Vinginevio. Sie war dort, wo sie hingehörte. Das hatte sie immer gewusst. Sie sollte bleiben und selbst das Tor schließen. War sie nicht auch ein Kind beider Welten? Wenn nur diese verdammten Kämpfe nicht wären. Obwohl sie einen anderen Grund gehabt hatte, der sie in ihrer Welt zurückgehalten hatte, nämlich ihre Tochter. Aber jetzt gab es auch den Grund nicht mehr.

Sie sah sich aufmerksam um. Immerhin war es möglich, dass feindliche Kämpfer hier unterwegs waren. Dieser verfluchte Haymo hatte sie unterstützt und sogar bessere Waffen für sie angefertigt.

Doch sie sah niemanden, alles war ruhig und fast ein bisschen zu friedlich. Sie war allein.

Sie würde jetzt direkt zu Cedar gehen und schauen, ob der Elodie inzwischen gefangen hatte. Hoffentlich.

Sie traten aus ihrem Versteck heraus.

„Das war ja richtig gruselig", meinte Leilani beinahe etwas ehrfurchtsvoll. „Sie schwebte praktisch aus dem Nichts hierher."

Elodie sah der Frau hinterher. Sie sah sie plötzlich mit ganz anderen Augen. Sie sah nicht die Hohepriesterin, der man Respekt zu zollen hatte, sie sah aber auch ganz sicher nicht ihre Mutter. Sie sah nur noch eine Frau, die sich in ihrem Streben nach Macht und Geld völlig verzettelt hatte, die viel zu weit gegangen war. Sie war vielleicht mit der Gier ihres Vaters aufgewachsen und kannte überhaupt nichts anderes. Sie selbst hatte Glück gehabt, bei so liebevollen Menschen aufgewachsen zu sein, wie Xenja und Ratmar.

„Was denkst du?", fragte Haymo.

„Dass sie mir vollkommen fremd ist. Ich habe sie nie gekannt."

Elodie blickte wieder starr auf die Welt hinter dem Tor. Auf den leicht verschwommenen Strudel in dem Baumstamm. Sie konnte nicht fassen, dass wirklich niemand sonst das Bild sehen konnte.

„Was machen wir jetzt?", fragte Raban. „Du weißt nicht, ob du diejenige bist, die das Tor schließen kann?"

„Ich kann es nicht einfach versuchen, denn ich weiß nicht, ob ich es abbrechen kann. Und dann sind Haymo und ich hier gefangen. Aber wir müssen zurückgehen."

„Müsst ihr das wirklich?", fragte Leilani. „Das würde bedeuten, dass wir uns niemals wieder sehen."

„Oh Leilani!" Elodie fiel dem Mädchen förmlich um den Hals. „Daran habe ich noch gar nicht gedacht."

Sie hielten sich einen Augenblick fest, in den Gedanken versunken, dass sie nur eine kurze Zeit ihres Lebens miteinander verbringen würden.

„Aber es geht nicht anders. Auch ich möchte zurück in meine Heimat. Ich möchte meine Familie wieder sehen", warf Haymo ein. „Aber noch ist der Moment nicht gekommen. Wir können das Volk von Vinginevio doch nicht in diesem Chaos alleinlassen."

Leilani löste sich von Elodie. „Nein, das geht wirklich nicht", bemerkte sie. „Du hast hier noch eine Aufgabe zu erfüllen. Die Legende sagt auch, dass das Wesen beider Welten den Frieden in Vinginevio wiederherstellt."

„Und wie soll ich das tun?", fragte Elodie etwas zu heftig. „Mal ganz davon abgesehen, dass ich nicht einmal weiß, ob ich diejenige bin."

„Es gibt nur einen Ort und einen Weg, das herauszufinden", meldete sich jetzt Raban zu Wort. Alle starrten ihn erwartungsvoll an.

„Wir müssen zu Cedars Schloss. Dorthin, wo der Frieden gebrochen wird. Von dem Mann, der voller Gier und Egoismus alles an sich reißt. Dort wird sicherlich auch die Hexe zu finden sein. Thyra."

„Und ausgerechnet die beiden sind meine leiblichen Eltern", sinnierte Elodie. Es schüttelte sie. Das war ja eine furchtbare Vorstellung.

Kapitel 18
Cedars Schloss

Sie versuchten, sich immer im Dickicht der Bäume zu halten. Der Weg war nicht so weit, wie Elodie befürchtet hatte. Aber da Haymo mehr Pausen brauchte, kamen sie nur langsam voran. „Dort geht es weiter nach Oppidia", erläuterte Raban, als sie bei einer Abbiegung ankamen. „Hoffentlich ist dort alles in Ordnung. Wir hatten ja eine Nachricht bekommen, dass die Stadt überfallen worden war."

Sie hielten sich nicht mit Grübeleien auf, sondern gingen zielstrebig weiter. Die nächste Abbiegung führte zu Cedars Schloss. Leilani horchte in die Stille des Waldes. Ein kleiner Hase kam aus dem Gebüsch und schlich um ihre Beine herum. Sie lächelte vor sich hin. Sie war fast sicher, dass sie nicht mehr allein waren.

Endlich sahen sie Cedars Schloss wie ein trutziges Gemäuer aufragen.

„Und jetzt? Was sollen wir jetzt tun?", fragte Elodie ein wenig ratlos.

Sie seufzte. „Vielleicht ist Thyra ja zufrieden, wenn ich nur hier bleibe? Sie wollte schließlich, dass ich bei ihr bin. Dann schließe ich das Tor, nachdem du wieder drüben bist, Haymo. Thyra kann dann keine Kämpfer mehr holen und das Land hat es nur noch mit Cedar und seinen Männern zu tun."

„Außer mit denen, die schon hier sind. Nein, Elodie, es ist nobel, dass du bleiben würdest, aber das Opfer wäre zu groß. Und es würde nichts bringen. Außerdem weißt du nicht einmal, ob du die Auserwählte bist", gab Leilani zu bedenken.

„Die Auserwählte. Wie das klingt", meinte Elodie.

„Findest du das zu pathetisch? Für eine so große Sache?", fragte Leilani.

„Ich würde sowieso nicht ohne dich gehen", warf Haymo ein. Die Vorstellung, das Elodie allein hier bleiben würde, war zu viel für ihn.

„Aber was sollen wir tun?", fragte Elodie ein zweites Mal.

„Thyra muss wieder fort. Und Cedar muss abgesetzt werden. Das ist der einzige Weg", erklärte Raban mit harter Stimme. Dabei griff er an sein Messer, das an seinem Gürtel befestigt war, sodass niemand einen Zweifel daran hatte, wie er seinen Einwand meinte.

Elodie bekam große Augen. „Wir lösen das ohne Waffen", erwiderte sie scharf.

Raban antwortete darauf nicht. Wenn die Zeit reif war, würde er tun, was getan werden musste. „Du bist Cedars Erbin, ist dir das eigentlich klar?", gab er zu Bedenken.

Elodie starrte ihn entsetzt an. „Nein, daran habe ich noch gar nicht gedacht."

„Dann wird es Zeit. Er und Thyra sind niemals offiziell verbunden worden, davon wüsste das Volk. Wahrscheinlich sind sie nicht einmal mehr ein Paar. Sie kann seine Herrschaft nicht fortsetzen. Du kannst das, Elodie."

„Aber das hieße ja, ich muss doch bleiben?" Elodies Stimme klang bedrückt. Dieses Hin und Her war zuviel für sie. Gerade noch hatte Haymo ihr die Furcht genommen, bleiben zu müssen, damit Thyra zufrieden war. Jetzt kehrte der Gedanke schon wieder zurück. Nein, sie wollte nicht bleiben. Sie mochte die Menschen, die sie hier kennengelernt hatte, Arnit und seine Familie, die Sub Divo, mit denen sie gereist war – aber hier war nicht ihr Zuhause. Sie wollte ihre Eltern wieder sehen, sie wollte mit Haymo in seine Heimat reisen.

„So weit sind wir noch nicht. Es wird sicher einen anderen Weg geben, aber wir müssen zumindest an den Punkt kommen, an dem du diesen Weg bestimmen kannst. Cedar muss weg", brummte Raban.

Die Härte seiner Stimme machte Elodie Angst.

Leilani schien es anders zu gehen. Sie lächelte ihn an.

„Wir können ihn doch nicht töten", wandte Elodie leise ein.

„Und warum nicht?", hielt Leilani dagegen. Die sanfte Leilani, die die Natur und die Tiere verehrte, die den Tieren Dankbarkeit erwies für ihre Zeichen.

Elodie starrte sie entsetzt an. „So gnadenlos kenne ich dich gar nicht", brachte sie hervor.

„Cedar tötet und beutet das Volk aus. So jemand hat unseren Respekt und unsere Achtung nicht verdient!", presste Leilani hervor.

Elodie fühlte sich hin- und hergerissen. Sie wollte keinen Mord verursachen.

Haymo nahm ihre Hand. „Sie hat recht, Elodie. Vielleicht habe ich mehr gesehen als du bisher, aber Cedar muss abgesetzt werden. Wie das geschieht, werden wir sehen. Wenn es nur durch seinen Tod geschehen kann, dass soll es so sein."

Elodie sagte nichts. Sogar Haymo war dieser Meinung. Vielleicht hatte sie wirklich noch nicht genug gesehen. Sie war in keine Kämpfe verstrickt gewesen, hatte keine getöteten Krieger oder Stadtbewohner gesehen. Aber auch sie war schon geflohen und hatte sie nicht selbst bemerkt, dass sie im Gebirge verfolgt wurde?

Sie nickte sacht. Nicht aus Zustimmung, sondern weil sie keinen anderen Rat wusste. Und weil sie weiterziehen mussten. Auf den Schatten zu, der das Schloss war.

Raban, Haymo und Leilani blieben im Dickicht vor dem Schloss zurück. Elodie wollte das Gemäuer allein betreten. Haymo gefiel das natürlich nicht, obwohl auch er davon überzeugt war, dass Elodie keine Gefahr drohte. Schließlich wollte Thyra sie bei sich haben. Dafür hatte sie ihn ja aus dem Weg geräumt. Sie sollte auch besser in dem Glauben bleiben, dass dies gelungen war.

Elodie schritt ganz langsam, Schritt für Schritt, näher. Das trutzige Gemäuer wirkte merkwürdig abweisend und feindlich. Sie sagte sich immer wieder, dass das ein dummer Gedanke war. Es war nichts als ein Gebäude. Mauern aus Stein. Die konnten nicht feindlich sein.

Mauern aus Stein.

Nichts wurde in diesem Land aus Stein gebaut, aber dieses Schloss war aus Stein. Nun, das war früher in ihrem Land wohl auch so gewesen. Häuser der Bewohner aus Holz, Burgen aus Stein.

Diese merkwürdigen, unsinnigen Gedanken kreisten in ihrem Kopf. Sie lenkten sie von der Angst ab, die sie empfand, obwohl sie alle davon überzeugt waren, dass ihr keine Gefahr drohte. Aber das Gefühl war stark und sie konnte es nicht einfach ausschalten.

Sie fühlte den bunten Stein, den Nabor ihr geschenkt hatte, auf ihrer nackten Haut unter ihrem Kleid verborgen. Thyra und Cedar dürfen ihn nicht sehen, erinnerte sie sich an Manolyas Rat.

Vielleicht hätte ich doch Leilani mitnehmen sollen, überlegte sie völlig unsinnigerweise. Doch dafür war es nun zu spät.

Auf jeden Fall wäre Leilani die einzige Möglichkeit gewesen. Haymo oder Raban wären sofort in Ketten gelegt oder sogar getötet worden.

Elodie schüttelte sich, als sie daran dachte, auf welch hinterlistige Art Thyra bereits zweimal versucht hatte, sich Haymos zu entledigen. Dieser Giftmord hätte nicht grausamer sein können.

Aber Elodie war nicht einmal sicher, ob sie Leilani nicht in Gefahr gebracht hätte, wenn sie sie mitgenommen hätte. Immerhin hatte Thyra auch Sabeth getötet. Auch wenn sie den Mord selbst nicht gesehen hatte, war sie sicher, dass Sabeths Tod auf Thyras Konto ging. Die Stimme, die sie in Trance vernommen hatte, gehörte auf jeden Fall Thyra.

Die Hohepriesterin ging so viel sorgloser mit einem Menschenleben um, als sie selbst. Warum dachte sie überhaupt noch darüber nach, ob man Cedars Leben verschonen konnte oder nicht?

Elodie war bei dem mächtigen Portal angekommen und betätigte den schmiedeeisernen Türklopfer. Eine kleine Klappe darin öffnete sich und durch die Luke blickte der Kopf eines bärtigen Mannes. „Wer bist du und was willst du?", fragte er.

„Mein Name ist Elodie. Ich möchte zu Thyra und Prinzeps Cedar", forderte sie mit möglichst fester Stimme, auch wenn sie nicht hundertprozentig sicher war, dass Thyra wirklich in diesem Schloss war.

„Da kann ja jeder kommen", brummte der Mann unfreundlich.

„Sie werden froh sein über mein Kommen", behauptete Elodie, obwohl sie sich auch in diesem Punkt nicht ganz sicher war. „Wenn du das nicht glaubst, geh sie fragen."

„Bist du allein?"

„Ja."

Sie straffte sich, um möglichst selbstbewusst zu erscheinen.

„Mmm", brummte der Mann wieder. Sein Kopf verschwand von dem Fenster. Sie hörte Stimmen, konnte aber nur Bruchstücke davon verstehen.

„He du! Komm mal näher!"

Pause. Elodie versuchte, durch die halboffene Luke zu erkennen, was sich auf der anderen Seite des Portals tat. Sie sah in einen Innenhof mit unebenem Steinpflaster. Sie erkannte eine Frau, die näher kam, den Wächter sah sie nicht, der stand vermutlich hinter dem Fensterchen.

Dann polterte die Stimme des Wächters: „Sag Thyra Bescheid, dass ein Gör namens Elodie hier ist."

Die Frau knickste schweigend und eilte davon, sicherlich um ihre Ankunft zu melden. Im nächsten Augenblick sah sie wieder den Kopf des Wächters, die kleine Pforte innerhalb des Portals wurde geöffnet und Elodie trat ein.

Der Mann streckte seinen Kopf heraus und schaute sich auf dem Platz vor dem Schloss um. Niemand war zu sehen.

„Ich sage doch, ich bin allein", bekräftigte Elodie.

„Na dann komm mal mit. Von einem kleinen Mädchen geht wohl keine Gefahr aus."

Elodie lief hinter dem Wachposten her. Der legte ein ziemliches Tempo vor und machte große, kraftvolle Schritte. Elodie musste beinahe rennen, um Schritt zu halten. Sie war verärgert. *Kleines Mädchen.* Der war wohl nicht ganz dicht. Sie war doch kein kleines Mädchen. Ihr Ärger lenkte sie von ihrer Angst ab.

Thyra erwartete sie in einem kleinen Salon. Sie sah so ganz anders aus als sonst. Sie trug ein farbiges Kleid aus Vinginevio. Ihre fliederfarbenen Haare hatte sie zu einem langen Zopf geflochten. Elodie hatte noch niemals Thyras Haare gesehen. Jetzt starrte sie erstaunt darauf.

Thyra lächelte tatsächlich und kam ihr mit ausgebreiteten Armen entgegen. „Mein liebes Kind", flötete sie. „Wie schön, dich wiederzusehen. Ich habe mir solche Sorgen gemacht, als du von deinem Spaziergang nicht zurückgekehrt bist. Und dann fand ich die tote Sabeth und ahnte, was geschehen ist. Ich habe dich gesucht."

Elodie sah sie noch verwirrter an als zuvor. Thyra hatte sich Sorgen gemacht? Sie hat die tote Sabeth gefunden? Konnte das wirklich sein?

„Wir haben Sabeths Leiche im Wald in der Nähe von Segetem gefunden", brachte Elodie hervor.

„Natürlich. Ich habe sie hergebracht. Sie hätte es so gewollt."

„Woran ist sie gestorben?", fragte sie gespannt auf Thyras Erklärung. Sie glaubte der Älteren – ihrer leiblichen Mutter – kein Wort. Sie war zwar freundlich, wirkte aber so unecht. Das war nicht die Thyra, nicht die Hohepriesterin, die Elodie kannte.

„Ich weiß es nicht, Kind. Vermutlich hat ihr Herz den Übergang nicht verkraftet."

Thyra setzte ein mitleidiges Gesicht auf und hielt Elodie jetzt ein Stück von sich entfernt, um sie betrachten zu können. „Du siehst gut aus", sagte sie. „Aber ein wenig mager bist du geworden. Komm, wir essen zusammen. Ach, ist das schön, dass du hier bist."

Elodie trippelte hinter Thyra her zu einem Tischchen mit verschnörkelten Beinen, auf dem bereits Gebäck, Früchtebrot und Obst standen. War dieser Tisch immer mit Leckereien gedeckt? Thyra konnte das in dieser kurzen Zeit doch unmöglich für sie arrangiert haben.

„Wir können später noch mehr essen. Ich habe Braten in Auftrag gegeben und frisches Gemüse", plauderte Thyra fröhlich weiter, als wäre die Situation nicht vollkommen bizarr und unheilvoll.

„Thyra, du hast…"

„Ich habe was?"

Sabeth getötet, wollte Elodie sagen. *Du hast den Krieg in dieses Land gebracht, du hast die Menschen ausgebeutet.* Aber sie biss sich auf die Zunge.

„lila Haare", brachte sie hervor.

Thyra lachte laut auf. „Ja genau. Wie du. Setzt dich, ich muss dir etwas sagen."

„Ich weiß schon, dass ich ein Kind beider Welten bin", sagte Elodie, die annahm, dass es genau darum ging.

Thyra nickte. „Das ist gut. Dann weißt du auch, dass ich deine Mutter bin. Deshalb wollte ich dich bei mir im Kloster haben. Deshalb konnte ich deinem Wunsch, mit Haymo zu gehen, nicht entsprechen. Ich hatte doch bisher nichts von dir."

Das erklärt gar nichts, dachte Elodie. *Das erklärt vor allem nicht, warum sie die siebzehn Jahre zuvor verschenkt hat.*

Ungeachtet der beklemmenden Situation fühlte Elodie sich hungrig, griff nach einem Stück Früchtebrot und biss herzhaft hinein. Sie wünschte, sie könnte ihren Freunden draußen etwas davon abgeben. Sicher hatten sie auch Hunger.

„Warum hast du mich abgegeben?" Die Worte waren aus ihr herausgesprudelt ohne, dass sie es geplant hatte.

Thyra blickte sie wie vom Donner gerührt an.

„Ich konnte dich nicht behalten, ich war eine Priesterin, ich hatte einen Schwur geleistet."

„Du hast dir hier ein Leben in Reichtum aufgebaut. Gehört das zu deinem Schwur?" Sie konnte nichts dagegen tun. Die Worte brachen aus ihr heraus.

Thyra legte ihr Biskuit auf den Teller und stützte ihre Ellenbogen auf den Tisch. „Nun gut", begann sie. „Ich führe ein Doppelleben. Ich hatte mir immer gewünscht, hier zu leben. Ja, in Reichtum. Ich mag Geld, das ist nicht verwerflich. Das Kloster hat durchaus davon profitiert. Aber jetzt ist in der Tat die Zeit gekommen, in der ich hierbleiben werde. Mit dir. Mit meiner Tochter."

Elodie konnte nicht fassen, was sie hörte. Glaubte die Frau das wirklich? Dass sie ihr nach so vielen Jahren in die Arme fallen würde und froh war, in ihr eine Mutter zu haben?

„Meine Eltern sind Xenja und Ratmar, verstehst du das nicht?"

„Unfug. Die können dir nichts bieten", fauchte Thyra. Gleich darauf lächelte sie wieder liebevoll, etwas verärgert über ihren eigenen Ausbruch. Sie musste Elodie auf ihre Seite ziehen, sie umgarnen. Sie musste ihr zeigen, was ihr hier geboten wurde. Sie nahm eine kleine Glocke und läutete. Gleich darauf erschien ein

Diener. „Hol Prinzeps Cedar jetzt her", befahl Thyra. „Sag ihm, dass Elodie angekommen ist."

Elodie musste sich zusammenreißen. Sie durfte hier keinen Streit vom Zaun brechen, das würde sie nicht weiterbringen. Sie musste Thyra und Cedar umgarnen, damit sie ihr vertrauten, ihr glaubten, dass sie bei ihnen sein wollte.

Der Mann verneigte sich schweigend und ging wieder. Thyra lächelte.

„Du solltest wissen, dass Cedar und ich schon lange kein Paar mehr sind. Ich bewohne in diesem Schloss eigene Räume, wenn ich in Vinginevio bin. Ich sagte dir damals, dass es keine ewige Liebe gibt, nicht wahr?" Die Worte klangen irgendwie verbittert, fand Elodie. „Ja, das sagtest du."

Sofort verwandelte sich Thyra wieder und lächelte. Einnehmend und falsch.

„Gleich wirst du Cedar kennenlernen."

„Meinen Erzeuger", brachte Elodie gepresst hervor.

„Deinen Vater."

Raban, Haymo und Leilani hatten es sich zwischen den Bäumen so gemütlich gemacht, wie es eben ging. Doch während Leilani eine große Ruhe und Vertrauen in das Schicksal umgab, waren Raban und Haymo nervös.

Bei Haymo war es natürlich verständlich, er liebte Elodie und hatte Angst um sie. Unnötige Angst, wie Leilani fand, aber das würde er nicht abstellen können. Aber Raban sollte ihrer Meinung nach viel ruhiger sein.

Sie sind beide aus einer anderen Welt, dachte sie.

Bei Haymo lag es auf der Hand. Er kam aus der fremden Welt jenseits des Tores, aber auch Raban lebte in einer anderen Welt als die Sub Divo. Einst hatten sie alle gemeinsam in diesem Einklang mit der Natur und dem Schicksal gelebt. In völligem

Vertrauen in die Zeit und die Zukunft und in die Tatsache, dass immer das geschehen würde, was das Beste war. Doch in den vielen Jahren, seit der erste Mensch aus der fremden Welt Vinginevio betreten hatte, hatte sich das gravierend geändert. Die Dorf- und Stadtbewohner hatten dieses Vertrauen verloren und nur die Sub Divo, die abseits der Kämpfe ihr, von der sogenannten Zivilisation vergessenes, Leben weiterführten, hatten es bewahren können.

„Es wird alles gut. Setzt euch her und meditiert mit mir", rief sie den beiden gedämpft zu. „Elodie wird nichts geschehen. Versteht ihr denn nicht, dass auch Thyra und Cedar sie hier als ihre gemeinsame Erbin einsetzen wollen?"

„Das kann ja sein, aber ich habe dennoch Angst um sie", erklärte Haymo. „Ich hätte sie nicht allein gehen lassen dürfen."

„Du hättest nichts tun können. Wenn du sie begleitet hättest, hätten sie dich sofort gefangen genommen und in Ketten gelegt. Und das auch nur dann, wenn du viel Glück gehabt hättest. Dich wollen sie loswerden. Vergiss nicht, auf welch hinterlistige Art Thyra schon zweimal versucht hat, dich loszuwerden. Auch Raban wäre gefangen genommen worden."

Haymo winkte ab. „Ja, hast ja recht."

Einige Vögel flatterten aus den Baumkronen auf und Leilani blickte lächelnd nach oben.

„Was ist los?", fragte Haymo hektisch.

„Wir bekommen Besuch", lächelte Leilani.

Im nächsten Augenblick traten zwei Sub Divo aus dem Dickicht hervor. Es waren Koray und ein weiterer Mann im selben Alter.

„Wie kommt ihr denn hierher?", staunte Raban. Leilani dagegen schien sich überhaupt nicht zu wundern.

„Wir bekommen immer mehr mit als ihr denkt", grinste Koray breit.

„Aber du kannst unmöglich schon in den Bergen gewesen sein", wunderte sich Raban.

„Das war ich auch nicht. Canis und ich hatten euch weiter beobachtet. Canis ist schließlich zurück ins Lager gerannt, Joas ist mir entgegengekommen und wir sind euch gefolgt."

„Aber es war doch nie jemand in unserer Nähe", meinte Haymo plötzlich.

„Doch, war es", behauptete Leilani lächelnd.

Als Cedar den Raum betrat, nahm seine Persönlichkeit diesen voll und ganz ein.

Er war größer als jeder Mann, den Elodie bisher kannte und seine breiten Schultern wurden durch einen an dieser Stelle ausgestellten Umhang noch betont. Seine Haare waren lang und hatten einen merkwürdigen Ton. Sie waren fast schwarz mit einem ungewöhnlichen, kaum wahrnehmbaren dunkelroten Schimmer.

Er hatte eine unglaublich starke Ausstrahlung, aber seine dunklen Augen waren nicht vertrauenerweckend.

„Du bist Elodie?", grüßte er sie. Seine Stimme war tief, das gefiel Elodie, aber sie hatte keine Wärme.

„Ja", bestätigte sie.

„Sei uns willkommen. Ich dachte nicht, dass du von selbst herkommst. Wir haben versucht, dich herbringen zu lassen, aber du bist geflohen."

„Ich hatte Angst, ich wusste damals noch nicht, dass…" Sie stockte. Unfähig, die Worte auszusprechen.

„…dass wir deine Eltern sind", ergänzte Thyra.

„Und du warst bei den Sub Divo, wie ich an deiner Kleidung erkenne", redete Cedar weiter.

„Ja."

„Warum bist du überhaupt nach Vinginevio gekommen?" Elodie musste nun genau darauf achten, was sie sagte. Sie würde zumindest teilweise lügen müssen, das war klar. Und wie leicht konnte man sich da verplappern. „Ich habe das Tor gesehen und ich habe Haymo gesehen."

„Oh", machte Thyra überrascht. Was für ein ungewöhnlicher Zufall, dass Elodie ausgerechnet zu dem Zeitpunkt das Tor entdeckt hatte, als Haymo an der Stelle in Vinginevio war.

„Ich habe ihn gesucht", gestand Elodie, um ihre Geschichte plausibel zu machen.

„Und – hast du ihn gefunden?", fragte Thyra.

„Ja." Elodie senkte traurig den Kopf. Der Gesichtsausdruck fiel ihr nicht schwer, aber ihre tatsächlichen Gefühle entstammten eher ihrer Verlegenheit und ihrer vergangenen Angst, als sie Haymo sterbenskrank gefunden hatte. „Er war tot", brachte sie leise hervor.

Aus den Augenwinkeln bemerkte sie das kurze Aufleuchten in Thyras Gesicht. Die Hohepriesterin freute sich, war froh, einem Menschen das Leben genommen zu haben. Wie hatte Elodie, diese Frau nur jemals mögen können. Sie hatte nicht nur zwei Leben, sondern auch zwei Gesichter.

Ihre Skrupel Rabans Plan gegenüber waren noch nicht fort, aber sie schrumpften zusammen. Warum sollte sie solchen Menschen gegenüber noch Anständigkeit empfinden, warum Scheu haben, auch ihnen nach dem Leben zu trachten?

Inzwischen kam eine junge Frau herein und brachte das Essen, das Thyra ja bereits angekündigt hatte: Braten mit Gemüse und herzhaftem Brot sowie einen Krug Kräuterbier. Die Frau stellte alles schweigend ab, knickste und verschwand genau so leise wieder.

Cedar setzte sich zu Elodie und Thyra an den Tisch, griff nach Brot und Braten und biss herzhaft hinein. Dann nahm er sich einen Becher mit Kräuterbier und trank so gierig, dass ihm das Bier am Kinn herunterlief. Knallend stellte er den leeren Becher wieder auf dem Tisch ab.

„Mit dir, meine Tochter, werden wir jetzt endlich die endgültige Herrschaft erringen. Wir können Unruhetreiber wie Prinzeps Yarrow einfach verbannen und das Tor schließen." Er lachte lauthals.

Elodie wurde es ganz schlecht. Was für ein gemeiner Plan.

Wie sollte sie es nur anstellen, Thyra zu dem Tor zu locken, um sie wieder fortzuschicken? Und was, wenn sie es nicht würde schließen können?

Es war schon Nacht, als Cedar mit Elodie auf dem Turm seines Schlosses stand. „Schau es dir an", protzte er. „Alles, was du siehst und noch viel mehr gehört mir. Du bist mein einziges Kind, eines Tages kann es dir gehören. Du kannst an meiner Seite im Reichtum leben."

Elodie schluckte schwer. Sie wollte das alles nicht. Sie wollte auch nicht an seiner Seite leben, wobei ihr durchaus auffiel, dass er Thyra vollkommen beiseite ließ. Auf jeden Fall würde sie niemals Eltern in ihnen sehen. Niemals. Was tat sie hier nur?

Sie musste Thyra fortlocken, musste sie in ihre ursprüngliche Welt zurückbringen. Sie musste sie und Cedar trennen. Ja, das würde beide schwächen. Auch Cedar.

Sie nickte, obwohl sie es nicht wollte. Sie brauchte sein Vertrauen. Was hatte Raban gesagt? *Du bist seine Erbin.* Wollte er wirklich darauf aus, dass sie die Herrschaft übernehmen sollte?

Sie blickte über das weite Land, über den Wald, die Berge, einen Fluss in der Ferne, die Stadt. Das Herz wurde ihr schwer, als sie daran dachte, wie wunderschön das Land war und wie die Menschen unterdrückt wurden. Sie könnten alle friedlich und reich leben. Aber dafür war Cedar nicht der richtige Herrscher.

Er legte seine Hand um ihre Schulter. Es war keine väterliche Umarmung, mehr eine Demonstration. Das ist meine Tochter, sie gehört zu mir! Dabei fühlte er das lederne Band um ihren Hals.

„Was hast du da?", fragte er.

„Gar nichts."

„Hältst du mich für blöd?", schrie er sie an. „Ist das etwas so Besonderes, dass du es mir nicht zeigen kannst?" Er griff nach dem Band. Sie wollte seine Hand wegschlagen. Sein Gesichtsausdruck verdüsterte sich. Er hielt mit einer Hand ihre Hände fest und zog das Band unter ihrer Bluse hervor.

„Ein Regenbogenstein!", dröhnte er verblüfft. „Den gibt es tatsächlich?"

Elodie regte sich nicht.

„Ihm werden besondere Kräfte zugeschrieben. Woher hast du ihn?"

Elodie antwortete nicht. Cedar griff nach ihren Oberarmen und schüttelte sie. „Woher ist der Stein? Wo gibt es ihn? Sag es mir!"

„Au! Du tust mir weh!", schrie sie.

Er ließ sie wirklich los. „Sag mir, woher der Stein ist und wir werden noch reicher werden, als ich es schon bin. Viel reicher, als du es dir in deinen Träumen ausmalen kannst."

Elodie fühlte die Bewegung hinter sich mehr, als dass sie sie in der Dunkelheit wahrnahm. Ein Pfeil schwirrte durch die Luft. Sie fühlte den Luftzug, sie fühlte Cedar neben sich zusammenbrechen.

Sie schrie.

„Elodie, sei ruhig", rief ihr eine Stimme entgegen. Sie kannte die Stimme, aber sie wusste nicht woher. Wer sprach zu ihr? Und woher?

„Ich bin hier! Gerade vor dir!"

Sie blickte in die Schwärze der Nacht. Sah einen Schatten auf einem hohen Baum. „Wer bist du?", wisperte sie. Aber er würde sie nicht hören können, deshalb rief sie ihm noch einmal lauter entgegen: „Wer bist du?"

„Ich bin es, Koray."

Sie war zu verblüfft, um sofort antworten zu können. Koray war hier? Er und Manolya hatten sich doch von ihnen verabschiedet und waren zurückgegangen in die Berge. Manolya wollte zu Avem.

„Was tust du hier?", fragte sie endlich.

„Ich stelle den Frieden wieder her. Wenn mich nicht alles täuscht, bist du Cedars Erbin. Du bist jetzt die Prinzeps Elodie. Und als solche solltest du Verhandlungen mit Yarrow aufnehmen, damit die Kampfhandlungen eingestellt werden. Ich nehme an, ab sofort gibt es keine unterschiedlichen Ziele mehr."

„Das glaube ich doch!", kreischte plötzlich eine andere Stimme hinter ihr.

Elodie wandte sich aufgescheucht um.

Thyra stieg durch die Bodenluke auf den Turm. Sie trat näher, blieb halb hinter Elodie stehen, damit sie geschützt war und legte ihren Arm von hinten um das Mädchen. In ihrer Hand hielt sie einen kleinen Dolch. Eine Rückversicherung für ihren eigenen Schutz. „Meine Tochter und ich haben unsere eigenen Pläne. Wir werden Ursus ausschicken, um Yarrow zu töten. Und dann herrschen wir gemeinsam in Vinginevio!"

Sie lachte laut und triumphierend. Keine Trauer um den einstigen Geliebten war zu spüren. Und keine Sorge um ihre Tochter. Elodie bemerkte sehr wohl, dass sie als nichts anderes als Thyras Schutzschild fungierte.

Mein Gott, was passierte hier nur?

Der Sub Divo Joas hatte sich von den Bäumen aus auf die Schlossmauer gehangelt und kletterte nun über den Wehrgang. Es waren keine Wachposten zu sehen. Warum auch? Die Burg war gut geschützt, ein trutziges Gemäuer, das als unüberwindbar galt. Cedar war hier absolut sicher. Die Sub Divo waren die einzigen, die imstande waren, über die Mauern zu klettern. Und das ahnte niemand, zumal das Volk so zurückgezogen lebte, dass es kaum wahrgenommen wurde.

Joas sprang von der Mauer und landete lautlos auf dem steinernen Boden des Turms. Thyra ahnte nichts von der Gefahr, die sich hinter ihr zusammenbraute. Sie war nur auf Koray konzentriert, der im Baum gegenüber saß.

Elodies Herz raste, ihre Haut kribbelte und ihr Magen flatterte. Sie wurde vollständig von ihrer Angst beherrscht. Hätte sie ahnen können, dass einmal ausgerechnet die Frau, der sie nach ihrer Mutter am meisten vertraute, sie derart in Gefahr bringen würde?

Vor ihr im Baum erhob sich ein Vogel und flog auf den Turm zu. Er ließ sich majestätisch auf der Mauer nieder. Ein Falke, der ihr zuzublinzeln schien und einen merkwürdigen Ton ausstieß.

Das Flattern im Magen ließ etwas nach. Noch vor wenigen Tagen hätte Elodie dem Vogel keine Bedeutung beigemessen, aber jetzt…

Sie ahnte die lautlosen Bewegungen hinter sich mehr als sie wahrzunehmen. Alle ihre Sinne waren aufs äußerste gespannt.

Sie fühlte Thyras Dolch an ihrer Kehle, spürte Blut ihren Hals entlangrinnen, sie musste sie geschnitten haben. Sie fühlte den Schatten hinter sich, bemerkte, dass Thyras Arm mit dem Messer von ihr fortgerissen wurde, hörte Thyras wütenden Schrei. Sie fühlte die Schwäche in ihren Beinen und sackte zusammen.

Das alles geschah gleichzeitig und dauerte nur Sekunden und doch erschien es ihr wie in Zeitlupe vor sich zu gehen.

Ein Sub Divo hielt Thyra fest. Ein kräftiger Mann, so alt wie Koray, mit den üblichen Gewändern, der über der Schulter geknoteten Tunika, barfuss, mit grasgrünen Haaren. Thyra schrie und wand sich in seinem festen Griff, aber sie hatte keine Chance.

Elodie hörte Männer die Stufen hinaufkommen, Köpfe und Körper erschienen durch die Luke, Hände, die Schwerter trugen. Ein tiefer Schreck fuhr durch ihren Körper. Was nun? Drei bewaffnete Männer waren erschienen und hier oben auf dem

Turm war nur Joas. Nur Joas. Dieser Übermacht war er nicht gewachsen. Koray konnte von seinem Baum nicht herüberspringen, die Distanz war zu groß.

„Was ist hier los?", brüllte einer der Wächter.

„Ergreift sie!", kreischte Thyra.

Die Wächter stürmten schon vor, da sprang Joas ihnen mit erhobenen und weit ausgebreiteten Armen in den Weg.

„Haltet ein!", schrie er gebieterisch. „Haltet ein, wisst ihr nicht, wer das Mädchen ist?"

Die drei Bewaffneten stoppten automatisch. Sie blickten auf den toten Cedar, auf die hysterische Thyra und waren sich nicht ganz im Klaren darüber, was hier los war. Die Hexe war mit Cedar verbunden, das wussten sie, aber sie hatten sie nie gemocht. Mit dem Mädchen war Cedar vorhin auf den Turm gestiegen. Er hatte sie allen als seine Tochter vorgestellt und nun war er tot, die Hexe kreischte hier herum und ein fremder Sub Divo war - wie auch immer - auf den Turm gelangt und erteilte Befehle. Was war in der Zwischenzeit geschehen?

Und dort, auf der Mauer - saß da nicht ein Falke? Jetzt erhob sich der Vogel und flog direkt auf das Mädchen zu. Die Männer staunten. Sie waren es gewohnt, Befehle zu befolgen. Nichts anderes. Sie kämpften nicht für eine bestimmte Sache, hingen keiner Ideologie an, sie kämpften nur für ihren Lohn und taten, was man ihnen befahl.

Und nun? Der Falke war Cedars Wappentier und er war zu dem Mädchen geflogen. Und was trug sie da um den Hals? War das etwa der magische Stein, den sie nur aus Legenden kannten? Trotz der Dunkelheit sahen sie ihn in allen möglichen Farben funkeln. Einen solchen Stein konnten nur wahre Herrscher tragen.

Elodie fühlte den Luftzug als der Falke an ihr vorüber flog, hörte seinen Schrei, der durch die Dunkelheit klang. Ihre Angst flog mit ihm davon.

Sie hörte die Stimme des Sub Divo, der schrie: „Sie ist Cedars Tochter!"

„Was ist hier passiert?", fragte einer der Wächter.

„Cedar ist tot!", dröhnte Joas. „Seine Tochter ist seine Erbin. Sie ist die Herrin des Schlosses und der Ländereien. Sie ist eure Herrin!"

Die Wächter sahen sich verständnislos an. Fragend, unsicher.

„Ich bin die Erbin!", kreischte Thyra. „Ich herrsche über Cedars Land! Ich herrsche über ganz Vinginevio! Meine Tochter wird an meiner Seite sein, aber **ich** bin die Herrscherin!"

Auch Thyra hatte den Stein um Elodies Hals erkannt. Das musste der magische Stein sein. Der, von dem sie geglaubt hatte, dass er nur in Märchen existierte.

„Gib mir den Stein!", kreischte sie. „So etwas Wertvolles steht mir allein zu!" Sie war völlig hysterisch.

„Cedar und Thyra waren niemals vor dem Gesetz miteinander verbunden. Sie ist nicht eure Herrin!", führte Joas weiter aus. „Das ist allein Cedars Tochter Elodie. Ist nicht sogar der Falke zu ihr geflogen? Und trägt sie nicht den magischen Stein? Der Prinzeps ist tot. Es lebe die Prinzeps!"

Wie zur Untermalung seiner Worte kniete er nieder. Er huldigte Elodie nicht, er unterwarf sich ihr auch nicht. Er spielte ein Theaterstück, um die Wächter auf ihre Seite zu ziehen und Thyra endgültig zu vernichten.

Elodie wusste, dass er das tat und der Kniefall irritierte sie deshalb nicht. Sie hatte inzwischen gelernt, dass die Sub Divo keine Obrigkeit als die Natur selbst anerkannten. Aber es verwirrte sie doch sehr, dass die drei Wachmänner es ihm tatsächlich gleichtaten und ihre Knie beugten. Dann schlugen sie die Faust an ihre Brust und riefen: „Es lebe die Prinzeps!"

Thyra blickte mit offenem Mund auf die Szene und brach schließlich kraftlos zusammen.

Kapitel 19
Die neue Prinzeps

Elodie fühlte sich nicht wohl, auch wenn ihr bewusst wurde, dass sie einen Sieg errungen hatten. Irgendwie schnell und unspektakulär. Ohne Kampf.

Aber Cedar war tot, ermordet von dem Sub Divo Koray.

Und Thyra war eingesperrt in einem kleinen Raum. Es war kein Gefängnis, es war ein hübsch eingerichteter Raum mit einem Tisch und Sesseln, in denen sie bequem sitzen konnte, aber er lag hoch genug im Turm, sodass sie nicht hinausklettern konnte.

Haymo trat hocherhobenen Hauptes in den Raum, um ihr zu zeigen, dass er lebte. Thyra hatte ein schauriges Geschrei ausgestoßen aus Verzweiflung über ihr eigenes Versagen. „Du lebst?", kreischte sie. „Du lebst? Wie kann das sein? Es gibt kein Mittel gegen das Gift der gelben Bergspinne. Du bist der Teufel selbst! Ahhhhh – du bist ein Dämon!"

„Nein, das bin ich nicht", erwiderte Haymo völlig ruhig. „Es gibt ein Mittel, du kennst es einfach nicht. Du bist ein so bösartiges Weib, aber du hast uns nicht besiegt." Damit schloss er die Tür und legte den Riegel vor.

Thyra schrie und tobte hinter der dicken Holztür.

Sie verstand nun endgültig, dass sie keine Chance mehr hatte auf ein Leben in Reichtum, auf ein Leben mit Elodie. All ihre Pläne und Bemühungen waren zerfallen wie Staub.

„Warum hast du das getan", hielt Elodie Koray vor, als sie gemeinsam mit Haymo und Joas bei den anderen im Wald eingetroffen war.

Koray sah sie überrascht an. „Was ist das für eine Frage? Es musste sein. Wie sonst könntest du die neue Prinzeps werden und den Frieden wieder herstellen?"

„Es war hinterlistig, Cedar war völlig wehrlos. Er befand sich nicht im Kampf."

„Ich habe getan, was getan werden musste", verteidigte sich Koray.

„Das hättet ihr doch längst tun können. Dafür habt ihr mich nicht gebraucht."

Jetzt sahen alle Elodie überrascht an, sogar Haymo. Konnte es sein, dass sie den Zusammenhang wirklich nicht verstand?

„Nein, du musstest erst hier sein", erklärte Koray mit ruhiger Stimme. „Sonst hätte es keine Erbin gegeben und Thyra hätte wahrscheinlich wirklich geherrscht. Du kannst jetzt hier alles richten und dann zurückgehen in deine Welt."

Elodie saß auf einem Baumstamm, die Ellenbogen auf die Oberschenkel gestützt und den Kopf in die Hände. Am liebsten hätte sie sich die Haare ausgerauft. Was stellten die sich vor? Sie war doch keine Herrscherin. Sie war ein Mädchen, das irgendwie in dieses vollkommen surreale Abenteuer gerutscht war. Sie wollte zurück. Nach Hause. Zu ihren Eltern. In diesem Augenblick im Wald wollte sie nichts als zurück. Sie wollte Vinginevio hinter sich lassen, Leilani und Raban, die Sub Divo – einfach alle und alles. Das ging sie alles nichts an.

Leilani trat zu ihr, berührte ihre Schulter. Elodie fuhr zusammen.

„Tut mir leid, ich wollte dich nicht erschrecken", sagte Leilani.

„Schon gut."

„Wir müssen aufbrechen."

„Warum?"

„Warum? Elodie, wir müssen zum Schloss von Prinzeps Yarrow. Und das ist ein ziemliches Stück entfernt. Wenn du in deine Welt zurück willst, musst du ihm dein Regierungsrecht übergeben. Das ist richtig so, Elodie. Er ist ein guter Herrscher."

Elodie blickte endlich auf und sah Leilani in die schönen Augen.

„Hatten sie von Anfang an vor, Cedar zu töten? Haben sie mich nur benutzt?"

Leilani setzte sich neben die Freundin auf den Baumstamm. „Es war uns allen klar, das es nötig sein würde. Anders konnte die Macht nicht übergeben werden."

„Ihr hättet ihn gefangen nehmen können."

Leilani schüttelte den Kopf. „Nein, das hätte seine Macht nicht gebrochen. Seine Männer hätten ihn befreit. Und einen Gefangenen hättest du auch nicht beerben können. Aber nun ist Cedar einfach nicht mehr da."

„Und jetzt versucht nicht zum Beispiel Ursus…"

„Ursus weiß noch nichts von Cedars Tod, deshalb müssen wir jetzt zu Yarrow, damit alles geordnet ist."

Elodie nickte matt. Sie erhob sich, fühlte den Regenbogenstein und nahm ihn in ihre Hände, betrachtete ihn.

„Den hat Ulula dir geschenkt, als wir loszogen, nicht wahr?" fragte Leilani fest.

„Nein, es war Nabor. Er sagte: *Dieser Stein kommt tief im Berg vor. Er soll dich beschützen.*"

„Das hat er getan, Elodie. Das hat er getan."

Elodie seufzte.

Sie lebte noch, sie war gesund. Sie sah sich um und entdeckte Haymo, der mit Raban, Koray und Joas redete. Ja, das hatte er wohl wirklich getan.

„Ist er wirklich der Stein der Herrscher?", fragte sie.

„Ganz so ist es wohl nicht. Es heißt in den Legenden zwar, dass nur ein wahrer Herrscher ihn tragen kann. Aber auch Manolya trägt ihn schließlich und sie ist keine Herrscherin. Aber vielleicht kann jemand, der kein würdiger Herrscher ist, ihn aus irgendeinem Grund nicht tragen." Leilani hob die Schultern. „Das werden wir wohl nicht erfahren."

Elodie hob den funkelnden Stein gegen den Himmel. „Ich danke dir, Nabor, für dein Geschenk. Ich danke dir, dass dein Geist uns geführt hat. Ich danke für die Hilfe der Sub Divo.

Ich danke euch, ihr Vögel des Himmels und dir, liebe Eule der Berge für eure Führung. Und ich danke den kleinen Raupen, dass sie ihre Milch gespendet haben, die Haymo gesund werden ließ. Ich danke dir, Falke, für deinen Hinweis dort drüben auf dem Turm."

Leilani stand daneben und lächelte. Ihre Freundin hatte viel gelernt. Sie war froh darüber. „Ich danke für meine Freundin Elodie, die die Weisheit meines Volkes mitnimmt in ihre Welt – so wie einst Sabeth", verkündete sie.

Die beiden Mädchen sahen sich an, lächelten sich zu und fassten sich bei den Händen. Dann gingen sie gemeinsam zu den anderen der Gruppe, um das letzte Stück des Weges zu gehen.

Sie nahmen Thyra mit und brachten sie zum Weltentor, was nur einen kleinen Umweg für sie bedeutete. Sie mussten von Cedars Schloss aus wieder durch den Wald bis auf die andere Seite. Es war wichtig, Thyra nicht im Schloss zurückzulassen. Sie konnten weder ihr noch den Soldaten vertrauen. Was, wenn die Soldaten ihre Meinung ändern und sie befreien würden?

Auch ihr das Leben zu nehmen wie Cedar, stand nicht zur Diskussion. Das war für die Machtübernahme durch Elodie oder Yarrow nicht notwendig.

„Können wir sie einfach gehen lassen?", fragte Haymo. „Ich meine, was könnte sie daran hindern, einfach sofort wieder zurückzukommen?"

„Sabeth hat mir erklärt, dass man das Tor nicht direkt zweimal nacheinander durchschreiten kann, das würde weder der Körper noch die Seele verkraften", erwiderte Elodie.

„Mmm, das macht schon irgendwie Sinn, ich war auch ziemlich fertig, als ich hier gelandet war."

„Und du musstest den Übergang nicht einmal selbst vollbringen."

„Gut, schicken wir sie fort. Bis sie zurück ist, wird sich hier in Vinginevio einiges verändert haben und Thyra wird keine Macht mehr besitzen."

Elodie nickte. So würde es hoffentlich sein.

Thyra weigerte sich nicht, hinüberzugehen. Es hatte im Augenblick keinen Sinn, sich gegen alle aufzulehnen. Sie würde eben noch eine Weile im Kloster verbringen müssen. Aber noch war nicht alles verloren. Ihren Plan, als reiche, mächtige Frau in Vinginevio zu leben, hatte sie noch nicht aufgegeben.

Nachdem Thyra fort war, setzte die Gruppe ihren Weg zu Yarrows Schloss fort. Sie mussten sich beeilen, damit der Prinzeps seine Macht im Land einnehmen konnte. Es sollte vollbracht sein, bevor Thyra zurückkehrte. Dass sie zurückkommen würde, daran zweifelte niemand.

Unterwegs trafen sie auf Manolya, Avem, Naoki, Yara und natürlich den großen Wolfshund Canis. Die fünf schlossen sich ihnen ebenfalls an.

Elodie freute sich unbändig, als sie Manolya und Avem wieder sah. Sie fiel der Heilerin mit den grünen Haaren in die Arme.

„Manolya, woher wusstet ihr, wo wir sind?"

„Elodie, hast du noch immer nichts dazu gelernt?", erwiderte Manolya mit gespieltem Tadel. Elodie lachte. „Doch, das habe ich. Es ist schön, dich und Avem wiederzusehen. Lebst du jetzt wieder bei den Sub Divo?"

Manolya nickte. „Ja. Avem wollte auf keinen Fall wieder fortgehen und sein Wunsch ist mir wichtig. Er trägt die Wurzeln meines Volkes in sich. Und er wird von ihnen lernen, was er wissen muss. Unsere Hütte ist vollkommen verbrannt, ich würde sie neu aufbauen müssen. Aber das hätte ich getan, wenn Avem zurück gewollt hätte ins Dorf oder wenn mein Gefühl es mir geraten hätte. Aber auch das war nicht der Fall."

„Was wird mit den Menschen, die deine Heilkunst brauchen?"

Manolya hob die Schultern. „Es wird andere Möglichkeiten geben. Es ist Zeit für mich, mein Leben zu ändern."

Elodie nickte. Sie hatte in dieser Zeit viel gelernt, sie wusste, dass man das Wissen für den richtigen Zeitpunkt in sich trug. Auch sie wusste, dass es Zeit war, zu gehen, Vinginevio wieder zu verlassen. Ihr Leben wieder aufzunehmen, nicht im Kloster, sondern im Dorf. An den Wurzeln, wie Nabor es genannt hatte.

Sie griff nach dem Stein, den sie an dem Band um ihren Hals trug, jetzt aber nicht mehr unter ihrem Gewand verborgen hatte.

„Hat dir der Stein geholfen?", fragte Manolya.

„Ja, das hat er", gab Elodie zu.

Manolya lächelte. „Ohne diesen Stein hättest du alles, was du seitdem erlebt hast, nicht geschafft? Du hättest vielleicht aufgegeben, wärest nicht Cedar gegenübergetreten?"

Elodie kniff die Agen zusammen. Etwas Zweifel hatte sie schon, dass all das der Stein bewirkt haben sollte. Mutiger war sie auf jeden Fall geworden. Sie war weit über sich hinausgewachsen. Ob das am Stein lag oder nicht, war eigentlich egal. Hauptsache, es wurde alles gut. Und da waren sie auf einem guten Weg.

Sie mussten eine Übernachtung im Wald einlegen, bevor sie bei Yarrow ankamen. Elodie war etwas enttäuscht, als sie das Schloss sah. Es war zwar ebenfalls teilweise aus Stein gebaut, aber es war deutlich kleiner als Cedars Schloss und hatte keine Türme. Eine Mauer war allerdings drumherum errichtet worden, die die Bewohner wohl vor unliebsamen Besuch beschützen sollte.

„Du siehst enttäuscht aus", meinte Raban grinsend. „Cedar hatte die Macht und das Geld im Land. Yarrow bereichert sich nicht an den Bodenschätzen und Stoffen. Er will, dass der Reichtum des Landes allen zur Verfügung steht."

„Ja, ich schätze, ich habe nicht darüber nachgedacht. Es ist ein wunderschönes Haus, aber als Schloss kann man es kaum bezeichnen."

„Komm, wir bitten um Einlass."

Elodie nickte und sie folgte Raban zum Tor in der Mauer.

Haymo nahm ihre Hand und sie gingen Hand in Hand weiter. Elodie fühlte sich sicher und geborgen durch diese einfache Geste.

Manolya mit Avem an der Hand, Leilani, Naoki und Yara gingen hinter ihnen her. Canis trottete neben Manolya her. Koray und Joas hielten sich mit den weiteren Mitgliedern der Sub Divo, die sich ihnen angeschlossen hatten, etwas zurück. Sie beobachteten die Gegend genau. Die Vögel zeigten ihnen deutlich, dass eine Gefahr in der Nähe war. Sie wussten, dass Elodie, Raban und Haymo diese Gefahr noch nicht erkannt hatten. Sie hatten verstanden, dass die Natur viele Hinweise gab, von denen sie bisher nichts gewusst hatten, aber sie verstanden die Zeichen nicht zu deuten.

Die Vögel waren zu leise geworden und im dichten Moos bewegten sich keine Tiere. Der ganze Wald war zu ruhig. Etwas war in der Nähe, das sie beobachtete und im richtigen Moment überfallen würde. Sie mussten auf der Hut sein.

Die acht Menschen und Canis hatten die Mauer erreicht und suchten eine Möglichkeit des Einlasses, irgendwo musste es ja ein Tor geben.

In dem Moment brach plötzlich Kampfgeschrei aus und Männer brachen mit gezogenen Schwertern und Messern aus dem Wald heraus. Die Sub Divo spannten sofort ihre Bögen.

Haymo und Raban am Tor wandten sich hektisch um, zogen ihre Schwerter und stürmten los. Naoki spannte ebenfalls seinen Bogen und schoss schon den ersten Pfeil ab.

Manolya zog ihren Sohn an sich und rannte mit ihm ins Dickicht des Waldes, Leilani, ihre Mutter Yara und Elodie folgten ihr, aber in Sicherheit waren sie hier nicht.

Canis stürmte auf die Kämpfer zu. „Canis!", schrie Manolya in Panik.

Was tat er denn da? Er konnte doch nicht… was, wenn er von einem Pfeil getroffen wurde? Aber die Männer schienen nur auf die Menschen zu achten.

„Was ist hier eigentlich los?", flüsterte Elodie Yara zu. „Wo kamen die Kämpfer plötzlich her?"

„Sie müssen uns gefolgt sein."

„Und das hat keiner von eurem Volk gemerkt? Das kann ich mir kaum vorstellen. Sie müssen weit hinter uns gewesen sein, aber dann verstehe ich nicht, wie sie uns so schnell einholen konnten."

Yara hob die Schultern. „Wir haben schon bemerkt, dass etwas nicht stimmte, Du hast doch gesehen, wie schnell alle reagieren. Wir hatten gehofft, noch rechtzeitig ins Schloss zu kommen und damit in Sicherheit. Wären wir nicht auf der Hut gewesen, hätten sie uns völlig wehrlos und unvorbereitet überrannt."

Sie hockten im Dickicht und sahen dem Kampf zu.

Canis sprang mit einem mächtigen Satz auf einen der Kämpfer, bevor er den nächsten Pfeil abschießen konnte und biss ihm in die Kehle.

Haymo und Raban kämpften geschickt gegen andere Schwertkämpfer.

Koray, Joas und Naoki schossen ihre Pfeile ab. Zwei der Feinde lagen bereits am Boden, aber sie hielten sich im Schutz der Bäume und waren schwer zu erwischen.

Und sie waren einfach zu wenige.

Auch Joas lag am Boden. Elodie bemerkte es mit weit aufgerissenen Augen. War er tot?

In Yaras Augen trat ein besonderer Ausdruck, der Elodie Angst machte. Doch Manolya schien schneller zu verstehen, was ihre

Mutter vorhatte. Yara verließ das Dickicht und schlich in ge-
bückter Haltung vor.

„Mama!", schrie Manolya hinter ihr her. Doch Yara reagierte
nicht. Sie kam tatsächlich bis zu Joas, nahm seinen Bogen und die
Pfeile und spannte sie.

Sie schoss.

Elodie staunte. „Warum kann deine Mutter das? Ich dachte,
Frauen dürfen nicht jagen."

„Dürfen sie auch nicht. Aber wir lernen, uns zu verteidigen."

Yara schoss einen Pfeil nach dem anderen ab. Sie traf einen der
Feinde, der aus einem Baum stürzte. Elodie hatte überhaupt nicht
bemerkt, dass Männer auf die Bäume geklettert waren.

Dann zog Yara sich rückwärts wieder zurück, um das Dickicht zu
erreichen. Doch da traf sie ein Pfeil in die Schulter. Sie stürzte.

„Mama!", schrien Leilani und Manolya gleichzeitig.

Sie robbten beide vor und zogen ihre Mutter zurück in den
vermeintlichen Schutz der Bäume.

Canis sprang von hinten auf einen weiteren Mann und brachte ihn
zu Fall.

Plötzlich tauchten Reiter zwischen den Bäumen auf. Noch mehr
Kämpfer.

„Sie sind geritten", flüsterte Elodie.

„Ja, deshalb waren sie so schnell hier, die Vorhut ist uns das
letzte Stück zu Fuß gefolgt, während weitere Männer auf Pferden
jetzt erst auftauchen", meinte Manolya.

„Und seht ihr auch die Reiterin, die zwischen den Bäumen steht
und dem Getümmel zusieht?", fragte Leilani.

Sie starrten auf die Frau, die sich noch zwischen den Bäumen
hielt, aber doch gut zu erkennen war.

„Thyra", hauchte Elodie. „Verdammt, es ist Thyra. Sie ist gleich
wieder zurückgekommen. Wie hat sie das denn geschafft?"

„So sieht es aus."

Der Kampf ging weiter. Haymo und Raban befanden sich noch immer im Schwertkampf.

Doch sie würden verlieren. Es waren viel zu viele Kämpfer, das war mehr als eine Gruppe, wie Milan oder Ursus sie führten.

Inzwischen hatten die Gegner auch bemerkt, dass von dem Wolfshund eine Gefahr ausging und schossen auf ihn. Doch Canis war schnell und wendig. Er sprang zwischen die Bäume und lief bis zu der Stelle, wo Manolya und die anderen warteten.

„Canis", rief sie glücklich und sowohl sie als auch Avem umarmten das große Tier.

„Wir können es nicht schaffen", meinte Leilani leise. „Einige von ihnen haben sogar diese Schießhölzer."

Sie sahen Haymo stürzen.

„Neiiiin!", schrie Elodie. Hätte Leilani sie nicht gehalten, wäre sie blindlings losgestürmt.

Haymos Gegner hob sein Schwert, bereit, zuzustechen. Doch in dem Augenblick stürzte er selbst.

Was war das? Pfeile schwirrten durch die Luft, die von einem ganz anderen Ort ausgingen. Sie sahen sich um. Hektisch und auf eigentümliche Weise beruhigt. Kam ihnen jemand zu Hilfe?

Und dann sahen sie durch schmale Luken in der Mauer Pfeile herausfliegen.

„Es sind Yarrows Männer", stöhnte Manolya. „Sie haben bemerkt, was los ist und helfen uns."

Jetzt war die Übermacht auf ihrer Seite. Die unerwartete Hilfe motivierte sie. Haymo und Raban stürzten sich erneut in den Kampf, während Koray und Naoki wie der Blitz Pfeile abschossen.

Sie sammelten sogar verschossene Pfeile wieder auf, um weitere Munition zu haben.

„Ich wusste nicht, dass die Sub Divo so kriegerisch sind", flüsterte Elodie.

„Sind sie nicht. Aber wir sind auch keine Menschen, die sich wehrlos alles gefallen lassen. Ist das eure Art? Nur hinnehmen, sich prügeln lassen?"

„Nein", entgegnete Elodie schnell. „Nein, das ist es nicht."

Glaube ich, setzte sie in Gedanken hinzu. Denn war sie nicht in Wirklichkeit genau dazu erzogen worden? Hinnehmen, Annehmen, was für sie entschieden wird? Befehle ausführen, Obrigkeiten wie Thyra fraglos zu respektieren? Keine eigenen Pläne, Meinungen, Wünsche zu haben?

Die Frauen und Avem beobachteten, wie einer der Feinde auf Raban zuritt, doch der wich dem Schwert geschickt aus und griff nach dem Bein des Reiters, um ihn vom Pferd zu reißen.

Einige der Feinde waren schon im Begriff, davonzulaufen.

Der Pfeilhagel aus der Mauer war etwas, dem sie schutzlos ausgeliefert waren und gegen das sie sich nicht wehren konnten.

Thyra kreischte, aber die Worte konnten sie nicht verstehen. Elodie war sicher, sie verfluchte die Männer, die flohen.

Die Hohepriesterin selbst verließ das Dickicht und ritt jetzt auf Haymo zu. „Wieso lebst du noch immer!", kreischte sie. „Wieso hat weder das Gift dich getötet noch meine Männer? Sie lenkte ihr Pferd direkt auf ihn zu, wollte ihn niederreiten. Haymo hob sein Schwert. Thyra war unbewaffnet, er zögerte zu lange. Er stach nicht zu, aber wich dem Tier aus. Doch Thyra wendete sofort wieder und galoppierte auf ihn zu.

„Sie ist ja vollkommen irre", meinte Elodie verständnislos.

Im nächsten Augenblick traf Thyra ein Pfeil. Sie fiel vom Pferd und blieb reglos auf dem Boden liegen.

Direkt auf der Mauer stand nun ein Mann. Er war mittelgroß mit langen Haaren, die die Farbe von Mohnblumen hatten. Er trug die leichte Rüstung der Kämpfer wie Haymo und Raban auch.

„Haltet ein!", schrie er gebieterisch und hob die Hände. „Es ist genug Blut geflossen!"

Sofort ging er wieder in Deckung, als er bemerkte, dass Pfeile auf ihn abgeschossen wurden.

„Das war Prinzeps Yarrow", erklärte Manolya.

Ein kleines Tor in der Mauer öffnete sich und Männer, die ebenfalls mit den leichten Rüstungen bekleidet waren, traten heraus.

„Raban! Haymo!", grölte einer. „Kommt herein! Kommt alle herein, die zu uns gehören!"

Haymo wandte sich um. „Milan!", schrie er.

„Ritter Milan?", fragte Elodie.

„Ja, das ist er", erklärte Manolya. „Kommt, wir müssen Yara helfen, in den Schutz der Burg zu gelangen."

Elodie und Manolya stützten Yara, während Leilani Avem an die Hand nahm.

Canis trottete hinter ihnen her. Sie liefen so weit es ging im Schutz der Bäume und dann das letzte Stück gebückt und so schnell sie konnten auf das Schloss zu. Yara biss die Zähne zusammen. Der Schmerz war jetzt gleichgültig, sie mussten in Sicherheit.

„Schnell!" Milan schob sie durch das Tor. Auch Haymo, Raban und Naoki waren angekommen. Rückwärts, immer mit ihren Waffen im Anschlag. Koray verharrte einen Augenblick bei dem am Boden liegenden Joas, ließ ihn dann liegen und rannte ebenfalls zum Tor.

Hinter dem Tor erwartete sie Prinzeps Yarrow, umgeben von weiteren Kämpfern des Ritters Milan.

Kaum, dass sie durch das Tor in Sicherheit waren, fragte Manolya: „Was ist mit Joas?"

„Er ist tot", erwiderte Koray.

„Ihr könnt ihn doch nicht einfach dort draußen liegen lassen!", rief Elodie aus.

„Warum nicht? Es ist nur sein Körper. Sein Geist ist schon in einer Welt, in der er den Ballast seines Körpers nicht mitnehmen konnte. Mach dir keine Sorgen."

Der Ballst seines Körpers. So hatte das damals auch die alte Sabeth ausgedrückt.

„Meine Mutter muss behandelt werden", sagte Manolya. Wo kann ich sie hinbringen?"

Yarrow selbst winkte einem seiner Männer und erteilte ihm Anweisungen, wohin er Manolya, Leilani und Yara bringen sollte. Auch Elodie wollte ihnen folgen, doch Naoki hielt sie auf. Er wusste, sie wurde hier gebraucht.

„Wir sind froh und dankbar, dich hier zu treffen, Milan", sagte Raban.

„Silva und seine Männer sind ebenfalls hier. Wir konnten Oppidia befreien und sind dann hierhergekommen, um über eine bessere Strategie zu beraten. Die Kämpfe können nicht ewig so weitergehen", erwiderte Milan.

„Das werden sie nicht. Dies war der letzte Kampf. Der letzte Versuch einer Verrückten, die Macht über Vinginevio an sich zu reißen."

Milan blickte Haymo verwirrt an. „Wie darf ich das verstehen?"

„Cedar ist tot. Thyra ebenfalls. Doch beide hatten eine Tochter, die lebt. Und sie ist die Erbin. Sie ist das Wesen beider Welten, das diesen Krieg beendet", erklärte Raban mit fester Stimme. Er wies auf Elodie. „Das ist Elodie. Die neue Prinzeps."

Kapitel 20
Rückkehr

Nachdem sie in Yarrows Haus untergekommen waren, wurde alles ganz einfach. Yarrow übernahm ganz förmlich Elodies Rechte an ihrem Erbe. Er würde über Vinginevio herrschen und er würde dem Volk ein guter Regent sein. Er würde keinen Reichtum für sich allein beanspruchen, er würde sich um das Wohlergehen seines Volkes kümmern, so wie es sein sollte. Dafür kämpfte er seit Jahren.

Elodie konnte sich zurücklehnen und aufatmen. Sie spürte körperlich, dass eine Riesenlast von ihren Schultern genommen worden war.

Yarrow gab sogar Befehl, den toten Körper von Joas zu bergen. Er sollte nach den Sitten seines Volkes bestattet werden.

Sie trauerten um ihn, sie nahmen an seinem aufgebahrten Leichnam Abschied und sie bedankten sich bei ihm für seinen Einsatz im Kampf und für sein Leben, das er für sie gelassen hatte.

Elodie staunte einmal mehr über das Volk.

Sie blieben so lange, bis Manolyas Mutter wieder genesen war. Ihre Wunde an der Schulter war zum Glück nicht allzu schlimm. Wenn sie den Arm in einer Schlinge trug, so dass er ruhig am Körper lag und keine Erschütterungen aushalten musste, würde sie gut laufen können.

Sie alle – Raban und auch sein Bruder Kunal, Naoki und Yara, Koray, Manolya mit Avem und Canis und natürlich Leilani würden Elodie und Haymo zu dem Weltentor begleiten, sie verabschieden und erleben, wenn es geschlossen wurde.

„Vielleicht muss ich das Tor gar nicht schließen", meinte Elodie hoffnungsvoll, als sie alle gemeinsam mit Yarrow, Milan und Silva zu einem letzten Mahl beisammen saßen. Sie wollte sich einfach nicht für immer von ihren neuen Freunden verabschieden.

„Thyra ist tot, sie kann das Tor nicht mehr passieren und sie kann keine neuen Krieger herbringen."

Doch Milan schüttelte den Kopf. „Ich glaube, es muss geschlossen werden. Der Einfluss eurer Welt ist jetzt schon sehr stark. Wir werden noch eine Weile damit zu tun haben, die Kämpfer, die schon hier sind, unter Kontrolle zu bekommen. Und vielleicht ist Thyra nur verletzt. Ihr Körper lag nicht mehr dort, wir hätten ihn gesehen, als wir Joas geborgen haben."

„Ihre Männer werden sie bestatten wollen", meinte Elodie.

Milan nickte. „Schon möglich, aber vielleicht hat sie doch überlebt. Wie hätten wir das so genau beurteilen können? Wir wissen auch nicht, ob sie vielleicht jemanden in ihr Geheimnis eingeweiht hat."

„Wenn ich das Tor nicht schließe, kann ich die Kämpfer vielleicht nach und nach zurückbringen", schlug Elodie vor.

„Ein guter Gedanke, aber wir müssen es verschließen. So leid es mir tut, Elodie. Irgendwann wird es jemanden geben, der das Tor sehen kann und herüber kommt. So hat es schon einmal angefangen. Vielleicht bringst sogar du selbst eines Tages die nächsten Feinde ins Land. So wie einst Sabeth. Ohne es zu wollen", erklärte Naoki.

„Aber ich werde noch viel besser aufpassen. Ich kenne ja jetzt die Geschichte, diesen Vorteil hatte Sabeth nicht."

Manolya legte ihr die Hand auf den Arm. „Wir sind alle traurig, dass wir uns trennen müssen, Elodie. Manchmal ist ein neuer Freund nur ein Weggefährte für eine kurze Strecke. Und trotzdem begleitet er unser ganzes Leben auch weiterhin intensiver als mancher, der auch physisch bei uns ist. Stimmt das nicht?"

Elodie nickte matt. Ja, das stimmte alles. Es gab zu viele *Vielleichts*, um das Tor geöffnet zu lassen. Zu viele Unsicherheiten. Aber sie hätte Manolya und Leilani so gerne weiterhin auch physisch in ihrer Nähe gehabt.

Manolya saß allein vor dem Haus auf einer Bank. Sie blickte in die beginnende Dunkelheit. Canis lag entspannt neben ihr, den mächtigen Kopf auf seine Pfoten gelegt. Sie liebte es, allein in der Dämmerung zu sitzen und sich von dem Tag zu verabschieden.

So entdeckte Elodie sie, die noch ein paar Schritte ums Haus gehen und jede Minute ihrer letzten Tage in Vinginevio genießen wollte.

Canis blickte kurz schläfrig auf und ließ seinen Kopf gleich wieder auf die Pfoten fallen. Er kannte das junge Mädchen inzwischen, vor ihr musste er sein Frauchen nicht beschützen.

„Was tust du?", fragte Elodie.

„Ich betrachtete den Mond und die Sterne und höre der Stille zu", erwiderte Manolya ein wenig verträumt.

Auch Elodie lächelte. „Wie kann man denn die Stille hören?"

„Komm, setz dich zu mir und versuch es auch", forderte Manolya das Mädchen auf.

Elodie setzte sich zu der Heilerin auf die Bank, schloss nach kurzer Überlegung die Augen und lauschte in die Stille hinein.

„Du musst ganz ruhig werden", riet Manolya. „Lass all deine Gedanken einfach vorüberziehen. Gedanken an alles was war, an dein Zuhause, an den bevorstehenden Abschied."

Elodie antwortete nicht. Das konnte sie. Das war nichts anderes als die Meditation, die Sabeth sie gelehrt hatte. Dennoch fiel es ihr jetzt in dieser Situation schwer. Es dauerte eine ganze Weile, bis ihr Atem immer tiefer wurde und sie einen angenehm beruhigenden Strom in ihrem Körper fühlte.

Und dann hörte sie plötzlich – kaum wahrnehmbar – Geräusche, die untergingen, während man sich selbst bewegte, sogar während man dachte.

Sie hörte die Blätter der Bäume singen, weil der Wind durch sie hindurch strich.

Sie hörte kleine Tiere über das Pflaster in der Burg huschen. Sie hörte das Aufbauschen ihres Kleides, als ein Windstoß darunter fasste. Sie vernahm das kratzende Geräusch, das kleine Pfoten verursachten, die nach Essbarem suchten und das Rasseln der Brunnenkette, die vom Wind bewegt wurde. Sogar das leichte Plätschern des Wassers darin hörte sie.

Sie lächelte vor sich hin.

„Nicht wahr?", fragte Manolya. „Es ist erstaunlich."

„Ja."

„Nimm das alles mit in deine Welt und vergiss es nie. Dann wird das wahr, was ich vorhin gesagt habe. Dann bleiben wir uns für immer nah."

„Ich werde es nie vergessen. Ich werde es sogar lehren. So wie Sabeth es am Anfang getan hat. Leider wurde sie irgendwie überrannt. Sogar die Naturgeister haben einen vollkommen anderen Wert angenommen, als sie es ursprünglich vermitteln wollte."

Manolya nickte. „Dann nimm das Wissen jetzt mit und versuch, Sabeths Geist wieder auferstehen zu lassen."

Sie saßen nebeneinander und schwiegen beide.

Inzwischen war es vollkommen dunkel geworden.

„Manolya", begann Elodie nach einer Weile.

„Ja?"

„Ich würde dich gerne etwas fragen. Wenn du nicht willst, musst du nicht antworten."

„Natürlich nicht, das muss man nie. Frag nur."

Elodie holte tief Luft. Die Frage brannte schon lange in ihrem Inneren, aber sie wusste kaum, wie sie sie taktvoll stellen konnte, deshalb platzte sie jetzt einfach damit heraus. „Wer ist eigentlich Avems Vater?"

Manolya starrte sie aufgescheucht an. Doch das konnte Elodie in der Dunkelheit nicht erkennen. Ihr fiel nur das lange Schweigen auf. Aber sie wusste, wenn Manolya nicht antworten wollte, würde sie es sagen.

Endlich begann sie: „Vor Jahren, als ich noch bei den Sub Divo lebte, wurde ich von Soldaten beobachtet, als ich Heilpflanzen pflückte. Sie fragten mich, ob ich mich damit auskenne und ich bejahte. Also schleppten sie mich ohne viel Federlesen fort in ihr Lager, wo einige Soldaten erkrankt waren. Sie hatten eine Art Vergiftung und ich konnte ihnen helfen.

Allerdings ließen sie mich danach nicht gleich wieder gehen. Einige von ihnen… sie… sie wollten ihren Spaß.“

„Was?“ Elodie hoffte, die Aussage falsch zu deuten. Sie konnte Manolyas Gesichtsausdruck nicht erkennen. Sah nicht, dass eine Träne ihre Wange herablief.

„Sie vergewaltigten mich, bevor sie mich wieder zurückschickten zu meinem Volk.“

„Und einer von denen ist Avems Vater?“

Manolya nickte. „So muss es sein, ja. Ich weiß tatsächlich nicht, wer.“

„Und deshalb hast du dein Volk verlassen?“

„Ich habe es nicht verlassen, Elodie, ich habe mich nur für eine Weile entschieden, anders zu leben. Avem sollte die Lebensgewohnheiten der Dorfbewohner kennenlernen. Aber das Erbe der Sub Divo ist stark in ihm. Sehr stark. Und ich bin froh darüber.“

Deshalb hatte sie die Panik überflutet wie ein Wasserfall, als Ursus sie mitnehmen wollte in sein Lager. Aber jetzt war auch das vorbei. Jetzt würde sie wieder ein neues Leben beginnen.

„Und jetzt gehst du zurück in die Berge“, folgerte Elodie.

„Ja. Und dort werde ich mit Koray an meiner Seite leben.“

Elodie strahlte. „Du und Koray? Das ist ja wunderbar.“

„Ja, das ist es.“

Manolya lächelte in die Dunkelheit. Ja, ein neues, schönes Leben lag vor ihr. Die Gespenster der Vergangenheit waren besiegt. Das fühlte sie ganz sicher.

Die Wanderschaft bis zum Weltentor verlief ohne Zwischenfälle. Die Krieger, die sie unter Thyras Befehl verfolgt hatten, hatten offenbar keinen eigenen Antrieb, die Gruppe zu überfallen. Außerdem hatte Yarrow ja noch von der Mauer aus die Machtergreifung hinausgeschrien.

Aber auch, dass die Kämpfer von Ritter Milan sie begleiteten, könnte einen weiteren Überfall verhindern. Warum auch immer – sie kamen ohne Zwischenfälle beim Weltentor an. Die Stunde des Abschieds war gekommen.

Elodie stand vor dem dicken, knorrigen Baum und starrte auf das leicht verschwommene Bild der Höhle, aus der sie einst gekommen war. Wie lange war das her? Wochen? Monate? Ein Leben lang?

Alles würde gut werden für dieses Land. Yarrow war ein guter Herr, der das Land wieder zurückführen würde zu seinem alten Reichtum, zur Liebe zur Natur, zur Freiheit und zum Frieden. Er würde es nicht schwer haben damit, denn das Volk stand geschlossen hinter ihm.

Elodie und Haymo verabschiedeten sich von ihren engen Freunden, die sie hier gefunden hatten und die sie niemals wieder sehen würden. Es war so, wie Manolya es ausgedrückt hatte, sie waren Wegbegleiter für eine kurze Strecke ihres Lebens gewesen.

Elodie hatte eine Aufgabe zu erfüllen und das würde sie tun.

Es würde nie mehr jemand aus einer anderen Welt kommen und den Menschen erzählen, wie sie zu leben hatten.

Eine Eule hatte die Nachricht zu den Sub Divo gebracht und so waren auch der geistige Führer Nabor und Aaran, der Anführer des Volkes, hergekommen. Ulula fühlte sich in ihrem Alter nicht in der Lage, den Weg über den Berg zu gehen, aber sie würde in Gedanken bei Elodie sein.

Nabor überreichte Elodie ihre alten Kleider, die sie getragen hatte, als sie bei dem Volk in den Bergen ankam. Es war ein farbenfroher Rock der Bürgersfrauen. Elodie nahm ihn lächelnd entgegen. „Danke, Nabor. Ich werde die Kleidung als Erinnerung behalten."

Während die Eule die Nachricht zu den Sub Divo gebracht hatte, waren Kunal und Ritter Milan selbst nach Segetem beziehungsweise Oppidia geeilt und hatten diejenigen hergeholt, die Haymo und Elodie in ihren ersten Tagen beigestanden hatten.

Und so standen nun all ihre neuen Freunde im Halbkreis um sie herum:

Leilanie und Manolya, Avem, der Wolfshund Canis, Naoki und Yara, Koray, der sie über den Berg geführt hatte, Nabor und Aaran sowie Raban, Kunal und Ritter Milan.

Aus Segetem waren der Dorfälteste Arnit und seine Frau Tiare gekommen und ebenso der Bauer Oren, seine Frau Myrta und sein Sohn Eik, der Elodie in jener Nacht zu Manolya gebracht hatte.

Der Baumeister Quill mit seiner Frau Linde und den Töchtern Lilja und Dorkas waren aus Oppidia hergekommen. Sie freuten sich, Raban und Kunal wohlbehalten wiederzusehen und sich von Haymo verabschieden zu können, der ja eine Weile bei ihnen gelebt und gearbeitet hatte.

Es dauerte lange, bis sich alle umarmt hatten, sich Glück gewünscht hatten und bereit waren, Abschied zu nehmen. Nicht nur Elodie fiel der Abschied schwer. Auch für Haymo war es nicht leicht, sich endgültig von Raban und Milan zu trennen mit der Gewissheit, sich niemals wiederzusehen.

„Viele Menschen trennen sich mit einem schlichten Gruß und vielleicht sogar im Streit ohne zu ahnen, dass es das letzte Mal ist, dass sie sich sehen. Wir werden auch Joas niemals wieder sehen. Er machte sich mit Koray auf den Weg im Vertrauen auf ein baldiges Wiedersehen, das es niemals geben wird. Versteht es als

Gnade zu wissen, dass ihr euch für immer trennt. Auch wenn es schmerzt", sagte Nabor.

Elodie nickte. Sie verstand die Weisheit hinter den Worten, wusste, dass er recht hatte, aber im Augenblick war der Schmerz größer.

„Ich bin dankbar, dass ich euch alle kennen lernen durfte und für alles, was ihr mich gelehrt habt!", rief Elodie mit klarer Stimme.

„Wir sind dankbar, dass du in unser Land gekommen bist und den Frieden wieder hergestellt hast. Wir sind dankbar, dass du unsere Lehre ernst und wichtig nimmst. Und wir sind dankbar, dass Haymo auf unserer Seite gekämpft hat", erwiderte Nabor.

Doch dann war der Zeitpunkt endgültig gekommen. Elodie und Haymo waren bereit, zu gehen.

„Gehst du nun dorthinein? Dort durch den Baum in die Höhle?", fragte Avem plötzlich unvermittelt. Alle starrten völlig entgeistert auf das Kind.

Manolya war vollkommen erstarrt. Sie fühlte sich plötzlich schwach, torkelte ein wenig und glitt schließlich vor einem breiten Baum auf das Moos, wo sie sitzen blieb. Bilder aus längst vergangener Zeit stürmten mit einer Wucht auf sie ein, als würde sie geschlagen. Gedanken, Vorstellungen. Konnte es sein, dass….? Sie schüttelte sich.

Der Priester Nabor fand als erster seine Sprache wieder. „Du kannst die Höhle sehen, Avem?"

„Ja natürlich, ihr denn nicht?", erwiderte der Junge.

Manolyas Erstarrung löste sich ein wenig. „Aber niemand kann sie sehen, außer Elodie", brachte sie ungläubig hervor.

Auch Avem bekam große Augen. „Dann ist das ein magisches Tor?"

„Ja, genau. Es führt in eine andere Welt und wir werden es jetzt wieder schließen. Wir hoffen, dass Elodie das kann", erwiderte Nabor.

„Warum? Ist es nicht gut, wenn die Welten verbunden sind?", fragte Avem.

„Unsere Welt muss sich frei entfalten. Die Menschen der anderen Welt verstehen das nicht immer. Sie waren es, die den Kampf hergebracht haben", erklärte Nabor dem Jungen.

Avem starrte weiter auf das Tor.

„Warum kann er das Tor sehen?", fragte Elodie. „Können das nicht nur Menschen aus beiden Welten?"

Manolya schluckte schwer. Wieso nur war ihr das niemals zuvor in den Sinn gekommen?

„Ich weiß es nicht... Ich dachte..." Sie sprach mühsam, es kostete sie unendlich viel Kraft, als ihr die Konsequenz des ganzen wirklich bewusst wurde.

„Ich dachte immer, es waren Cedars Truppen", hauchte sie.

„Aber das waren sie nicht? Zumindest nicht nur?", half Elodie ihr.

Manolya blickte sie an, dann wanderte ihr hilfloser Blick zu Koray, zu ihren Eltern, zu Nabor.

„Er ist ein Kind beider Welten", sagte Nabor. „Anders ist das nicht zu erklären, dass er das Tor sieht."

„Vielleicht", warf Elodie ein. „Aber vielleicht ist es ja auch manchmal anders. Auch Sabeth und Ulula konnten das Tor sehen, wie könnten sie Kinder beider Welten sein?"

„Sie waren dazu ausersehen, das Tor zu öffnen, so wie du es schließen kannst", meinte Nabor. „Wirklich werden wir nie erfahren, wieso es so war."

„Wir werden nie erfahren, wer Avems Vater ist", hauchte Manolya.

Koray saß neben ihr und hielt sie fest.

„Aber du bist seine Mutter, wir sind sein Volk, nur das zählt. Und die Tatsache, dass er das Tor sehen kann", erklärte Nabor.

Elodie begann erst allmählich zu verstehen, was gerade in Manolya vorgehen musste. Sie ging zu der Heilerin und nahm schweigend ihre Hände.

Manolya nickte ihr zu. Die Geste tat ihr gut.

Elodie und sie umarmten sich ein letztes Mal. Dann ging das Mädchen zu Raban, der bereits ein Messer in der Hand hielt.

Ulula hatte gesagt, dass man das Tor mit einem Blutsiegel verschließen könne. Sie hoffte, eine kleine Wunde würde reichen. Sie war nicht bereit, ihr Leben dafür zu geben.

Seit sie in Yarrows Haus angekommen waren, hatte sie das Meditieren mit Leilanis Hilfe regelrecht trainiert. Sie hoffte, es würde ihr gelingen.

Sie hatte mit Raban vereinbart, dass er ihre Wunde vergrößern würde, falls der Übergang zu lange dauert und das Blut bereits begann zu trocknen.

Raban fügte Elodie mit einer schnellen Bewegung eine Wunde im Finger zu. Sie zuckte kurz zusammen, aber sie schrie nicht auf. Sie ließ das Blut ihre Hand hinunterlaufen.

Dann setzte sie sich gemeinsam mit Haymo auf den Boden vor das Tor und versetzte sich in Trance. Die Menschen um sie herum zogen sich ins Unterholz zurück, sie wollten die Ruhe der beiden nicht stören, die sie brauchten, um das Tor zu durchschreiten.

Elodie sah das Tor deutlich vor sich. Sie konzentrierte sich darauf, zuerst Haymo hindurchzuschicken und dann selbst hindurchzugehen. Ihr Geist eilte davon, ihr Körper bewegte sich zögernd. Doch Haymo blieb fest sitzen. Sie schaffte es nicht. Sie war noch zu schwach. Als sie damals das Tor durchschritten hatte, war es auch schwer gewesen, Sabeth hatte ihr am Ende geholfen, wahrscheinlich, weil Thyra sich ihnen schon genähert hatte.

Plötzlich waren Manolya und Avem bei ihr.

„Was ist los? Du bist ein Stück geschwebt, es war richtig magisch. Aber…"

„Ich schaffe es nicht, Haymo hindurchzubringen. Meine Kräfte sind nicht stark genug. Vielleicht muss ich eine Weile üben, bevor ich uns beide durch das Tor bringen kann."

„Kann das nur jemand, der das Tor sieht?", fragte Manolya.

„Angeblich nicht, aber es ist zumindest hilfreich."

„Ich kann es doch sehen!", rief Avem. „Ich helfe dir."

„Aber du musst in eine tiefe Trance fallen. Kannst du das auch?"

Manolya lachte laut. „Elodie, das ist den Sub Divo in die Wiege gelegt worden. Natürlich kann er das. Ich habe ihn die Sitten meines Volkes gelehrt, auch wenn wir nicht bei ihnen gelebt haben. Wir hatten immer Kontakt zu ihnen. Meine Eltern habe ich regelmäßig gesehen. Avem kann das. Und Leilani und ich werden dir auch helfen so gut wir können. Wir werden uns in Trance begeben und deine eigene damit stärken. Du wirst sehen… Leilani! Elodie braucht unsere Hilfe!" Leilani kam sofort herüber.

Nachdem ihr das Problem geschildert worden war und Raban die Wunde an Elodies Finger noch einmal aufgeschnitten hatte, setzten sie sich alle wieder auf den weichen Moosboden und versuchten es erneut.

Manolya und Leilani konzentrierten sich allein darauf, Elodies mentale Kräfte zu stärken und sie so zu unterstützen. Avem sah selbst das Tor so deutlich vor sich, als wäre es eine Tür in der Hütte seiner Mutter.

Er stellte sich vor, wie Haymo abhob und durch dieses Tor schwebte.

Alle störenden Erinnerungen, die aufkamen, ließ er vorübergehen. So wie er es von Manolya und seiner Großmutter Yara gelernt hatte. Nicht gegen andere Gedanken und Bilder wehren, sondern vorüberziehen lassen. Sich wehren erzeugt einen Kampf, erzeugt Verkrampftheit, die man nicht besiegen kann.

Haymo fühlte, wie er vom Boden abhob. Auch er hatte zu einer tiefen Ruhe gefunden, aber nicht in eine solche Trance. Er fühlte sich auf den Baum zuschweben, musste den Gedanken bekämpfen, dass er gleich gegen die harte Rinde stoßen würde. Aber er schwebte weiter, schwebte hindurch und fand sich im nächsten Moment auf dem nackten Gestein der Höhle wieder.

Auch Elodie schwebte auf das Tor zu. Sie hielt ihre blutende Hand ausgestreckt, um das Tor zu versiegeln.

Auf der anderen Seite nahm Haymo sie in Empfang. Sie selbst erwachte erst allmählich aus ihrer Trance. „Hat es geklappt? Ist das Tor verschlossen?", murmelte sie. Haymo konnte ihr das nicht beantworten, er hatte es ja nicht sehen können. Doch sie sah das Tor deutlich vor sich. Sah die Lichtung im Wald, die Menschen, die sich vor dem Baum versammelt hatten. Avem, der ihr zuwinkte.

Sie hob ihre blutige Hand und hielt sie gegen das Tor.

Nichts geschah. Nichts veränderte sich.

„Müsste es nicht verschwinden?", fragte sie.

Haymo hob seine Arme. Ich kann es doch sowieso nicht sehen.

Elodie hörte nicht, was auf der anderen Seite geschah. Sie sah nur, dass Manolya neben ihren Sohn trat, sich zu ihm hockte und etwas sagte. Sie sah Avem nicken. Dann erhob sich Manolya und sprach mit Raban.

Der nahm sein Messer und nahm Avems Hand sanft in seine.

„Sie wollen es Avem versuchen lassen", erkannte Elodie.

Avem trat direkt an das Tor und legte seine Hand, über die eine deutliche Blutspur floss, dagegen.

Elodie legte auf ihrer Seite ihre Hand ebenfalls dagegen, obwohl sie keine Ahnung hatte, ob das etwas ausmachte. Aber sie hatte auf diese Art das Gefühl der Verbundenheit mit ihren Freunden auf der anderen Seite.

Sie sah das Bild ganz langsam vor ihren Augen verschwimmen.

„Es verschwindet", sagte sie leise. Es war richtig, was gerade geschah, aber es stimmte sie traurig. Niemals wieder sollten Menschen aus einer fremden Welt hinübergehen und Vinginevio für sich einnehmen können.

„Es ist fort", sagte sie dann.

Haymo zog sie in seine Arme. „Es ist gut. Lass uns zurückgehen ins Dorf. Deine Eltern werden froh sein, dich wieder zu sehen."

Sie nickte.

Langsam erhob sie sich und ließ sich von Haymo aus der Höhle ziehen.

„Das Bild ist fort", sagte Avem gleichzeitig auf der anderen Seite.

Manolya zog ihren Sohn in ihre Arme. „Das ist gut", sagte sie.

„Warum weinst du dann? Und Leilani auch?", fragte der Junge.

„Weil wir Elodie und Haymo niemals wieder sehen und die beiden vermissen werden. Aber auch das ist in Ordnung. Es gibt Freunde, die uns nur eine kurze Zeit begleiten. Wir dürfen traurig sein bei ihrem Abschied, aber wir tragen sie für immer in unserem Herzen."

Sie nahm seine Hand. „Lass uns nach Hause gehen."

„Zu den Sub Divo in die Berge?", fragte er.

„Ja, wohin sonst."

„Einen Augenblick", bat Elodie, als sie vor der Höhle unter dem hellen Sonnenschein standen.

Sie nahm den bunten Regenbogenstein in die Hand und hielt ihn gegen den Himmel. „Ich bin dankbar, dass ich den Frieden in das Land Vinginevio bringen durfte und dass das Tor geschlossen werden konnte, dass ich Haymo wieder gefunden habe und wir ihn sogar vor einer tödlichen Gefahr retten konnten. Ich bin aber auch dankbar, dass ich in meine Welt zurückkehren konnte und meine Familie und meine Freunde in dieser Welt wieder sehen darf."

„Das bin ich auch", seufzte Haymo. „Was ist das eigentlich für ein Stein?"

Sie hielt den Stein noch immer umklammert. „Nabor hat ihn mir mit einem Segen geschenkt. Dieser Stein kommt tief im Gebirge vor. Er soll seinem Träger Kraft und Energie geben. Thyra und Cedar glaubten, er sei nur eine Legende."

Haymo nickte, obwohl er das kleine Ritual, das Elodie mit dem Stein vollzogen hatte, nicht vollkommen verstand.

Elodie konnte sich noch genau an Nabors Worte erinnern, als er ihr den Stein an dem Band um den Hals gelegt hatte. *„Dieser Stein kommt tief im Berg vor. Er soll dich beschützen. Geh auf deinen Weg immer mutig voran, selbstbewusst und standhaft. Glaube an dich und dein Ziel. Und wenn du es gefunden hast, sei dankbar. Und wenn du es nicht findest, hadere nicht, dann ist es dir nicht bestimmt. Kehre zu deinen Wurzeln zurück, setze dein Leben fort."*

Sie hatte solche Angst gehabt, dass es ihr nicht gelingen würde, Haymo zu finden, dass die Erwartungen, die in sie gesetzt wurden, zu hoch waren. Doch alles war gutgegangen. Mit Avems Hilfe. Am Ende war Avem der Auserwählte gewesen, der das Tor schließen konnte.

Die Traurigkeit verflog ein wenig, während sie neben Haymo her über die Steine kletterte und anschließend über die Wiese ins Tal lief. Sie machte einer tiefen Vertrautheit Platz. Und der Freude, ihre Eltern Xenja und Ratmer wiederzusehen. Auch Ayla, ihre Freundin im Kloster wollte sie wieder sehen und die anderen Mitschwestern. Ja, sie waren immer gut zu ihr gewesen, aber sie würde niemals wieder bei ihnen leben. Sie würde ihnen die Naturverehrung erläutern, die die Sub Divo lebten, aber sie selbst würde mit Haymo in sein Land gehen und seine Eltern kennenlernen. Sie würden sicher so froh sein, ihren Sohn wieder zu haben so wie es Xenja und Ratmar sein würden, wenn sie gleich bei ihnen auftauchten.

Elodie wünschte, sie könnte eine Eule in Haymos Heimat schicken, damit seine Familie keinen Tag länger in Ungewissheit leben musste.

Sie breitete die Arme aus und tanzte über die Wiese.

Haymo lachte. Er nahm ihre Hand und sie liefen Hand in Hand in ihr gemeinsames Leben, in ihre gemeinsame Zukunft.

Danksagungen

Die Geschichte ist nun zu Ende und ich hoffe, sie hat Euch gefallen. Alles darin ist natürlich frei erfunden.

Ein Buch fertigzustellen ist keine leichte Aufgabe. Keiner kann sie völlig allein schaffen. Deshalb ist es jetzt Zeit, mich bei vielen Leuten zu bedanken.

Als erstes natürlich bei meiner Familie.

Nicolas und Lydia lesen alle meine Geschichten immer als Erste und steuern viele Ideen bei. Ohne sie gäbe es keine Bücher!

Danke an meinen Mann Peter für das Korrekturlesen und die Unterstützung in allen technischen Fragen.

Ich bedanke mich bei Heike Winkler für die Illustration des schönen Titelbildes und bei meiner Tochter Lydia für die Gestaltung des Covers.

Last but not least bedanke ich mich bei Damian Finke für die Erstellung der Landkarte der Gegend in Vinginevio, in der diese Geschichte spielt. Sicher konnte man sich dadurch besser vorstellen, welche Wege die Personen zurückgelegt haben.

**Einige Bücher von Rotraud Falke-Held,
die bei BoD erschienen sind:**

Geheimnis im Moor

Eine Abenteuergeschichte, die am Steinhuder
Meer spielt mit vielen schwarz-weiß Bildern
von Evelin Grewe
für Kinder von 7 bis 10 Jahren
ISBN 978-3-7357-9199-3
Das Buch hat 156 Seiten

Lynn und Marius machen wie jedes Jahr Urlaub am Steinhuder
Meer. Gemeinsam mit ihren Freunden Emma und Felix streifen
sie am See entlang, durch den Wald oder durchs Moos. Dort
kommen sie eines Tages einer Diebesbande auf die Schliche und
geraten in große Gefahr.

ISBN: 978-3-7357-9199-3

Rubinstern:
Das Verlorene Land

ISBN: 9783744816618
Das Buch hat 256 Seiten
Das Titelbild wurde von
Karin Mackenbrock gestaltet.

Vor langer Zeit in einer anderen Welt leben die Völker des
Rubinsterns und des Zaubermondes in Frieden und Harmonie
miteinander. Krieg kennen sie seit Jahrhunderten nicht mehr.
Doch eines Tages werden ihre Dörfer von dem diabolischen
Tyrann Cyprian, dem Herrscher vom Volk des Eises, überfallen.
Cyprian will sich zum Beherrscher der Welt aufschwingen. Die
friedlichen Völker können sich gegen ihn und seine Armee nicht
wehren und werden unterjocht. Aber der Wunsch nach Freiheit
weckte auch den Kampfgeist.
Eine alte Legende erzählt von einem Ort, den böse Mächte nicht
besetzen können – dem Garten der Freiheit.
Eine kleine Gruppe Jugendlicher macht sich auf den Weg, diesen
Ort zu finden.
Auf ihrer Reise finden sie andere, die sich ihnen anschließen.
Für die unterdrückten Völker werden sie zur Armee der
Hoffnung.
Doch der Weg ist gefährlich und Cyprian lässt sie verfolgen, denn
auf ihm lasstet ein Fluch.
ISBN: ISBN: 978-3-7322-4629-8

Zu dieser Geschichte gibt es ein zweites Abenteuer:
RUBINSTERN – Die Heiligtümer der Ahnen

Die Trilogie „Die Hexenschülerin" ist eine spannende Zeitreise für Jugendliche ab etwa 12 Jahren und für Erwachsene.
Jedes Buch enthält zusätzlich einige Seiten zu der Frage:
„Was ist Wahrheit – was reine Erfindung?"

Die Hexenschülerin –
die Zeit des Neubeginns

ISBN: 978-3-73224629-8

Das Buch ist die 1. Geschichte
der Trilogie. Es hat 256 Seiten

Die Geschichte beginnt in den 1980er Jahren. Bei der Renovierung der Burg Dringenberg machen Carolin und Nick einen ungewöhnlichen Fund. Im Rittersaal sind alte Aufzeichnungen aus der Gründungszeit des Ortes versteckt. Geschrieben wurden sie von dem Mädchen Clara, die 1322 als Zwölfjährige mit ihrer Familie in den neuen Ort zog.
Clara hat eine gefährliche Gabe – sie ist hellsichtig und wird dafür sogar von ihrer eigenen Großmutter verachtet. Aus Angst, als Hexe angesehen zu werden, versucht Clara ihre Gabe geheim zu halten. In dem neuen Dorf zieht die mysteriöse Odilia sie in ihren Bann. Sie bestärkt Clara darin, ihren eigenen Weg zu gehen. Doch der ist gefährlich. Odilia gerät bald in den Verdacht, eine Hexe zu sein. Und auch Clara als ihre Schülerin befindet sich in großer Gefahr.
ISBN: 978-3-7357-7920-5

Die Fortsetzungen sind „Die Zeit der Wanderschaft" und „Die Zeit der Rückkehr."

Die Erben der Hexenschülerin:
LUZIA

ISBN: 978-3-73224629-8

Das Buch erzählt die Geschichte von Claras
Nachfahrin Luzia im 15. Jahrhundert
Es hat

Die sechzehnjährige Luzia Spengler lebt Ende des 15. Jahrhun-
derts in Paderborn. Seit sie im Alter von dreizehn Jahren von
ihrer Ahnin Clara und deren gefährlichem und ungewöhnlichem
Leben erfahren hat, träumt sie davon, eines Tages nach Würzburg
zu reisen und auch die Burg Wiesenstein zu besuchen, wo Clara
eine Weile gelebt hat.
Doch zunächst verläuft ihr Leben in anderen Bahnen. Nach einem
Unfall, bei dem sie ihr Gedächtnis verliert, schließt sie sich einer
Gruppe Zigeunern an und reist mit ihnen durch das Land.
Die Reise der Zigeuner endet in Würzburg, wo Luzia das
Mädchen Madlen kennen lernt und gemeinsam mit ihr dem
Verschwinden deren Mutter nachgeht. Eine Katastrophe bahnt
sich an…

Die Geschichte von Luzia, einer Nachfahrin der Hexenschülerin,
ist spannend und voller Wendungen. Sie ist geeignet für
Jugendliche ab etwa 12 Jahren und für Erwachsene, die gerne in
vergangene Welten eintauchen.
Das Buch hat 318 Seiten

ISBN: 978-3-7481-9154-4